CW01149648

amor en el foco

EL FOCO
LIBRO UNO

JULIA SUTTON

TRADUCIDO POR
CESAR ZAMBRANO

Copyright © 2022 Julia Sutton

Diseño y Copyright © 2024 por Next Chapter

Publicado en 2024 por Next Chapter

Editado por Natalia Steckel

Portada por CoverMint

Edición estándar de tapa dura

Este libro es una obra de ficción. Los nombres, personajes, lugares e incidentes son producto de la imaginación del autor o se utilizan de forma ficticia. Cualquier parecido con hechos, lugares o personas reales, vivas o muertas, es pura coincidencia.

Todos los derechos reservados. Ninguna parte de este libro puede ser reproducida o transmitida de ninguna forma o por ningún medio, electrónico o mecánico, incluyendo fotocopia, grabación o por cualquier sistema de almacenamiento y recuperación de información, sin el permiso del autor.

Para mi adorable suegra. Espero que lo disfrutes, Nancy.

agradecimientos

Gracias a Miika Hannila y a su equipo de Next Chapter Publishing por darme la oportunidad de ser autora publicada y por trabajar tan duro en la creación de mi libro.

Un enorme agradecimiento a mi editora, Lorna Read, por hacer un trabajo tan meticuloso y minucioso con mi manuscrito.

Gracias a mi encantador marido, Stephen, por apoyarme y por alentar mi amor por la escritura creativa.

Gracias a mis hijos, Jack e Isabel, que se han convertido en los adultos más adorables y me hacen feliz cada día.

Gracias a mi familia y amigos por todo su amor y aliento.

Muchas gracias a mis encantadores amigos de las redes sociales por su amabilidad, apoyo y ciberamor.

Gracias a ti, lector/a, por interesarte por mi trabajo: te lo agradezco de verdad. Espero que disfrutes de este libro.

uno

Era lunes por la mañana de nuevo; el comienzo de una nueva semana con nuevas posibilidades. Una nueva oportunidad para olvidar los errores del ayer. Un nuevo comienzo, en el que se fijan nuevas metas y se resuelve acabar con los malos hábitos. Esa semana en particular, Elizabeth Ryan estaba decidida a comer más sano. Algunos podrían considerarlo una tontería, dado que era la época de la indulgencia y de la glotonería, pero ella estaba desesperada por perder peso y por controlar su creciente cintura. Mientras el autobús número seis traqueteaba por una carretera llena de baches, Elizabeth intentaba sin éxito mantener el equilibrio de su diario en una posición estática. Garabateó *Primer día del plan de alimentación saludable* en letras rojas, debajo de la entrada de Nochebuena, intentando no pensar en las inminentes patatas asadas crujientes, los cerditos en mantas y el humeante cuenco de pudín de Navidad con abundante mantequilla de brandy, que elevarían el valor calórico de su día a miles de calorías. Cuando el autobús dobló la esquina, su estómago se quejó. El muesli y el yogur de esa mañana habían sido un espectáculo lamentable; estaba hambrienta, y aún quedaban cuatro horas hasta la hora de comer.

Elizabeth cerró su diario y miró por la ventana. Las afueras de la ciudad estaban cubiertas por una densa niebla, y las partículas de hielo se pegaban a la ventanilla del autobús. La noche anterior había sacado su largo abrigo de piel sintética y agradecía su calidez. Era como estar envuelta en un edredón de 10,5 tog; casi podía fingir que estaba acurrada en la cama. Miró al joven que estaba sentado al lado y que, muy rebelde, llevaba pantalones cortos. Le entraron ganas de darle un codazo maternal y recordarle que era invierno y que las temperaturas en Cornualles habían descendido hasta el punto de hacer rechinar los dientes. Tenía un bolso de correo a sus pies y la tranquilizaba pensar que caminar a paso ligero probablemente lo mantendría caliente. Pero, aun así, Elizabeth no podía dejar de mirar aquellos pantalones cortos y las piernas pálidas que sobresalían de ellos. Un escalofrío involuntario la recorrió, y la parte inferior de su abrigo se abrió de par en par, lo que reveló una escalera que recorría toda la longitud de su pierna izquierda. ¿Cómo era posible con unas medias de canalé de cien denieres?

Un suspiro salió de su boca; no era un comienzo prometedor para otro largo día de trabajo. Antes de salir de casa, había derramado zumo de naranja sobre su blusa recién planchada y se había golpeado la cabeza con la puerta de un armario. Ahora sus medias estaban estropeadas. Era, de hecho, desastroso. Elizabeth se bajó el dobladillo de la falda hasta la modesta rodilla. Normalmente tan organizada, se sentía mal preparada para el día de compras más ajetreado del año. ¿Qué otra cosa podía ocurrir en una triste mañana de lunes?

Una bocina sonó, y el autobús se sacudió bruscamente, lo que empujó a todos los pasajeros hacia delante de sus asientos. El bolígrafo que Elizabeth sostenía se le escapó de las yemas de los dedos. Rodó hasta los pies del joven sentado a su lado. Se oyó un crujido al chocar la frente con la de su compañero de viaje. Se estremeció y se le llenaron los ojos de lágrimas.

—Lo siento. —Ella se frotó la frente y esbozó una sonrisa inestable.

—No hay problema. —El joven le paso el bolígrafo—. Probablemente sea hielo negro. —Se colocó los tapones en las orejas y se apartó de ella para mirar por la ventana.

Elizabeth volvió a abrir su diario y garabateó con decisión su nuevo objetivo semanal. Decidió que el *Boxing Day* sería el mejor día para empezar la dieta y buscó una botella de agua en el bolso. Sintió que se le encendían el cuello y las mejillas, se desabrochó furtivamente el abrigo y empezó a abanicarse con el cuaderno. Los sofocos eran cada vez más frecuentes. Además de no dejarla dormir por la noche, ahora la acosaban durante el día. Elizabeth se quitó el abrigo con cuidado de no dar codazos a su compañero de viaje. Un hombre de mediana edad de la fila de enfrente la miró con las cejas pobladas. *Sí, ya sé que estamos en diciembre,* estuvo tentada de levantarse y gritar, *pero soy perimenopáusica y tengo el termómetro estropeado.*

Con un suspiro, Elizabeth hurgó en su bolsillo en busca de algo que le hiciera más llevadera la mañana: ¿un caramelo de menta esponjoso, tal vez, o un toffee a medio masticar? Cualquiera cosa azucarada serviría. Entonces, con una sensación de placer, su mano se enroscó alrededor de lo que parecía una tableta de chocolate, y su ánimo subió como la espuma. Por un momento se preguntó de dónde había salido. Las hadas de la comida debían de haberla metido dentro mientras preparaba la comida de ese día. Un rápido vistazo reveló un Bounty. Elizabeth arrancó rápidamente el envoltorio y mordió el chocolate negro con coco. La deliciosa dulzura hizo que sus papilas gustativas se estremecieran, y cerró los ojos mientras una sensación de pura felicidad la catapultaba fuera de su cuerpo físico y la llevaba a otro reino.

Hubo un repentino chirrido de frenos cuando el autobús se detuvo y una corriente de personas subió. Uno de los pasajeros refunfuñaba diciendo que el autobús ya estaba lleno y que no iba a ceder su asiento a nadie. Elizabeth estaba demasiado concentrada en su refrigerio como para prestar atención. Entonces, de repente, alguien estaba tocando su hombro. Elizabeth abrió un ojo y se estremeció al ver a Betty Smith mirándola con curiosidad. De todas las personas que podían sorprenderla comiendo chocolate a los ocho de la mañana, tenía que ser la gerente del grupo local de pérdida de peso al que asistía.

—Buenos días —canturreó Betty—. ¿Estás lista para Navidad?

Elizabeth parpadeó. Por supuesto, ese día era Nochebuena, por lo que era perfectamente aceptable comer golosinas.

Betty se sentó en el asiento vacante frente a ella y, girándose para mirar a Elizabeth, le dedicó una radiante sonrisa de megavatios.

—No estoy lista en lo más mínimo —respondió Elizabeth honestamente—. Tengo mucho que hacer.

Se metió la barra de chocolate en el bolsillo y cortésmente le devolvió la pregunta a Betty. La señora mayor se lanzó a una perorata sobre lo organizada que era en esa época del año y cuánto amaba la Navidad. Reflexionando sobre sus propios sentimientos hacia la temporada festiva, Elizabeth disintió en silencio. Para ella, la Navidad era una época de glotonería, de derroche, de alboroto y de tensión. También era un momento en el que estaba muy consciente de la pérdida y de los efectos persistentes de la angustia.

Betty había cambiado de tema ya y estaba hablando sobre el grupo de pérdida de peso que dirigía. Fatbusters había abierto hacía tres años. Se llevaba a cabo en la única biblioteca de St. Leonards-By-Sea y contaba con una treintena de mujeres de mediana edad de diferentes tamaños. Elizabeth había sido engatusada por su amiga Gloria para que asistiera. Durante dos meses había sufrido la vergüenza de que la pesaran públicamente y, para empeorar las cosas, sus estadísticas cambiaban de una semana a otra; actualmente pesaba más que cuando había comenzado. Elizabeth había decidido dejar de ir, se había resignado al hecho de que siempre sería gordita o, como decía Martin, "tierna como un oso de peluche perfecto".

—¿Recibiste mi mensaje? —preguntó Betty, con la cabeza inclinada hacia un lado y la boca ligeramente abierta.

—No lo he hecho —respondió Elizabeth.

—Oh, por supuesto, no estás en el chat grupal de Fatbusters,

¿verdad? ¿Tienes WhatsApp? Si me das tu número, te agregaré y luego podrás recibir todas las emocionantes noticias actualizadas del grupo.

—Bien, excelente. —Elizabeth forzó una sonrisa, internamente rechazando la idea de ser bombardeada con mensajes de motivación de Betty Smith.

—Bueno, entonces... —Betty la miró expectante.

—Oh, sí, claro, necesitas mi número de teléfono. —Elizabeth se sonrojó.

Eso sería divertido.

Después de haber intercambiado números, Betty parloteó, dejando a Elizabeth sin más alternativa que escuchar cortésmente.

—Aunque me encanta esta época del año, las tiendas están tan llenas de tentaciones, ¿no te parece?

—Emmm, supongo que sí.

—Mi esposo insiste en darse el gusto en dulce: naranjas con chocolate, chocolates Matchmakers, Toblerone gigante, Maltesers... —Betty enumeró los elementos ofensivos con los dedos—. Parece olvidar que vigilo sigilosamente mi peso, y tener todas estas tentaciones azucaradas en la casa y saber que no puedo tenerlas puede ser muy desalentador. —Un ruido escapó de la garganta de Elizabeth. Estaba destinado a ser un chasquido de la lengua comprensivo, pero sonó más como un cruce entre una risita y un resoplido. Betty le dirigió una mirada aguda—. ¿Tu esposo es igual? ¿Es goloso?

Elizabeth tragó cuando un dolor punzante se retorció en su estómago. *No me preguntes sobre Martin*, pensó desesperadamente, *especialmente en esta época del año*. Pero Betty la miraba fijamente y esperaba una respuesta.

Elizabeth se aclaró la garganta.

—Vivo sola. Soy viuda.

—Oh, querida... —Betty tuvo la gracia de parecer arrepentida—. Lo siento mucho, no tenía idea.

—Está bien. —Elizabeth logró esbozar una débil sonrisa—. Ya han pasado dos años.

—Cuando perdí a mi perro, Bruno, lloré durante meses. Bajé dos tallas.

La sonrisa de Elizabeth era triste.

—Yo subí seis kilos; supongo que por refugiarme en la comida.

Betty le palmeó su mano.

—Bueno, espero que sigas viniendo al grupo de pérdida de peso. Puedo darte algunas recetas y cupones de alimentos bajos en grasas. Estoy segura de que perderás peso si realmente lo intentas.

—Betty miró por la ventana—. Oh, aquí está mi parada. Ha sido un placer verte... emmm...

—Elizabeth.

—¡Que tengas una muy feliz Navidad, y te veré en Fatbusters en el Año Nuevo! —La amplia sonrisa de Betty reveló una dentadura postiza blanca brillante.

Elizabeth devolvió los sentimientos festivos. Observó cómo Betty se apeaba del autobús y luego, con un suspiro, rebuscó en su bolsillo y extrajo el resto del chocolate derretido.

Media hora después, el autobús llegó a la estación. Con un fuerte siseo, las puertas se abrieron, y los pasajeros salieron en tropel. A esa hora de la mañana, el centro de la ciudad era un hervidero de actividad; gente corriendo al trabajo, conductores impacientes de camionetas de reparto tocando la bocina, compradores esperando que abrieran las tiendas. Como era el último día de compras antes de Navidad, estaba aún más ajetreado. Las rodillas de Elizabeth crujieron cuando se puso de pie. Se había formado una cola junto a la puerta de salida y no parecía moverse, así que miró por encima de la cabeza de una anciana encorvada. Se estaba produciendo una especie de altercado entre un hombre que llevaba un maletín reluciente y una joven con un cochecito.

—¡Espere un momento! —La joven parecía cansada y agotada. El hombre de negocios pasó a empujones junto a ella, golpeando el lateral del cochecito con su maleta. Un gemido emanó de él. Elizabeth podía ver al bebé; supuso que no tenía más de un año. Su cuerpo se había puesto rígido, y la cara del niño estaba torcida por el mal genio. Elizabeth sintió la sacudida de un recuerdo. Su propio hijo mayor hacía eso cuando estaba al borde de una rabieta. La cara de Harry se volvería casi morada, como la de ese niño. *Uno, dos, tres...* Elizabeth contó en silencio justo cuando el bebé comenzó a gritar.

La gente mascullaba entre dientes mientras la joven madre intentaba empujar el cochecito hacia adelante. Parecía estar atascado en algo. Mientras la mujer luchaba contra el marco, el bolso cambiador de lunares se deslizó de las barras y cayó al suelo con un ruido sordo. Pañales y biberones fueron catapultados en todas direcciones. Una botella llena de fórmula rodó hasta los pies de Elizabeth. Estaba abrumada por la simpatía y la necesidad de ayudar.

—¡Disculpa! —Ella empujó a los otros pasajeros—. ¿Estás bien? Deja que te ayude.

Elizabeth se agachó. Se sentía duro y áspero y, cuando se inclinó para recuperar las pertenencias de la mujer, escuchó un desgarro, y la escalera en su calcetería se estiró más arriba de su muslo.

—¿Qué pasa? —Refunfuñó el conductor—. Dese prisa, tengo un horario que cumplir.

Elizabeth volvió a meter los artículos en el bolso cambiador y lo cerró bien.

—Parece que no puedo moverlo. —La joven madre la miró con lágrimas en los ojos.

—Podemos levantarlo —sugirió Elizabeth—. Tú agarras la parte delantera, y yo sostengo la parte trasera. —Juntas lograron sacar al bebé que lloraba del autobús y colocar el cochecito en la acera. Elizabeth miró las ruedas delanteras—. Puedo ver el problema —dijo. Metiendo la mano en un bolsillo en busca de un pañuelo, se inclinó y limpió una gran bola de goma de mascar de la rueda—. Qué asco.

—Muchas gracias. —Las lágrimas corrían por las mejillas de la mujer—. Soy una madre inútil.

Elizabeth chasqueó la lengua.

—No seas tan despectiva contigo misma. Recuerdo cuando mis hijos eran bebés. Es difícil. Dos mujeres por cada hombre.

—No, no lo es —sollozó la joven—. No he dormido bien en meses, estoy tan cansada y nerviosa todo el tiempo, y mi bebé parece preferir a mi esposo y a mi suegra; a cualquiera, menos a mí.

Elizabeth vaciló. Tenía dos opciones. Podía poner sus excusas y dejar que esa mujer se arreglara sola; si se iba en ese momento, llegaría temprano al trabajo, lo que significaba que podría prepararse un café y leer algunas revistas. La alternativa era ofrecer a esa extraña en apuros un oído atento, amable y sin prejuicios. Elizabeth recordó sus propios días de crianza de los hijos; el agotamiento y los sentimientos de insuficiencia, la presión de ser la "madre perfecta". En retrospectiva, sabía que ese ser mítico no existía, pero en ese momento, se había sentido muy real, pero inalcanzable. Miró a la emotiva madre y se sintió abrumada por la compasión y la empatía.

—¿Tienes prisa? —preguntó ella—. ¿Podríamos tomar un café y charlar? Soy Elizabeth, por cierto. Elizabeth Ryan y no sé tú, pero me siento abrumada por la Navidad.

dos

Media hora más tarde, Elizabeth caminaba resueltamente por High Street. Los comerciantes del mercado estaban en el proceso de comenzar con sus discursos de venta. Algunos de ellos le dieron los buenos días y gritaron: "¡Feliz Navidad!". Elizabeth hizo una pausa para inhalar profundamente. El aire olía como un parque de atracciones: palomitas de caramelo, algodón de azúcar y cebollas asadas, aromas que le hacían rugir el estómago. Denis, que era dueño de un puesto que vendía quesos continentales, le hizo señas para que se acercara.

—Prueba esto, Lizzie —dijo, con una amplia sonrisa.

—¿Qué es? —La nariz de Elizabeth se arrugó al ver el queso coloreado—. ¿Eso es moho?

Una mirada de indignación cruzó el rostro del alegre dueño del puesto.

—¡*Mon dieu!* Este es el mejor queso, directo desde Francia. Se llama *Morbier Lait Cru*. —De un hábil golpe había cortado una rodaja fina y la había colocado encima de una galleta de trigo—. Pruébalo, *cherie*, es sublime.

—Mmm... —Elizabeth asintió mientras mordía la galleta. Se tragó el queso cremoso y luego le pidió a Denis que le guardara un

trozo—. Lo recogeré cuando termine mi turno más tarde. —Buscó en su bolso el monedero para pagarle.
—No, no. —Denis se ajustó el gorro de lana antes de despedirla—. Puedes tener un trozo gratis. Llámalo un regalo de Navidad anticipado.
—Gracias. Bueno, debería seguir mi camino. —Elizabeth miró detrás de ella hacia las ventanas oscuras de Blooms, la tienda por departamentos donde trabajaba.
—Último día, amor, y luego puedes tomarte un tiempo libre, ¿eh? —Denis pateó los pies y se frotó las manos, tratando de disipar el frío.
—¡Difícilmente! —Elizabeth dejó escapar un resoplido—. Estoy en el día después del *Boxing Day* para las ventas y estamos anticipando multitudes aún más grandes de lo normal.
—Bueno, si tienes la oportunidad, ¿puedes hablar bien de mi puesto de queso? ¿Enviar algunos clientes?
—Por supuesto —respondió Elizabeth con una sonrisa—. Que tengas un buen día y dale mi amor a Fern. —El sonido de las puertas abriéndose resonó detrás de ella—. Tengo que correr.

Elizabeth lo saludó con la mano y luego se volvió para esperar a que se abrieran las puertas de los grandes almacenes. Cuando entró a la tienda, un centenar o más de luces se encendieron encima de ella. Iluminaron la planta baja, donde estaban ubicados la ropa de mujer y la sección de comida. Se detuvo para admirar una fila de jerséis de cachemira en varios colores que habían llegado para la temporada de invierno. Uno de esos sería un regalo de Navidad perfecto para Gloria. Podía imaginar a su amiga envuelta en verde salvia, su cabello oscuro cayendo sobre sus hombros, y tal vez podía comprar un broche para combinarlo.

Había tantos artículos encantadores en esa tienda que Elizabeth estaba agradecida de que, como miembro del personal de treinta años, tuviera derecho a un descuento del veinticinco por ciento. Un recuerdo la asaltó: una visión de sí misma como una joven de diecinueve años de rostro fresco, ansiosa y sedienta de éxito. Cuando empezó allí, al principio la habían colocado en la sección de comidas y bebidas. Había trabajado duro y había impresionado a su gerente con su manera concienzuda y amistosa. En dos años, la transfirieron a ropa de mujer y la ascendieron a subdirectora de departamento. Había saltado de departamento en departamento, ganando experiencia en toda la tienda. Luego, hacía diez años, había recibido un generoso aumento de suelo y le habían otorgado el título de jefa de lencería femenina. Elizabeth había estado allí desde entonces.

Pasó por la sección de zapatos y joyas y se detuvo para recoger un par de tacones de charol que se habían caído al suelo.

—Hola, Lizzie. —June, que trabajaba en la caja del sector de alimentos, le hizo señas para que se acercara.

—Buenos días. —Elizabeth se estremeció levemente cuando pasó por delante de la sección de productos fríos y congelados.

—¿Estás lista para la locura? —June giró su silla giratoria—. No pude dormir anoche, preocupada por lo ocupado que va a estar hoy.

—¿Es esta tu primera Navidad? —Elizabeth se inclinó para ayudar a su colega a vaciar las bolsas de cambio en la caja registradora.

—Sí, solo llevo aquí cuatro meses. ¿Has visto los pavos que han pedido? ¿Y las verduras también? Nunca había visto tantas coles congeladas.

Elizabeth sonrió.

—El tiempo pasará volando y no olvides que cerramos a las cuatro.

June exhaló un suspiro de alivio.

—Gracias a Dios. ¿Vienes a tomar algo después? Escuché que algunos de los peces gordos de la oficina central estarán allí. Ya están aquí, ¿sabes?, uno de los limpiadores me dijo que están aquí desde las seis. Encerrados en la sala de juntas con Damon, en una reunión de alto secreto.

Elizabeth hizo una mueca al escuchar el nombre del gerente general de la tienda. Su relación con Damon era cordial y fríamente profesional. Nunca había sido especialmente amistoso con ella, y había un consenso general entre el personal de que era un idiota arrogante. Circulaban rumores sobre él; asuntos clandestinos con numerosos empleados impresionables de los sábados, acusaciones de intimidación y nepotismo. Originario de la sucursal de Londres, hubo rumores de que lo habían enviado a la sucursal de Cornualles en desgracia después de haber sido atrapado en un abrazo provocativo con la jefa casada de la sección de ropa de hombre. Elizabeth, que no solía escuchar chismes ociosos, se esforzó por mantener la mente abierta sobre su infame jefe, pero no se podía negar que Damon Hill tenía dos lados. Un día podía ser absolutamente encantador y al siguiente, podía ser completamente malo.

—Allí estaré —le dijo a June—. Pero ahora necesito cambiarme las medias antes de que comience mi turno.

—¿Tus medias? —La boca de June se abrió con perplejidad.

—No preguntes. —Elizabeth suspiró—. Buena suerte en tu primera experiencia navideña; te veré en la sala del personal más tarde. —Ella saludó alegremente y luego se dirigió en dirección a los baños de damas, contenta de que su bolso siempre tuviera un par de medias de repuesto.

Diez minutos después, las puertas de los grandes almacenes Blooms estaban oficialmente abiertas al público en general. Elizabeth llegó a la lencería femenina justo a tiempo para meter la llave en la caja. Su colega Wendy ya estaba allí, ordenando el stock. Elizabeth se colocó su placa de identificación y sonrió. Ya estaba lista para enfrentar el día.

La mañana pasó volando y, como había anticipado el personal, estuvo extremadamente ocupada. La sección de lencería femenina se inundó de hombres que compraban regalos a última hora para sus seres queridos. Cuando nadie esperaba en la caja, Elizabeth estaba ocupada sacando más artículos del stock. Estaba pegando etiquetas de precios en un juego de batas largas de raso escarlata cuando escuchó a un hombre carraspear detrás de ella.

—¿Puedo ayudarlo? —preguntó cortésmente, girándose para mirarlo.

El hombre era joven; suponía que tendría veintitantos. Estaba mirando el negligé en la mano de ella y parecía avergonzado.

—Emmm... ¿puedo pedirle su opinión?

—Por supuesto. —Elizabeth estaba acostumbrada a que los hombres le pidieran su opinión sobre la ropa interior femenina. No le molestaba en lo más mínimo, pero nunca dejaba de divertirla cómo sus clientes masculinos se quedaban tan mudos y con la cara roja. Era 2018, por el amor de Dios, y comprar lencería no era nada de lo que avergonzarse. Ese hombre estaba claramente incómodo.

—¿Quería comprar ropa de dormir? —lo alentó.

—Sí. —Se pasó una mano por su cabello rubio ondulado—. Solo que a mi novia le gustan los colores oscuros, especialmente el negro.

—Bien. —Elizabeth enganchó los negligés rojos en un soporte y miró a su alrededor—. Creo que tengo algo perfecto para mostrarle. —Cruzó al otro lado del piso con el hombre detrás—. Estos solo llegaron hace unos días, y han estado volando de las estanterías.

El negligé corto negro estaba hecho de raso y tenía delicadas rosas bordadas en el pecho. Con un tajo en el costado, era a la vez bonito y sexy. Elizabeth había estado tentada de comprar uno para ella, pero ahora que Martin no estaba, no tenía a quién mostrárselo. En cambio, dormía con camisas de algodón cepillado hasta la rodilla, que eran cálidas y cómodas. Había olvidado lo que se siente ser sexy.

—¡Genial! —El rostro del hombre brillaba de emoción—. Definitivamente me llevaré uno de esos.

—Brillante. —Elizabeth se hizo a un lado para que él eligiera uno.

—Emmm... —Parecía repentinamente avergonzado.

Elizabeth sabía lo que venía.

—¿No sabe su talla?

—No. —El hombre se encogió de hombros, su rostro se

arrugó en una sonrisa cautivadora—. Espero que no piense que soy descarado, pero se ve igual que usted.

—Bueno. —Elizabeth asintió y tomó una talla dieciséis—. Conserve el recibo y, si necesita cambiarlo, no hay problema.

El joven le dio las gracias antes de desviarse hacia la sección de bragas.

Elizabeth caminó hacia Wendy, que los había estado observando.

—¿Otro ignorante?

Elizabeth asintió.

—Afortunadamente, no me preguntó qué talla de sostén debería comprar.

—¿Por qué no revisan las etiquetas antes de ir de compras? —dijo Wendy, con los ojos en blanco.

—Tal vez deberíamos tener un cartel. —Elizabeth se rio—. *Por favor, asegúrese de saber el tamaño correcto antes de comprar.*

—Esa es una gran idea —respondió Wendy con una risita—. Tal vez *podrías* sugerirlo en la próxima reunión de equipo.

Elizabeth arrugó la nariz.

—Creo que Damon ya disfruta demasiado hablando de lencería femenina. Parece tener un interés malsano en nuestro departamento.

—Puaj. —Wendy se estremeció—. Me da escalofríos. Me sorprende cómo algunas de las mujeres aquí lo encuentran atractivo.

—Bueno, lo hacen —respondió Elizabeth secamente—. Deben ser esos trajes que usa y su posición de poder. A muchas mujeres les gusta eso, según las revistas que leo.

—Dame un hombre de clase trabajadora cualquier día —suspiró Wendy—. Necesito un hombre que no tenga miedo de ensuciarse las manos. Alguien grande y fornido que me arroje sobre su hombro canino al dormitorio. Por supuesto, él también estaría en contacto con su lado femenino y no le daría asco la mención de los períodos.

—Parece que estás buscando al señor Perfecto. —Elizabeth

abrió la caja registradora y comenzó a ordenar los billetes en la caja

—. Si has terminado de soñar despierta, ¿estarás bien si tomo veinte minutos para almorzar?

—Adelante. —Wendy apoyó la barbilla en sus manos—. ¿Crees que George Clooney le compra ropa interior sexy a su esposa en Navidad?

Una burbuja de risa estalló en la boca de Elizabeth.

—Creo que la esposa de George Clooney probablemente solo usa la seda más fina todos los días del año.

—Sí... Mujer afortunada.

Elizabeth recogió su bolso y salió disparada hacia la sala del personal, y dejó a Wendy con sus sueños de hombres inalcanzables.

La sala del personal estaba vacía cuando asomó la cabeza. Elizabeth encendió la tetera y abrió la puerta del refrigerador para sacar su ensalada. Mientras miraba con desánimo la lechuga blanda y el pepino rizado, se preguntó por qué no había preparado una taza de sopa y unos cuantos palitos de pan en su lugar. Hacía mucho frío allí. La escarcha estaba aferrada a las ventanas que alguien había dejado entreabiertas; un entorno difícilmente propicio para comer ensalada. Murmurando para sí misma, Elizabeth se subió a una de las sillas y cerró las ventanas de golpe, justo cuando entró un grupo de mujeres del departamento de artículos para el hogar. Le dieron una mirada superficial antes de tumbarse en los asientos; en *su* asiento, para ser exactos.

Elizabeth se mordió el labio. El departamento de artículos para el hogar era bien conocido por ser la sección más malvada de toda la tienda. A lo largo de los años, varios miembros del personal comenzaron y se fueron, citando la maldad como una de las razones para irse. Como jefa del departamento, Jane Bates debería haberse ocupado de los problemas, pero parecía que ella misma era una de las culpables. Wendy se refería a ella como Maliciosa Bates; era una escultural rubia de uñas largas y cejas perfectamente depiladas. Era una diva de lengua afilada a la que no parecía gustarle nadie que no fuera parte de su camarilla. Bates también era prima de Damon Hill y, efectivamente, se hizo la vista gorda ante su intimidación y su ética de trabajo poco profesional. También era conocida por ser completamente perezosa. Una combinación de esos rasgos desagradables enfureció a Elizabeth. Cuando había gente sin trabajo, le parecía injusto que Jane Bates ocupara un puesto directivo solo por sus conexiones familiares.

Elizabeth se bajó con cuidado de la silla y fue a sentarse a un asiento que estaba lo más lejos posible de Jane y sus compinches. Mientras se zambullía en su ensalada de aspecto poco apetecible con el tenedor, no pudo evitar escuchar a Jane jactándose de las ventas en el departamento de artículos para el hogar.

—Por supuesto, se debe en gran parte al excelente servicio al cliente —dijo Jane, con un movimiento de cabello—. Damon me dijo que somos un serio candidato para el departamento del año.

—Mientras parloteaba sobre sus habilidades como asistente de ventas, Elizabeth trató valientemente de guardar silencio, pero un resoplido escapó de su boca—. Elizabeth... —Jane volvió sus ojos helados hacia ella—. ¿Te has enterado de la reorganización de la oficina central?

—No. —Elizabeth tragó un tomate frío.

—Va a haber grandes cambios, al parecer. —Jane inspeccionó sus uñas—. Hay un rumor de que van a rodar cabezas.

—No escucho rumores —replicó Elizabeth secamente.

—Bueno, esto vino de Damon directamente. —Jane le dedicó una sonrisa dulce como la sacarina—. Las ventas en ciertos departamentos han bajado y se habla de despidos.

—Me preocuparé por *si* eso sucede. —Elizabeth volvió a cerrar la tapa de su caja Tupperware—. Si me disculpan, voy a volver al trabajo.

Recogió sus pertenencias. Luego, mientras se dirigía a la puerta, esta se abrió y Damon se quedó allí con una expresión seria en su rostro.

—Ah, justo la persona a quien buscaba.

—Estaba volviendo. —Elizabeth colgó su bolso sobre su hombro—. Almorcé temprano mientras estaba tranquilo.

—Esto no tomará mucho tiempo. —El tono de Damon era de crispación. Los pelos de la nuca de Elizabeth se erizaron—. Si tan solo vinieras conmigo, tenemos que discutir un asunto... importante.

Detrás de ella, Elizabeth podía escuchar a sus colegas susurrando. A regañadientes, ella asintió y lo siguió por el pasillo, hacia la escalera de caracol que la llevaría a la aterradora tierra de la alta gerencia.

tres

La oficina de Damon era un lugar frío y estéril. A Elizabeth le recordó a la de su dentista con sus paredes encaladas, muebles cromados e iluminación austera. Olía ligeramente a esmalte de lavanda y loción después del afeitado, enfermizamente dulce. Elizabeth miró a su alrededor, esperando ver un taladro, un bisturí, otros instrumentos de tortura y *él* en bata higienizada del Servicio Nacional de Salud, diciéndole que se relajara y sonriera. Luego notó otra figura en la esquina de la habitación y sintió una sensación de alivio porque no estaba sola con el espeluznante gerente de la tienda.

Junto a un tanque burbujeante de peces tropicales estaba sentada una señora. Parecía joven, apenas pasada la veintena, con cabello color ciruela, lápiz labial rojo brillante y pómulos pronunciados, que estaban cubiertos con el tipo de brillo brillante que usan los niños pequeños en las fiestas de cumpleaños. Su atuendo era una combinación de mujer fatal sexy y monja traviesa; una blusa transparente ajustada, una falda lápiz ceñida y unos tacones de aguja de aspecto doloroso. Elizabeth nunca la había visto antes y se preguntaba si ella era la nueva aventura de Damon.

En los dos años que llevaba trabajando en la sucursal de Cornualles, se lo había asociado con una serie de hermosas mujeres. El año pasado, una de ellas había causado una escena horrible en la fiesta de Navidad del personal. Borracha a las ocho, dicha mujer bailó sobre la mesa, vomitó sobre una maceta y luego se enfureció de celos después de que Damon bailara con una rubia de piernas largas del departamento de cosméticos.

Mientras Damon rodeaba su escritorio, Elizabeth le dirigió una mirada inquisitiva.

—Siéntate, Liz —dijo, señalando una silla de acero. Inmediatamente, los pelos de Elizabeth se pusieron de punta. La gente que le gustaba acortaba su nombre y, por lo general, a Lizzie. Ella nunca había sido fan de *Liz*, y era un alivio que su padre no estuviera allí, porque seguramente le habría dicho que Elizabeth era su nombre. Mamá y papá le habían puesto el nombre de la reina de Inglaterra y durante toda su infancia insistieron en que la llamaran por su nombre completo. Ella admitió que sí, durante sus años formativos en la escuela, le había resultado un desafío escribir su nombre completo. Envidiaba a sus compañeras a las que llamaban por nombres cortos y floridos como Rose y Lily, pero ahora, como una mujer madura que se acercaba a los cincuenta, le gustaba la pompa y las connotaciones regias que invocaba el nombre Elizabeth. No le gustaba que el director general condescendiente, que tenía su propio apodo despectivo susurrado entre el personal, lo acortara ni un poco. Damon recogió una pelota antiestrés de su inmaculado escritorio y le dio un rápido apretón. Un sonido vergonzoso rebotó alrededor de la oficina; le recordó a Elizabeth una flatulencia prolongada, y una burbuja de risa quedó atrapada en la parte posterior de su garganta—. No hay una manera fácil de decir esto. —Su sonrisa era tensa y no le llegaba a los ojos—. Supongo que habrás oído los rumores.

—Había oído hablar de despidos, pero pensé que solo eran chismes del departamento de artículos para el hogar. —Elizabeth se movió un poco, desconcertada por su mirada azul cielo.

Damon se recostó en su silla, y Elizabeth tuvo un repentino impulso de tirarlo de ahí, preferiblemente por de la ventana detrás de él. Desde donde estaba sentada, podía ver los techos de los edificios cercanos. Si empujaba lo suficiente, pensó que él podía terminar en el pináculo afilado de la torre de la iglesia y luego alguien amable, con integridad, podría ocupar su puesto en Blooms.

—Liz.

Elizabeth sacudió la cabeza para disipar la visión.

—Lo siento, a millas de distancia.

Damon frunció el ceño. Sabía que lo había irritado, su arrogancia acaparaba toda su atención. Cogió un bolígrafo y lo hizo girar como un bastón, sin duda un espectáculo para impresionar a la joven, que parecía ligeramente aburrida.

—Esta es Sabrina. —Elizabeth se giró en su silla y la saludó—. Sabrina es un nuevo miembro del personal; comenzará en el Año Nuevo.

—Oh, bueno, eso es bueno. —Elizabeth se preguntó qué tenía que ver con ella. El personal iba y venía todo el tiempo en Blooms, pero Damon nunca antes le había presentado a un novato.

—Sabrina es graduada —continuó Damon—. Obtuvo un diploma en negocios y finanzas. —Hizo una pausa para efecto—. De las mejores universidades de Londres.

—Bien hecho —murmuró Elizabeth. Escuchó a Sabrina respirar.

—Además de ser muy inteligente, también tiene un don creativo y buen ojo para el color.

—Tengo un nivel A en Textiles y Arte —intervino Sabrina.

—*Bien*. —Elizabeth ya se estaba sintiendo completamente desconcertada y preguntándose por qué Damon había elegido el día de compras más ocupado del año para compartir eso con ella —. Realmente debería volver, Wendy está sola y...

Damon levantó la mano para calmarla.

—Estoy seguro de que Wendy puede manejarse sola. —Suspiró teatralmente—. Como probablemente hayas escuchado, los grandes jefes han estado aquí... Están exigiendo una reorganización de ciertas áreas dentro de la tienda.

—¿Me estás despidiendo? —Elizabeth se apartó un mechón de cabello de la frente; su mano temblaba ligeramente.

—¡No! Por supuesto que no, Liz, eres un miembro valioso de mi equipo, ¿de dónde sacaste esa tonta idea?

—Entonces, ¿qué sucede, Damon? —Estaba empezando a perder la paciencia con ese hombre estúpido y pretencioso.

—Estás siendo reubicada.

Elizabeth parpadeó.

—¿Ah, sí?

—He discutido esto con otros gerentes y sentimos que estás desperdiciada en lencería femenina.

—Pero me gusta trabajar en lencería femenina —dijo Elizabeth, con los dientes apretados.

Damon se aclaró la garganta.

—Sabrina aquí es la nueva jefa de lencería femenina.

—¿*Qué*? —La boca de Elizabeth se abrió—. ¿Desde cuándo?

—Empezará en Año Nuevo. —Él levantó las manos en un esfuerzo para aplacarla—. Tiene sentido, Liz. Es joven, vibrante, ansiosa y dinámica, perfecta para, emmm... ropa interior femenina.

—Pero, pero...

—Tu departamento va a la zaga de los demás. Necesitamos un par de ojos frescos y juveniles para darle la vuelta.

—Siempre estamos ocupados, Damon —protestó Elizabeth.

Damon bajó la mirada hacia sus uñas impecables.

—Pero no lo suficientemente ocupados, y Sabrina está llena de ideas y energía para aumentar las ganancias. Tenerla a cargo es una situación en la que todos ganan.

—Bien. —Los hombros de Elizabeth se hundieron—. ¿A dónde iré?

Damon saltó de su silla y comenzó a caminar por la habitación.

—He pensado mucho sobre esto y me he preguntado ¿dónde encajaría mejor uno de los empleados con más años de servicio en Blooms? Un lugar más apropiado para tu carácter.

—¿Mi carácter? —Elizabeth se preguntó sobre qué diablos estaba divagando.

—Algún lugar tradicional, reservado. En algún lugar menos desafiante. —Elizabeth podía sentir que su ánimo se hundía más y más. *Oh, por favor, no*. Damon colocó la mano sobre el hombro de ella e, instintivamente, Elizabeth se estremeció—. Tú, querida, eres la nueva asistente de ventas de tiempo completo en utensilios de cocina.

Elizabeth se mordió el labio y se clavó las uñas en las palmas de la mano.

—¿Cómo gerente de departamento? —Podía oír la desesperación en sus palabras.

La sonrisa de Damon era de suficiencia.

—Pensamos que apreciarías un papel menos... estresante.

—¿Así que estoy siendo degradada? —Indignada, la adrenalina latía por sus venas. Quería agarrar el pisapapeles del escritorio de Damon y arrojárselo a su cabeza perfectamente gelificada.

—Bueno, bueno... —La jovialidad de su voz hizo que ella quisiera gritar—. Míralo como un paso al costado. Seguirás teniendo todas las ventajas del personal, sin la presión.

Elizabeth enderezó los hombros.

—Bueno. Solo una pregunta más, Damon.

—Dime —dijo, con una sonrisa satisfecha.

—¿Quién es mi superior jerárquico?

—Ya lo sabes, Liz. Vamos, vamos, menos pretensiones. Es Jane Bates, por supuesto. —Y con ese último clavo en el ataúd, Damon sonrió con una sonrisa de megavatios—. Bienvenida a la familia de artículos para el hogar.

~

—¡Déjame a mí al imbécil! —Wendy golpeó el cajón con tanta fuerza que todo se estremeció.

—Ponte en la cola —bromeó Elizabeth mientras se quitaba los zapatos y dejaba que sus pies se hundieran en la lujosa alfombra.

Ahora que la tienda estaba cerrada, sintió que el estrés desaparecía de su cuerpo.

—¡No puedo creer que te estén trasladando! —Wendy atrajo a Elizabeth en un fuerte abrazo—. Te voy a extrañar mucho.

—Todavía nos veremos —fue la respuesta ahogada de Elizabeth.

—Pero no será lo mismo —se lamentó Wendy—. ¿No podemos quejarnos? ¿Ir al sindicato?

Suavemente, Elizabeth se liberó.

—No estamos en sindicato.

—Tiene que haber algo que podamos hacer. —Los ojos de Wendy se iluminaron—. Podría iniciar una petición: "Mantener a Elizabeth Ryan como jefa de lencería femenina".

Elizabeth frunció los labios.

—Lo que dijo Damon es una completa tontería. Hoy hicimos miles.

—Y todo gracias a ti —interrumpió Wendy—. Los clientes te quieren, eres brillante en tu trabajo y eres tan buena para decorar la vidriera... La Dirección debe estar loca.

Elizabeth miró con nostalgia a los maniquíes que se exhibían en diferentes poses. Había creado una escena festiva que incluía nieve artificial, un imponente árbol de Navidad artificial completo con un ángel y adornos, renos de poliestireno y estrellas colgantes relucientes. Algunos de los maniquíes estaban envueltos en cálidos pijamas de invierno, completo con botas pantuflas y batas esponjosas, y a los demás los había vestido con sexys negligés y ropa interior atrevida. Había algo para cada cliente perceptible; los compradores con frecuencia reducían la velocidad para admirar sus creaciones antes de entrar a la tienda para hacer sus compras.

—No tienen una vidriera en Artículos para el hogar. —La voz de Elizabeth tenía un tono lastimero.

—¡Jesús, no! Está en el sótano, ¿verdad? —Wendy apretó los puños—. Ese bastardo ha hecho esto a propósito. Él sabe lo feliz que estás aquí y la buena relación de trabajo que tenemos. Ahora voy a tener que trabajar con una graduada sabelotodo, que probablemente convertirá este departamento en una réplica de Ann Summers.

—Eso no podría ser tan malo. —Elizabeth guiñó un ojo para aliviar la tensión.

—¿Estás bromeando? Si esta Sabrina se sale con la suya, venderemos vibradores, tapones anales y esposas peludas. Quiero decir, no soy mojigata, pero siempre hemos sido elegantes y de lujo. Nunca hemos vendido baratijas.

—Bueno, no hay nada que podamos hacer —suspiró Elizabeth—. La decisión está tomada y, si yo... si nosotras queremos mantener nuestros trabajos, entonces tenemos que obedecer.

—¡Aunque es una mierda! —Wendy se limpiaba la nariz que moqueaba—. Y pobre de ti, tener que trabajar con Jane Bates. ¿Cómo te las arreglarás?

Elizabeth respiró hondo.

—Meditaré todas las mañanas e iré a mi lugar feliz cuando ella esté cerca.

Wendy resopló de risa.

—Yo estaría haciendo de ella un muñeco vudú y clavándole alfileres si trabajara con esa vaca.

Fue en ese preciso momento que Jane Bates dobló la esquina. Elizabeth le dio un codazo a Wendy, diciéndole que se callara.

—¿Escuché que vas a trabajar para mí, Liz? —dijo Jane, con un resoplido y una clara mueca de superioridad en su rostro—. ¡Será divertido!

—Estoy deseando que llegue —dijo Elizabeth, con una sonrisa demasiado dulce. Su fachada era de tranquila indiferencia, pero su interior se estremecía ante la perspectiva de tener que rendirle cuentas a Jane Bates. La vida en los grandes almacenes Blooms nunca volvería a ser la misma. Una sensación de aprensión se apoderó de ella como un manto pesado y deprimente.

—Nos vemos en la fiesta —trinó Jane, con un movimiento de su mano perfectamente cuidada.

—Esa mujer podría cuajar leche. —Wendy frotó el brazo de

Elizabeth en un gesto de solidaridad—. Espero que esto no arruine tu Navidad.

—Por supuesto que no. —Elizabeth sacó la llave de la caja y examinó su mercancía restante—. Hemos vendido la mayor parte del stock en un día. Vamos, vamos a mostrar nuestras caras en esta fiesta del personal y luego podemos irnos a casa.

—¡Aleluya! —Wendy levantó los brazos al cielo—. Como es Nochebuena, planeo pedir comida para llevar más tarde y beber grandes cantidades de vino. ¿A quién le importa si quemo el pavo mañana?

Las luces se apagaron mientras cruzaban la tienda hacia el ascensor. Wendy parloteó, contándole a Elizabeth sobre los regalos que les había comprado a sus hijos. Su felicidad y entusiasmo hicieron que a Elizabeth se le hiciera un nudo en la garganta. Había sido exactamente igual con sus tres hijos, pero ahora todos eran adultos independientes, y sin Martin, la magia de la Navidad se había desvanecido. Para Elizabeth, era un día cualquiera. Un recordatorio de la pérdida y de la soledad, pero ese año estaba decidida, al menos, a tratar de ser feliz y, cuando finalmente llegara a su casa, comenzaría por sacar la caja etiquetada como *Navidad* y decoraría su apartamento.

cuatro

Más tarde esa noche, mientras envolvía las luces alrededor del árbol, sonó el teléfono. Elizabeth atravesó la habitación de puntillas, con cuidado de evitar las chucherías y los adornos esparcidos por el suelo. Cogió el auricular y dijo: "Hola".
—¡Mamá! Es tu hijo favorito.
Elizabeth sonrió ante el sonido de la voz de Harry.
—¿Cómo estás? ¿Y cómo está Tailandia? —Se dejó caer en el sofá, con una imagen mental de su hijo mayor flotando sobre ella. De cabello oscuro y guapo, con los ojos azules y hoyuelos de Elizabeth, a los veinticuatro años, Harry estaba en la flor de su vida.
—Sorprendente —respondió.
Elizabeth sonrió ante el entusiasmo en su voz.
—¿Y cómo está tu hermano?
—Él está bien. Excelente. En el mar en este momento, jugando a la pelota con un grupo de chicas alemanas. Dijo que te dé su amor y que te llamará mañana. —Hubo una pausa—. ¿Estás lista para Navidad?
—Solo estoy decorando el apartamento —respondió Elizabeth—. Pero sí, todo está bajo control.
—¿El abuelo va a estar allí?

—Sí. —Elizabeth sonrió ante la mención de su padre de ochenta y siete años—. Y Annabel también.

—¿Cómo está la mequetrefe?

—Ella está bien, creo, amor. Ya sabes cómo es tu hermana; no te dice mucho de su vida —suspiró Elizabeth—. No la he visto desde el verano, así que será bueno ponerme al día.

—Me alegro de que no vayas a estar sola. Me preocupo por ti, mamá.

—No hay necesidad. —Elizabeth agarró el teléfono con más fuerza, abrumada por el amor de su sensible hijo—. Regresaré al trabajo pronto, volveré a la normalidad. —Las lágrimas se acumularon en sus ojos al pensar en su inminente reestructuración laboral.

El silencio se extendió entre ellos; podía escuchar el sonido de las olas y las risas. Cómo deseaba estar lejos de la triste Gran Bretaña, en algún lugar cálido, con hermosos paisajes. Tal vez haría como Shirley Valentine y se escaparía a Grecia. ¿Cuánto tiempo había pasado desde que había tenido unas vacaciones? ¿Cuatro años? Antes de la muerte de Martin, cuando estuvo gravemente enfermo y luchando contra un cáncer de intestino durante dieciocho meses, habían planeado ir a España. Unas últimas vacaciones juntos, pero luego se había deteriorado tan rápido que esos planes habían sido archivados.

—Mamá, ¿estás bien? —Harry la trajo de vuelta al presente.

—Sí, amor. —Ella resopló—. No te preocupes por mí.

—Echas de menos a papá, ¿verdad? Sabía que no deberíamos haber venido aquí por Navidad. Maldito Josh, y sus locos planes. Deberíamos estar allí contigo, juntos como una familia.

—No seas tonto —lo reprendió Elizabeth—. Tu abuelo y hermana estarán aquí, y yo tengo mis amigos. Estoy bien, amor, sinceramente.

—Bueno, está bien. Estaba pensando que en el Año Nuevo podrías venir y quedarte conmigo y Josh por una semana o dos. Te mostraríamos las luces de la gran ciudad, iríamos a ver un espectáculo en el West End, te llevaríamos al London Eye.

Elizabeth se rio entre dientes.

—Sabes que tengo miedo a las alturas, pero sí, creo que sería encantador. Tal vez en la primavera, cuando mi derecho a vacaciones comience de nuevo y cuando haga más calor.

—¡Genial!

Elizabeth podía escuchar una voz femenina llamando a Harry, y su hijo diciéndole que se callara.

—Ve y diviértete, amor —dijo con firmeza—. Hablaré contigo mañana. —Las palabras de Harry eran indescifrables. La línea crujió antes de quedar completamente en silencio—. Adiós, hijo.

—Elizabeth cortó la llamada y volvió a colocar el auricular en su soporte.

En el sofá junto a ella había un regalo de Santa Secreto del trabajo. Su interés despertó, lo recogió, rasgó el envoltorio y deseó no haberse molestado nunca. Envuelto en tejido estaba el par de pantuflas más espantoso que había visto. Eran un tartán verde enfermizo con pelaje blanco en el interior, lo que le recordó a Elizabeth algo que usaría su propia abuela. Acurrucado debajo de ellos había un par de medias bronceadas de veinte denieres.

¿Era eso lo que sus colegas pensaban de ella: pantuflas pasadas de moda y medias color canela que le quedarían bien a un vejestorio? Tuvo un pensamiento fugaz de que podrían ser de Jane Bates, o peor aún, de Damon. ¿Cómo la había descrito? ¿Reservada? ¿Tradicional? ¿Vieja? Como una mujer que estaba llegando a los cincuenta, Elizabeth encontró su elección de lenguaje profundamente ofensivo. Sus revistas reforzaban repetidamente el mantra de que los cincuenta eran los nuevos cuarenta y que la edad era solo un número. Pero el ánimo de Elizabeth se debilitó. El hecho era que se sentía vieja. Le dolían los huesos, estaba llena de hormonas y estaba plagada de sofocos, y la línea del cabello estaba salpicada de canas.

Martin la había llamado hermosa, una tentadora sexy y seductora, pero todo lo que Elizabeth veía cuando se miraba en el espejo era una mujer normal y cansada, que había perdido su brillo. De repente tuvo miedo de que la vida se le estuviera pasando. Las cosas tenían que cambiar y con la llegada del Año Nuevo tenía la excusa perfecta para cambiar su vida y mejorarla. Elizabeth sacó su diario y anotó sus planes de reinvención. Tiempos para cambiar. Era hora de sacudir al mundo. Y todo iba a empezar el primero de enero.

∽

A la mañana siguiente, se despertó con una renovada sensación de positividad y la determinación de ser feliz. Después de todo, era el día de Navidad. No había pensamientos sensibleros, no ese día. Durante la noche había caído una ligera capa de nieve que cubría el suelo, los árboles y los setos. Brillaba donde caían los rayos del sol, como una escena de una bonita tarjeta de Navidad. Elizabeth se ocupó en preparar el pavo y las verduras; ya habría tiempo para desenvolver los regalos más tarde, cuando la comida se hubiera comido y ella pudiera relajarse. Observó el vino que había descorchado la noche anterior y luego recordó que tenía que recoger a su padre en la residencia.

Para su deleite, y como si leyera su mente, Annabel le envió un mensaje informándole que estaba a medio camino de su casa y que recogería a su abuelo en el trayecto. Elizabeth agarró una copa de vino y vertió una pequeña cantidad.

"Salud", le dijo a un petirrojo en el alféizar de su ventana. Encendió la radio y mientras sonaban los villancicos navideños, encendió el horno antes de centrar su atención en poner y decorar la mesa.

Para el mediodía, todo estaba organizado y bajo control, por lo que Elizabeth decidió salir a caminar. Se puso las botas de montaña y un impermeable amarillo soleado. El cielo estaba cubierto de nubes grises cargadas de lluvia, y el viento levantaba hojas y desperdicios. Salió del bloque de apartamentos donde vivía y se detuvo a saludar a alguno de sus vecinos, que estaban en la calle jugando con sus hijos. Sonriendo ante el sonido de sus risas excitadas, caminó rápidamente por la acera, metiendo las manos firmemente en los bolsillos de su abrigo. El final de la calle curva se abría a un camino más grande que la llevaría a través de un pequeño bosque al camino costero principal.

Los pájaros se habían reunido en los árboles, cantando lejos; podía distinguir el golpeteo de un pájaro carpintero y el arrullo de un grupo de palomas. El camino costero era una ruta popular para los senderistas, y Elizabeth se cruzó con algunas personas que caminaban con sus perros. Deseándoles una feliz Navidad, siguió su camino hasta llegar a la cima del cerro. Ante ella había un espectáculo maravilloso: el mar Céltico en todo su esplendor. Elizabeth miró paralizada cómo las olas salvajes rompían contra las rocas negras y escarpadas. Los colores dentro del agua eran tonos llamativos de azul, verde y gris, intercalados con la espuma blanca como la nieve de las olas. El sonido de las olas era ensordecedor. Elizabeth inhaló, respirando profundamente el aire fresco y salado. La escena nunca dejaba de asombrarla; a pesar de que nació y se crio allí, en Cornualles, la visión de la naturaleza extendida a lo largo de kilómetros era tan hermosa y espectacular que le arrancaba una lágrima cada vez que la presenciaba.

Caminó durante unos buenos veinte minutos, deteniéndose para tomar algunas fotos de la escarpada costa. Cuando comenzó su descenso, tenía una vista clara del puerto de Leonards-On-Sea. Decenas de botes de diferentes tamaños y colores se mecían en las aguas suavemente ondulantes. Las gaviotas volaban por encima, chillando y batiendo sus alas; volaban contra el telón de fondo de un arcoíris que bañaba todo el puerto con una luz gloriosa. Elizabeth inhaló el olor a sal y pescado, y su estómago gruñó; el *croissant* de antes había sido olvidado hacía mucho tiempo. Siguió caminando, más allá de las paredes de piedra caliza que rodeaban el puerto. Las tiendas construidas alrededor de esa parte del pueblo de pescadores estaban todas cerradas, pero Elizabeth podía ver gente en las ventanas de las casas construidas en el acantilado; árboles de Navidad centelleantes y niños jugando con sus nuevos juguetes. Sintiéndose fortalecida por el aire fresco y fortificante, dio media vuelta y emprendió el camino de regreso a casa.

La casa consistía en un apartamento en planta baja, el número uno de veinte pisos privados. Elizabeth se había mudado allí hacía dieciocho meses, después de la muerte de Martin. Era una zona tranquila, muy diferente a la gran casa unifamiliar que había compartido con Martin y sus tres hijos. Su vida de casada había sido ruidosa y caótica, llena de risas. Diez años mayor que ella, Martin había sido vendedor de autos y, hasta su muerte, todavía tenía el don de la palabra. Un descarado que bromeaba con todos, incluso con las enfermeras que supervisaban su cuidado al final de su vida. Sus últimas palabras para Elizabeth habían sido que no se apenara y disfrutara la vida, pero ella lo extrañaba. Lo extrañaba terriblemente.

Su casa había sido un recordatorio constante de él. Con un enorme jardín y sus hijos volando del nido, se había convertido en una tarea para una sola persona, por lo que se había reducido. La venta de la casa le había dado un pequeño ahorro que le ayudaría hasta que fuera elegible para su pensión de vejez. Con la venta de la propiedad y los seguros de vida y pensiones de Martin, había suficiente en el banco para que ella no tuviera que trabajar, pero Elizabeth siempre se había preocupado por sus finanzas; quería asegurarse un ingreso estable en caso de emergencias y le gustaba el aspecto social que le ofrecía el trabajo. Hasta ese momento. La idea de trabajar junto a Jane Bates todos los días le provocó un nudo de consternación en el fondo de la garganta. Su condición de empleada de Blooms ya no parecía tan atractiva. Trabajó en el departamento de utensilios de cocina durante un corto tiempo cubriendo la licencia de maternidad y lo encontró extremadamente aburrido y poco inspirador. ¿Cómo se las arreglaría para ser un elemento permanente allí?

Elizabeth dejó escapar un suspiro mientras tecleaba el código para llevarla al pasillo común. Mientras buscaba a tientas en su mochila la llave de la puerta principal, un hombre gritó su nombre. Su amigo y vecino Brian estaba inclinado sobre la escalera astillada, con una gran sonrisa en su rostro y un sombrero de fiesta encajado en su cabeza.

—¡Feliz Navidad! —gritó él.
Elizabeth lo observó mientras bajaba corriendo los escalones. Llevaba puesto su uniforme de enfermero: sobrecamisa y pantalón blanco.
—¡Feliz Navidad! —respondió ella—. ¿No vas a trabajar hoy?
—Solo hasta las seis —dijo, con los ojos en blanco—. Que egoísta de parte de la gente tener una enfermedad mental en Navidad, ¿eh?
—¿He oído que puede ser peor en esta época del año?
—Sí. Presión y soledad, problemas financieros. Es suficiente para llevar a una persona al límite.
—¿Quieres que te prepare algo de cenar? ¿Evitar tener que cocinar cuando vuelvas?
—Eres un ángel, Lizzie Ryan —respondió Brian con una sonrisa—. Mi hermana cocinará para mí y lo traerá más tarde, pero gracias de todos modos. —Sacó un trozo de muérdago de detrás de su espalda y lo agitó por encima de su cabeza. Elizabeth se inclinó para darle un casto beso en las mejillas. Brian era un querido amigo que, aunque veinte años menor que ella, todavía estaba buscando el amor de su vida y era un gran tipo en todos los sentidos.
—Bueno, supongo que debería irme —Hizo girar las llaves del coche alrededor de su dedo—. No hay descanso para los malvados. —Abrió la puerta de la entrada principal cuando Lizzie se volvió para entrar en su apartamento—. ¿Oye, Lizzie? —Ella se dio vuelta para mirarlo inquisitivamente—. ¿Estás libre en Nochevieja? Hay una discoteca en The Jolly Rambler; promete ser una buena noche.
—Tendré que revisar mi ocupada agenda —dijo Elizabeth con una sonrisa irónica—, pero creo que podré hacerlo.
—Genial. Que tengas un buen día y asegúrate de comer, beber y ser feliz. —Levantó la mano antes de salir del edificio.
Elizabeth ajustó la corona de acebo torcida en su puerta y cerró el mundo.

cinco

El timbre del intercomunicador sonó justo cuando Elizabeth rociaba las papas por última vez. Cerró la puerta del horno con la cadera, se limpió las manos en un paño de cocina y dijo un alegre "adelante" antes de abrir la cerradura de la puerta. Se apresuró hacia el espejo en el pasillo y miró críticamente su reflejo; el cabello castaño color caramelo le caía en ondas hasta la cintura, el flequillo húmedo caía sobre las pestañas negras como el hollín, las mejillas sonrosadas por el esfuerzo de cocinar. Pero sus ojos azul oscuro brillaban de emoción ante la perspectiva de volver a ver a su hija y a su padre.

—¡Mamá! —Annabel dejó caer su bolsa de viaje al suelo antes de catapultarse a los brazos de Elizabeth. Se quedaron unos minutos abrazándose. Abrumada por la emoción, Elizabeth se sorbió las lágrimas. Había pasado demasiado tiempo desde que había visto a su bebé.

—Déjame mirarte. —Elizabeth dio un paso atrás para observar a su hija. Annabel había heredado la buena apariencia morena y la estructura alta y atlética de su padre—. Tienes buen aspecto —dijo a la ligera—. La vida universitaria debe sentarte bien.

—Gracias. —Annabel sonrió—. Sin embargo, todavía extraño

tu comida casera; he estado viviendo de frijoles con tostadas y espagueti.

—¿Cuánto tiempo puedes quedarte? —preguntó Elizabeth, acariciando a su hija debajo de la barbilla.

—Unos pocos días. —Annabel frunció el ceño—. Lo siento. Tengo que volver: los ensayos deben entregarse en Año Nuevo.

—Está bien. Lo entiendo. —Elizabeth miró alrededor de su hija—. ¿Dónde está tu abuelo?

—Hablando con una anciana. —Annabel bajó la voz—. Me ha estado molestando para hacer una apuesta por él.

—Espero que hayas dicho que no.

—Dije tal vez. —Annabel suspiró—. Es difícil decirle que no al abuelo. Estaba recordando a nana en el camino hacia aquí. Según él, ella era un ángel que lo dejaba salirse con la suya.

Elizabeth resopló.

—¡Ella no era tal cosa! Tu abuela odiaba que él apostara, decía que era obra del diablo. Debería ir a buscarlo. —Se hizo a un lado y condujo a su hija hacia el salón—. Siéntete como en casa, amor.

Elizabeth caminó rápidamente por el pasillo y atravesó la puerta abierta. Allí estaba, charlando con Mae, la anciana que vivía en el número dos. Los dos se reían como un par de tontos adolescentes. A los ochenta y siete años, Bob llevaba bien su edad. Todavía tenía la cabeza llena de cabello, aunque gris. Su rostro estaba rubicundo por años de estar al aire libre, pero era suave, aparte de un puñado de líneas arrugadas alrededor de los ojos y boca. La gente a menudo se asombraba cuando les revelaba su edad.

Mentalmente, Bob estaba alerta y era ingenioso, pero físicamente caminaba con la ayuda de un bastón después de haber sufrido dos derrames cerebrales a los setenta años. Elizabeth le tocó el brazo, y él dirigió su atención a su hija.

—Feliz Navidad, Elizabeth.

—Papá. —Ella se inclinó hacia él. Olía ligeramente a colonia y pasta de dientes—. Espero que tengas hambre.

—Estoy famélico —respondió con un guiño—. ¿Sabía lo

maravillosa que es mi hija como cocinera?

Mae, a quien se había estado dirigiendo, les sonrió a los dos.

—Sí, lo sé —dijo ella—. Elizabeth me hizo una torta Victoria hace unas semanas. Creo que podría montar su propio negocio, así de delicioso.

—Eres muy amable —dijo Elizabeth—. Pero yo no soy Mary Berry.

—No seas tan humilde —declaró Bob—. Ahora, ¿tienes algo de whisky para un pobre anciano?

—¿El Glenfiddich está bien? —Elizabeth pasó el brazo por el hueco del de su padre y le sonrió a Mae—. No debería estar bebiendo. El personal de la residencia me regañará cuando llegue a casa borracho.

—No les hagas caso —Bob agitó su bastón al aire—. Es el día de Navidad y no me estoy haciendo más joven. Quiero disfrutar el tiempo que me queda.

—¡*No*! Con tu constitución, vivirás hasta los cien años. —Elizabeth sonrió—. Estaré en una habitación en el hogar de ancianos junto a ti.

—Bueno, voy a esperar un telegrama de nuestra querida reina antes de que estire la pata. —Bob guiñó un ojo.

—Oh, y yo —intervino Mae—. Apuesto a que su majestad nunca está sola el día de Navidad, a diferencia de mí.

—¿Qué? —La boca de Bob se abrió—. ¿No tienes a nadie que te haga compañía, amor? ¿Sin hijos ni familia extendida?

—Nunca me casé —dije Mae con un resoplido—. He tenido algunos novios a lo largo de los años, pero solo me querían por mi cuerpo.

Bob y Mae estallaron en carcajadas.

—Bueno, amor, ¿por qué no pasas el día de Navidad con nosotros?

Elizabeth miró a su papá. Eso era típico de él. Siempre había tenido debilidad por las damas, especialmente las damiselas en apuros. Elizabeth estaba sorprendida de que nunca se hubiera vuelto a casar después de la muerte de su madre, diez años atrás. A todas las mujeres parecía gustarles, era un mujeriego de pies a cabeza, con su gran atractivo y su encanto anticuado. Martin se parecía a él en muchos aspectos, y su padre y su marido habían sido los mejores amigos. Una sacudida de dolor sacudió el cuerpo de Elizabeth, pero mostró una brillante sonrisa para ocultarlo.

—Ven a cenar con nosotros —le dijo a Mae cálidamente—. Hay mucho para todos.

El rostro de Mae se abrió en una enorme sonrisa.

—¿Estás segura, amor? No me gustaría molestar...

—Estoy seguro —interrumpió Bob. Extendió el otro brazo para que Mae lo agarrara, y los tres cruzaron el umbral hacia el cálido apartamento.

Una vez que Bob y Mae se acomodaron en los sillones con un whisky cada uno, Elizabeth y su hija se ocuparon de servir la cena. Mientras escurría las verduras, Elizabeth miró disimuladamente a Annabel y llegó a la conclusión de que había perdido peso. No la sorprendió considerando la dieta que había escuchado que los estudiantes seguían. Pero le preocupó notar círculos oscuros debajo de sus ojos y un aura de fragilidad que nunca antes había estado allí.

Annabel siempre había sido tan segura y fuerte... Había sido ella quien había consolado a sus hermanos tras la muerte de su padre. Había sido su hija quien había tomado la decisión de dejar Cornualles hacía dos años y mudarse a Manchester. Se había ido sola una brumosa mañana de septiembre, mientras Elizabeth intentaba no llorar en la estación del tren. Durante tres años Annabel había vivido y estudiado en Manchester, regresando a casa en Navidad y en las vacaciones de verano. Ahora estaba en el último año de la carrera de Enfermería y terminaría en otros seis meses. Elizabeth estaba tan orgullosa de su hija menor... Su propia madre había sido enfermera pediátrica y su compasión y deseo de ayudar a los demás se le habían contagiado a Annabel.

La propia Elizabeth nunca había sentido la atracción de trabajar en enfermería, aunque algunos días deseaba haber elegido una carrera más satisfactoria, y dado su inminente cambio de departamento, estaba considerando seriamente su futuro en los grandes almacenes Blooms.

—¿Cómo va tu curso, amor? —Elizabeth se aclaró la garganta—. ¿Estás haciendo frente a la carga de trabajo?

—No está mal. —Annabel puso zanahorias en los platos—. Estoy en mi última práctica y está muy ajetreada, pero la buena noticia es que he terminado todos mis ensayos; solo me queda completar la tesis.

Elizabeth sonrió.

—¿Prefieres el lado práctico del curso?

—Absolutamente. Me encanta estar con los pacientes. Sin embargo, el papeleo es molesto, pero hay que hacerlo.

—Mmm... —asintió Elizabeth—. Siempre fuiste más activa que académica. Recuerdo cuando estabas en la escuela; odiabas la tarea. Siempre quisiste estar afuera, haciendo cosas. ¿Sigues nadando?

Annabel frunció el ceño.

—Poco. Es difícil encontrar el tiempo, con el trabajo de la universidad y mi vida social.

—Apuesto que te lo has pasado genial. —Elizabeth se rio entre dientes y vació la salsa de pan de la cacerola. Le dio a su hija una mirada tímida—. ¿Hay alguien especial en tu vida, amor? ¿Un novio?

Annabel levantó la vista.

—He conocido a alguien. Su nombre es Adam y es médico.

—¡Un médico! —exclamó Elizabeth—. Nunca me lo dijiste, amor. ¿Cómo es él? Háblame de él.

—Solo hemos estado saliendo unos meses, mamá. —Annabel se quitó un mechón de pelo de la cara—. Aunque somos amigos desde hace años. Es rico, guapo y exitoso.

—Guau... —Elizabeth se ocupó de quitar el papel de aluminio del pavo—. Suena celestial, ¿y es de Manchester?

—Sí. —Annabel se mordió el labio—. La parte elegante.

—Bueno, me gustaría conocerlo. Tendrás que traerlo a Cornualles para el fin de semana.

Annabel se encogió de hombros.

—Tal vez.

Algo en su tono hizo que Elizabeth la mirara fijamente.

—¿Está todo bien, amor?

Annabel agachó la cabeza.

—Todo está bien, mamá. No te preocupes.

Su respuesta cortante sorprendió a Elizabeth, pero decidió no insistir más en el asunto.

—Bueno, la comida está lista. ¿La llevamos?

—Y está cocinada a la perfección. —Annabel se inclinó para besar la mejilla de su madre—. Te he echado de menos, mamá.

—Oh, amor... —Elizabeth extendió los brazos y abrazó a su hija con fuerza—. Sabes que siempre estoy aquí para ti, en cualquier momento, de día o de noche.

—Lo sé. —Annabel resopló y dio un paso atrás—. ¿Podemos comer ahora? No he cenado un asado en meses y me muero de hambre.

—¿No desayunaste nada? —Elizabeth dijo con una mueca.

—Solo una barra de cereal —respondió Annabel—. Lo sé. Tengo que empezar a comer más sano, pero no tengo tiempo para cocinar.

—Bueno, mientras estés aquí te voy a consentir. Engordarte como yo.

Annabel lanzó una mirada severa a su madre.

—No te menosprecies. Tienes una figura preciosa. Ojalá hubiera heredado tus curvas.

—Gracias, amor. —Elizabeth se limpió los ojos con una toalla—. Pero tengo que cuidar mi peso. Tu abuela tenía diabetes a los setenta años y, si no tengo cuidado, me iré por el mismo camino.

—Comienza en el Año Nuevo entonces. —Annabel sonrió y recogió el pavo—. Pero por hoy, las dietas en esta casa están prohibidas. ¿De acuerdo?

—De acuerdo. —Elizabeth recogió la bandeja de verduras y siguió a su hija a la sala de estar. Se le hizo agua la boca ante el olor y la vista de la deliciosa comida que estaban a punto de consumir.

Seis

Después de haber devorado un suntuoso asado navideño con todas las guarniciones, los cuatros levantaron sus copas de Prosecco en un brindis por la salud y la felicidad de los demás. Luego, Elizabeth sacó un pastel de chocolate que rezumaba y lo ofreció alrededor de la mesa con crema espesa. Bob aflojó el cierre de sus pantalones y declaró que ese era el mejor almuerzo de Navidad que jamás había consumido. "El viejo tonto dice eso todos los años", pensó Elizabeth con cariño. Le ofreció una sorpresa navideña a Mae, quien se rio con deleite de su cortaúñas y su sombrero de fiesta rosa cuando esta estalló con fuerza.

—Ni siquiera puedo cortarme las uñas de los pies —dijo con un suspiro—. Mi reumatismo se porta terriblemente cada vez que me agacho.

—Entonces, ¿cómo te las arreglas, Mae? —preguntó Bob, tirando de las puntas de su bigote.

—Pago por un podólogo, por supuesto. —Mae le guiñó un ojo a Elizabeth—. Solo tiene treinta y tantos años, tiene músculos grandes y dedos encantadores y ágiles. Es muy minucioso, pero no me hace ni la mitad de cosquillas.

Elizabeth miró a Annabel, que estaba tratando de controlar su risa detrás de una servilleta roja.

—No hay necesidad de pagarle a nadie —fanfarroneó Bob—. Lo haría gratis y ¿sabías que también soy un experto en masajes de espalda?

Mae se rio entre dientes antes de golpearlo juguetonamente en el brazo.

Mientras hubo una pausa en la conversación, Elizabeth recogió la vajilla sucia. Había aprendido por experiencia a no intervenir cuando su padre estaba en uno de sus estados de ánimo coquetos. El viejo cabrón no necesitaba ningún estímulo, pero ella tampoco quería disuadirlo de tener un poco de diversión inofensiva, y por el brillo en los ojos de Mae, parecía estar animándola considerablemente. Fue a la cocina y se puso a raspar las sobras en el cubo de basura.

—¿Cómo son esos dos? —Annabel la siguió a través de la puerta—. Me siento como una sujetavelas ahí fuera.

—Oh, así es su estilo —dijo Elizabeth por encima del hombro—. Deberías verlo en la residencia: señor Popular, si alguna vez he visto uno. Creo que es el residente favorito del personal.

Annabel se apoyó contra el marco de la puerta, con los brazos cruzados sobre el pecho, y Elizabeth se estremeció por lo mucho que se parecía a su padre.

—Entonces, de todos modos... —dijo Annabel a la ligera—. He hablado sobre mi vida, y el abuelo y Mae nos han ilustrado sobre la suya. Quiero saber que ha estado haciendo mi madre.

Elizabeth dejó los platos y abrió el grifo del agua caliente.

—Nada interesante realmente —respondió ella—. Aparte de ser degradada y transferida en el trabajo, eso es.

—¡Oh, no! —Annabel la miró preocupada—. ¿Qué ha pasado?

—Te lo contaré todo. —Elizabeth le pasó a su hija un paño de cocina limpio y comenzó a explicar.

—Eso es tan injusto —dijo Annabel, cuando Elizabeth terminó de contar su historia de aflicción—. Te encanta la ropa interior de mujer y lo haces de maravilla, mamá. ¿Podrías quejarte con alguien más alto? ¿Oficina central?

—Sería una pérdida de tiempo, amor, e incluso si aceptaran mi queja, Damon y Jane Bates harían de mi vida un infierno. —Elizabeth fregó un plato—. Estaba pensando en entregar mi renuncia. Teóricamente, no necesito trabajar.

La boca de Annabel se abrió.

—¡Pero te encanta trabajar! Mamá, te aburrirías.

—Podría dedicarme a un pasatiempo —dijo Elizabeth—. Pintar o tejer, leer... —Dejó que su voz se apagara.

—Ni siquiera tienes cincuenta —dijo Annabel secamente—. Todavía no puedes jubilarte. Tus células cerebrales se harían... papilla.

—Bueno, o me quedo en un trabajo que detesto, o busca otra cosa, ¿y quién querría contratar a una mujer menopáusica de cuarenta y nueve años?

—Muchos empleadores —interrumpió Annabel—, y tendrían suerte de tenerte.

Después de haber lavado los platos, Elizabeth tiró de los guantes de goma para quitárselos.

—Por primera vez en mi vida me siento vulnerable, amor. Incluso cuando tu padre murió, me las arreglé para mantener la compostura, pero ahora... bueno, tengo miedo por el futuro.

—Oh, mamá. —Annabel la rodeó en sus brazos—. Sabes que siempre me tienes a mí, a Josh y a Harry. Podrías venir a Manchester y quedarte conmigo un tiempo.

—¡No bromees! —Elizabeth dio un paso atrás—. No querrás que tu anciana madre ande rondando por ahí.

—¡No eres vieja! —protestó Annabel.

—Bueno, lo siento. —Elizabeth hizo una mueca—. ¡Lo siento! Es el día de Navidad y estoy arruinando las Fiestas. No hablemos más de Blooms. Limpiaremos la mesa y jugaremos un juego de mesa y tengo un delicioso queso continental para que podamos comer un poco más tarde.

Annabel le mostró a su mamá una suave sonrisa.

—Eso suena perfecto.

Después de un emocionante juego de Pictionary, que hizo que

los cuatro se rieran a carcajadas, Elizabeth y Annabel movieron la mesa y las sillas y pusieron un CD de éxitos navideños. Bob y Mae se levantaron para bailar, bailando lentamente por la habitación, con las mejillas juntas. Elizabeth se relajó en el sofá junto a Annabel.

—Es tan agradable tenerte en casa... —Elizabeth palmeó la rodilla de su hija—. He estado pensando, amor, cuando termines la universidad el próximo verano... —Hizo una pausa para tomar aliento—. ¿Qué tal si nos vamos de vacaciones?

—¿Juntas? —Annabel se incorporó arrastrando los pies.

—Sí, claro —Elizabeth se rio—. Puedes elegir el destino. Podríamos ir a cualquier lugar: una ciudad metropolitana tal vez, un balneario caliente, un crucero por el Mediterráneo. Yo pagaría, por supuesto. Sería un regalo por estudiar tanto. —Ella ladeó la cabeza y examinó a su hija—. ¿Qué piensas?

—Oh, mamá. —Annabel bajó la mirada hacia su regazo—. Me encantaría, de verdad.

—Siento que viene un "pero". —La sonrisa en el rostro de Elizabeth se desvaneció lentamente.

—He hecho planes para el verano. —Annabel tomó la mano de su madre—. De eso es de lo que quería hablar contigo.

—Oh, está bien. —Elizabeth le apretó la mano ligeramente—. Entiendo. Quieres salir con tu novio.

Annabel sacudió la cabeza con fervor.

—No con él. Madison. ¿Recuerdas a mi amiga de Norfolk? Bueno, se va de viaje, mamá, y me ha preguntado si quiero ir con ella.

—Eso es fabuloso, amor. —Elizabeth le dio a su hija una sonrisa alentadora—. ¿A dónde vas? No, no me digas, ¿unas dos semanas de fiesta sin parar en Ibiza?

Un rubor se extendió por las mejillas de Annabel.

—No son unas vacaciones de dos semanas, mamá. —Ella exhaló pesadamente—. Voy a vivir en Nueva York durante doce meses.

—¡Nueva York! —El grito de Elizabeth llegó justo cuando la música terminó. Mae y Bob se giraron a mirarla.

—Pero... pero, amor, ¿qué hay de tu trabajo de enfermería? Supuse que empezarías a trabajar de inmediato.

—Estaré trabajando. —Los ojos de Annabel estaban muy abiertos por la emoción—. Madison nos consiguió trabajo en un bar, justo en el corazón de la ciudad. Sé lo que estás pensando. Debería estar trabajando para el Servicio Nacional de Salud, pero después de todos estos años de estudio, quiero un tiempo libre, mamá. Quiero ir a un lugar nuevo y emocionante. Quiero experimentar la vida. Y solo será por doce meses. Tengo toda mi vida para dedicarme a mi carrera, así que ahora solo quiero divertirme.

Y con eso, Bob irrumpió en una interpretación de *New York, New York*, con patadas altas incluidas.

∽

En la mañana del *Boxing Day*, Elizabeth y Annabel desafiaron el clima ventoso y salieron a caminar. Elizabeth había recibido un nuevo par de botas de su hija y estaba ansiosa por probarlas. Caminaron durante una hora por el camino costero y luego se dirigieron al único pub de St-Leonard-By-The-Sea: The Jolly Rambler. Elizabeth esperaba que estuviera lleno, pero solo había un puñado de personas allí.

—¿Qué has hecho con todos los apostadores? —le dijo al barman George.

—Hay un partido de fútbol; creo que todos están allí —respondió, agitando un paño de cocina a cuadros en el aire—. Pero estoy esperando que levante aquí más tarde. Hay una banda en vivo, Lizzie, ¿te apetece bailar un poco? —Movió las caderas y el guiño que le dio hizo que Elizabeth se riera a carcajadas.

—Si me quedo toda la noche bebiendo, no podré trabajar por la mañana. —Sacó un billete de veinte libras de su bolso—. Dos vinos blancos dulces, por favor, y los menús también.

George enarcó las cejas.

—Especial del día es un estofado con albóndigas con corteza de hierbas. —Señaló con el pulgar en dirección a la cocina—. Ha vuelto a experimentar.

—Bueno, eso suena delicioso —dijo Elizabeth con una sonrisa—. Dos de eso, por favor. —Llevó las bebidas a un asiento junto a la ventana que Annabel había reclamado—. ¿Tienes que volver a Manchester mañana? —preguntó, mientras dejaba las bebidas—. Toma prestada mi computadora portátil y trabaja desde aquí.

—Eso suena tentador —respondió Annabel—. Pero tengo que ir a la biblioteca. A algunos de los profesores les gusta que demuestres que has leído un libro real para las tareas.

—No puedo creer que casi hayas terminado —Elizabeth bebió un sorbo de vino—, y te vas para Nueva York. Qué interesante.

Annabel se estiró para sacar cuchillos y tenedores de una olla de barro.

—¿Estarás bien? —Ella se mordió el labio—. Me preocupo por ti, que estás aquí por tu cuenta.

—Estaré absolutamente bien —respondió Elizabeth con una brillante sonrisa—. Como siempre lo estoy. Estaré ocupada con el trabajo y sabes que tengo amigos aquí, y papá. No es que no tenga a nadie, amor, y tus hermanos han estado amenazando con mostrarme las vistas de Londres.

Annabel resopló.

—¿Cómo están los enanos?

—Harry es el mismo, un sensible adicto al trabajo, y tú misma sabes cómo es Josh.

—¿Sigue vagabundeando y desperdiciando su vida?

Elizabeth abrió una servilleta y la colocó en su regazo.

—Ahora está trabajando en una sala de exhibición de autos, vendiendo esos artilugios grandes y elegantes.

—Quieres decir cuatro por cuatro, mamá.

—Exactamente. Lo está intentando, amor.

Annabel puso los ojos en blanco.

—Sigue surfeando. Veo las fotos en Facebook. ¿Cuándo va a

crecer y conseguir una verdadera carrera? Quiero decir, navegar todos los fines de semana está bien, pero difícilmente paga las cuentas, ¿verdad? ¿Y por qué no viene a verte cuando está en Cornualles? Él podría salir contigo, pasar algún tiempo de calidad contigo.

—No espero que lo haga —dijo Elizabeth con un suspiro—. Es joven y quiere divertirse, no quedarse en casa conmigo.

—Él quiere perseguir mujeres, más bien, y tú eres demasiado blanda con él, mamá. Lo que mi querido hermano necesita es una buena charla, seguida de una patada en el trasero.

—Él es como su padre. —Elizabeth se encogió de hombros con impotencia—. Siempre ha tenido el espíritu amante de la diversión de los Ryan.

—Si, bueno, eso debe habernos saltado a mí y a Harry.

Su conversación fue interrumpida por la llegada de April, la cocinera de mejillas rubicundas del Jolly Rambler, que llevaba dos platos de comida humeante.

—Dos estofados. —Los colocó ceremoniosamente y se quedó junto a la mesa.

Al darse cuenta de que estaba esperando que probaran el estofado, Elizabeth le dio un mordisco delicado.

—Hmm —dijo, mientras masticaba un trozo de carne cartilaginosa.

—¿Está bien? —April rebotó en el lugar con emoción.

Los ojos de Elizabeth se humedecieron mientras tragaba el bocado picante.

—Ciertamente tiene un toque picante —respondió, tratando de no toser.

—Será el curry en polvo. —April parecía estar a punto de estallar de orgullo—. Pensé en animarlo un poco. ¿Qué te parecen mis albóndigas? —Miró a Annabel, que estaba bebiendo tragos de vino.

—Muy húmedas —Annabel le dio un pulgar hacia arriba—, y... pastosas.

April aplaudió con entusiasmo antes de regresar a la cocina.

—Este estofado es horrible, mamá —bromeó Annabel—. ¿Por qué no pediste empanaditas de Cornualles?

—No está *tan* mal —Elizabeth se rió—. Nunca antes había oído hablar de un estofado de curry y es bueno probar cosas nuevas. Quizás le diga a George que no sea tan generoso con las especias.

—Estoy segura de que los demás apostadores se lo harán saber. —Annabel ensartó un chip—. Entonces, ¿qué vamos a hacer con mi última tarde aquí?

—Podríamos hacer empanadas de Cornualles —sugirió Elizabeth.

Annabel puso los ojos en blanco.

—Mamá, no tengo cinco años. ¿Por qué no vamos a visitar a la tía Phillipa? Han pasado siglos desde que la vi.

Elizabeth hizo una mueca.

—¿Tenemos que hacerlo?

—Bueno, podríamos quedarnos en casa y ver televisión. —Annabel negó con la cabeza ante el frenético movimiento de cabeza afirmativo de Elizabeth—. O podríamos ir a ver a la única hermana de papá, entonces no tendremos que ir por otros cinco años.

Elizabeth asintió a regañadientes.

—Eso sería lo correcto. Toma. —Le pasó a su hija la botella de kétchup—. Para lavar el estofado. Ahora, no sé a ti, pero a mí me apetece un budín grande y pegajoso. La dieta puede comenzar mañana.

siete

Phillipa Ryan vivía a cuarenta minutos en auto en una casa de campo de piedra bastante tradicional con acres de tierra y una vista envidiable desde la cima de una colina que dominaba los ondulantes campos de cultivo en mosaico. Para llegar a la cabaña, Annabel tuvo que maniobrar su automóvil por un camino que parecía un pantano fangoso, después de días de lluvia torrencial en la campiña de Cornualles.

—Tendrás que darme un empujón, mamá —dijo Annabel enfadada, mientras las ruedas de su pequeño auto se hundían en el mantillo y se negaban a moverse.

—¿En estos? —Elizabeth señaló sus zapatos de ante.

—Sí, mamá, estamos atascadas. Escucha. —Pisó el acelerador, y un horrible sonido chirriante emanó de la parte inferior del vehículo.

—Bueno. —Elizabeth se desabrochó el cinturón y salió con cautela del auto—. Esto es asqueroso —murmuró, mientras el barro le cubría los pies hasta los tobillos. Desde el seto a unos metros de distancia, estalló un mugido. Una vaca las miraba fijamente, con zarcillos de hierba colgando de su boca que se movía lentamente. El lugar apestaba a estiércol. "Oh, las alegrías de vivir en el campo", pensó Elizabeth, mientras colocaba ambas manos en el maletero del auto—. ¡Listo! —gritó tan fuerte como pudo, para que Annabel pudiera oírla. Annabel le hizo un gesto con el pulgar hacia arriba en el espejo retrovisor y luego pisó el acelerador con toda su fuerza. Eso creó un tsunami de lodo, que salpicó por todas partes, cubriendo a Elizabeth de pies a cabeza—. ¡Para! —farfulló Elizabeth, limpiándose una bola de barro de la mejilla. Miró hacia abajo su ropa clara con horror. Sus mejores pantalones y chaqueta estaban arruinados.

—¿Estás bien, mamá? —gritó Annabel desde la ventana abierta.

—No, claro que no. ¡Mira el estado en el que me encuentro! Annabel reprimió una sonrisa.

—Te pareces a Worzel Gummidge —rio ella.

—No tiene gracia —se quejó Elizabeth—. Solo enciende el auto y pongámonos en marcha.

Annabel volvió a acelerar el motor mientras Elizabeth empujaba con todas sus fuerzas. "Esto me hará doler la espalda —pensó consternada—, y luego tendré que lidiar con eso, junto con todas mis otras dolencias". Pero, para su alivio, sintió que el auto avanzaba. Elizabeth empujó de nuevo y, con un chirrido y más salpicaduras de barro, el vehículo salió disparado de la zanja y se alejó zumbando por la carretera.

Gracias a Dios por eso. Elizabeth juntó sus manos sucias y sonrió, ya que podía ver a Annabel vitoreando en el auto ahora parado. Levantó las piernas lentamente del barro, temblando mientras lo hacía y estaba a punto de dirigirse a su hija, cuando escuchó otro mugido. Solo que esa vez sonaba un poco diferente, más enojado y venía detrás de ella.

Lentamente, Elizabeth se volvió y se horrorizó al ver un toro suelto en el carril detrás de ella. El aliento salía de sus fosas nasales y golpeaba el suelo con sus cascos.

—Hola, linda vaca —murmuró Elizabeth mientras retrocedía. Su corazón latía con fuerza y gotas de sudor brotaban de su frente —. Cálmate, buen chico. —Lentamente, se alejó del toro que resoplaba pesadamente.

—Mamá —llamó Annabel—. No entres en pánico.

—Sssh —siseó Elizabeth—. Lo estás haciendo enfadar.

Con un fuerte y salvaje bramido, el toro embistió de repente. Elizabeth gritó y se arrojó de cabeza por encima de un seto adyacente. Cayó al suelo, y rodó una y otra vez hasta que finalmente se detuvo. Todo su cuerpo palpitaba de dolor mientras se acurrucaba en una bola, esperando que el toro la pisoteara, pero no había nada. Lentamente, Elizabeth abrió un ojo, justo a tiempo para ver al toro trotar alegremente más allá del seto y continuar por el camino.

—Gracias, Jesús —susurró Elizabeth mientras se ponía de pie.

—¡Mamá! —chilló Annabel, mientras saltaba por encima del portón con toda la gracia y la energía de la juventud—. ¿Estás bien? ¿Hay algo roto?

—Yo... yo no lo creo. —Elizabeth parpadeó y volvió su cara manchada de barro hacia su hija—. Juro que mi vida pasó ante mí entonces. Podía haber muerto en el campo de un granjero. —Ella escupió un trozo de paja—. Podría haber muerto pisoteada, como esos toreros españoles. La venganza del toro.

—Oh, mamá. —Annabel la abrazó—. Fuiste tan valiente y... y rápida. Nunca te había visto moverte tan rápido.

—Tal vez me quede algo de vida después de todo. —Un grito de risa rebotó en su boca, y luego las dos se doblaron en carcajadas tan fuertes que todos los pájaros en el campo aletearon alarmados.

~

—Demanda al granjero —fue el veredicto de Phillipa cuando finalmente llegaron a su casa—. Te juro que ese hombre se cree dueño de toda la zona. Deja que sus animales deambulen por todas partes.

—No importa —respondió Elizabeth con un suspiro—. No hay daño permanente, solo un trasero y ego magullados.

—Bueno, la próxima vez que lo vea le daré una reprimenda.

—Phillipa abrazó a Elizabeth suavemente—. Gracias por venir. Qué maravillosa sorpresa.

—Feliz Navidad, tía Phillipa —dijo alegremente Annabel.

—Llámame "Pippa" —fue la respuesta agria—. Phillipa me hace sonar como una vieja bruja seca. Ahora, Elizabeth, insisto en que te duches. No quiero ser grosera, pero hueles fatal.

—Se cayó en el estiércol —explicó Annabel.

—Entonces, definitivamente necesitas limpiarte. Hay toallas limpias en el baño y una de mis batas viejas y gastadas. Deja tu ropa fuera de la puerta, y yo la lavaré y la secaré. —Una vez que Elizabeth se refrescó, se unió a ellas en el porche techado de Phillipa—. Hice té —dijo, mientras se levantaba de la silla—. ¿Todavía lo quieres negro?

—Por favor —respondió Elizabeth.

—Tu madre es la única persona que conozco que bebe té negro —le dijo Phillipa a su sobrina—. Tu papá nunca se acostumbró.

—No, no lo hizo —respondió Elizabeth, con una sonrisa melancólica—. Siempre se olvidaba y ponía leche.

Phillipa sirvió el té de la tetera de porcelana y le pasó la taza y el plato a Elizabeth.

—Te ves cansada. —Miró a Elizabeth de arriba abajo críticamente—. ¿Estás bien?

—Absolutamente bien. Pensamos que era hora de que visitáramos; ha pasado un tiempo.

—El funeral de Martin. —Phillipa tomó un sorbo de su bebida, con un delicado dedo meñique levantado.

Elizabeth tragó un nudo de emoción, que de repente se había formado en la parte posterior de su garganta.

—El tiempo vuela.

—Entonces —dijo Annabel alegremente—, ¿sigues con Sunil?

Phillipa Ryan, antes una solterona sin ningún interés aparente en los hombres, había tenido un amante a la avanzada edad de sesenta años. Sunil había comenzado como jardinero de Phillipa.

Era un hombre de aspecto tosco veinte años menor que ella, que hablaba árabe con fluidez y un inglés aún mejor. Había dejado Medio Oriente, huyendo de la persecución, y se había establecido en Cornualles para llevar una vida más pacífica. Era un topiario talentoso que había esculpido arbustos para la realeza de Medio Oriente. En lo personal, Elizabeth creía que estaba desperdiciado como jardinero general; debería estar creando obras maestras para los terratenientes reales que poseían el tipo de jardines que se podría esperar ver en esas majestuosas casas del National Trust.

Cuando lo presentaron por primera vez a la familia, había reservas y preocupaciones de que Sunil pudiera ser un cazafortunas, solo tras la fortuna de Phillipa, pero cuando llegaron a conocerlo mejor, era obvio que sus sentimientos eran genuinos y Martin se había encariñado mucho con él. Sunil había sido un portador del féretro en su funeral. Era un hombre amable y decente que hacía feliz a Phillipa; eso estaba claro.

—Ciertamente —dijo Phillipa, trayendo a Elizabeth de vuelta al presente—. El tonto quiere que nos casemos, y en un castillo, para poder vestirse como un Lord inglés. Ha estado viendo *Orgullo y Prejuicio* en repetición. Sigue diciéndome que me ama con más ardor.

—Creo que eso suena muy bien. —La sonrisa de Annabel era amplia y contagiosa.

—Qué romántico. —Elizabeth sonrió—. ¿Has aceptado su propuesta?

—Claro que no lo he hecho —dijo Phillipa con un resoplido—. Prefiero vivir en pecado. Es tan moderno de mi parte, ¿no crees?

—Supongo que lo es —dijo Elizabeth con cautela. Phillipa siempre había sido inconformista. La oveja negra de la familia, según se refería a ella Martin. Una verdadera rebelde. Phillipa desafiaba con frecuencia a la autoridad. Se había hecho arrestar en mítines de manifestación en Londres, se había arrojado de un avión para su quincuagésimo cumpleaños. Había hecho rafting en aguas bravas en las montañas de Chile. Era ingeniosa y divertida. La verdad era que Elizabeth envidiaba su falta de miedo e inhibición. Phillipa le recordaba a una guerrera amazónica: salvaje, libre y valiente, y para una sexagenaria, era una inspiración.

—¿Qué hay de ti, Elizabeth? —Phillipa la miró con timidez—. ¿Ya has vuelto a sumergir los dedos de los pies gordos en la piscina de las citas?

Elizabeth tosió, y sus ojos se llenaron de lágrimas cuando un trago de té salió por el lado equivocado.

—Claro que no —respondió Annabel por ella—. Mamá se dedicó a vivir una vida de castidad.

—Solo han pasado dos años desde que Martin... —se interrumpió, con la cara sonrojada.

—Sé cuánto tiempo ha pasado desde que murió mi hermano —dijo Phillipa, alcanzando a acariciar el brazo de Elizabeth—. Él no querría que estuvieras sola y tienes tanto amor para dar, Lizzie. ¿No es así, Annabel?

Annabel asintió con la cabeza en acuerdo.

—Ya le he dicho esto, tía Pippa. Incluso le sugerí que se uniera a una agencia de citas.

—¡De ninguna manera! —protestó Elizabeth—. Escuchas todo sobre hombres extraños en estos sitios de citas. No podría. De verdad que no podría.

—Sunil tiene amigos —dijo Phillipa con un brillo en los ojos—. Algunos de ellos son muy elegantes, pero no le digas que te lo dije. Me aseguraría de que sean normales. Déjame esto a mí. —De repente cambió de tema y comenzó a hablar sobre los nuevos vecinos que se habían mudado a la cabaña cercana, y Elizabeth respiró aliviada, agradecida por el cambio de conversación.

Después de haber bebido otras tres tazas de té y de haber vuelto a ponerse la ropa limpia, sacaron a pasear a los dos lebreles de Phillipa. Elizabeth entabló una conversación tranquila con su cuñada y tomó la decisión de ir a visitarla con más frecuencia. Martin se había enfrentado a veces con Phillipa, pero Elizabeth siempre la había querido mucho. Tenía un gran sentido del humor, y Annabel y Elizabeth lloraban de la risa ante la noticia de algunas de sus hazañas recientes.

Regresaron a la casa justo cuando el sol se hundía en un hermoso cielo rosado. Iban hacia el auto de Annabel cuando Sunil frenó con un chirrido un Land Rover cubierto de barro en el camino de entrada.

—¡Elizabeth! Qué alegría verte, y también has traído a Annabel. —Sacó las llaves del encendido y saltó alegremente, abrazándolas a ambas.

—Hola, Sunil. —Elizabeth le sonrió tímidamente. Él le estaba sonriendo, con su metro noventa y cinco de altura. Su cabeza eclipsó el sol y creó un halo alrededor de su cabello, lo que lo hacía parecer un ángel oscuro y melancólico—. ¿Cómo va la jardinería?

—Maravilloso, muy bueno para el saldo bancario, pero para mis manos, no tanto. —Levantó un par de palmas sucias y callosas—. ¿Te quedas a pasar la noche?

—No, lo siento. Nos vamos ahora antes de que oscurezca demasiado. Fue solo una visita rápida, pero tú y Phillipa son bienvenidos en cualquier momento a la mía.

Phillipa enganchó su brazo con el de Sunil.

—Le estaba contando a mi cuñada lo de tus apuestos amigos solteros. Deberíamos presentarle uno de ellos a Elizabeth.

—Tú realmente no necesitas molestarte. —Elizabeth levantó la mano y dejó escapar una risa nerviosa.

Sunil miró a Phillipa.

—¿Qué estás tramando?

—Ssh. —Ella colocó su dedo en sus labios—. Déjamelo a mí.

Elizabeth y Annabel se despidieron y regresaron por caminos sinuosos que las llevarían a St-Leonards-By-Sea. Annabel conversó sobre sus planes para el Año Nuevo y su resolución de viajar a Nueva York.

—¿Tienes algún plan, mamá? —preguntó, mientras disminuía la velocidad para dejar pasar a un par de caballos y sus jinetes.

—Voy a ir al pub con Gloria y Brian.

—Me refiero a las resoluciones de Año Nuevo —dijo Annabel, con los ojos en blanco—. Oh, se me olvidaba. ¿El comienzo de otra dieta?

—¿Soy tan predecible?

—Un poquito. —La sonrisa de Annabel era amable—. Creo que deberías dejar de preocuparte por tu peso y salir y disfrutar de la vida, tener una aventura, mamá, antes de que sea demasiado tarde.

—¿Y qué sugieres? —preguntó Elizabeth con un suspiro—. ¿Por dónde empiezo?

Hubo una pausa silenciosa. Elizabeth casi podía ver los engranajes zumbando dentro del cerebro de Annabel.

—¡Intimidad! —estalló, moviendo un dedo—. Creo que tu resolución de Año Nuevo debería ser intimar con alguien.

—¿*Intimar?* —Elizabeth dio un grito ahogado—. ¿Estás sugiriendo que tenga, emmm... un coqueteo, una amistad?

—No, mamá. —Annabel le golpeó el muslo juguetonamente—. No es una aburrida amistad platónica; ya tienes muchas. Lo que necesitas es tener una aventura, con montones de pasión y sexo alucinante. Necesitas un amigo con beneficios. ¡Un amante! Ese es mi reto para ti. *Esa* es tu resolución de Año Nuevo.

ocho

Las palabras de Annabel mantuvieron a Elizabeth despierta la mitad de la noche dando vueltas y vueltas. La idea de tener un amante literalmente hizo que le temblaran las manos. Solo había habido un hombre para ella. Martin había sido su novio de la infancia, con quien se había casado en su vigésimo primer cumpleaños. Se había sentido completamente a gusto con él en todos los sentidos, incluso en la intimidad, como la llamaba Annabel. La perspectiva de acostarse con otro hombre la aterrorizaba, pero la idea de estar sola por el resto de su vida también la preocupaba. Así que estaba dispuesta a ser receptiva a la posibilidad de volver a tener citas; ella se ocuparía de cualquier problema de intimidad que tuviera.

Las revistas que amaba a menudo le decían que la libido de los hombres disminuía con la edad, así que tal vez se estaba preocupando prematuramente. Pensar en ello durante demasiado tiempo le provocó un dolor de cabeza por tensión y, en consecuencia, se levantó tarde a la mañana siguiente. Annabel ya se había ido, y había dejado una nota clavada en el tablón de anuncios. Elizabeth se sentó en un taburete de la cocina bebiendo té negro y mirando a una de sus vecinas tendiendo la ropa en el jardín comunitario.

Esa sería su última semana trabajando en lencería femenina e iba a extrañar a Wendy. Se habían acercado a lo largo de los años y tenían una gran relación de trabajo. Pero como había dicho Annabel la noche anterior, ¿quizás el cambio sería algo bueno? Si se mantenía fuera del camino de Jane Bates y trabajaba duro, podrían trasladarla a otro lugar de la tienda; a ropa interior masculina, por ejemplo. Elizabeth ahogó una risita cuando se imaginó a sí misma cotizando slips y calzoncillos ceñidos. Tenía que ser mejor que colocar espátulas y abrelatas en puestos de promoción, ¿no?

Elizabeth apuró el resto de su bebida, puso la taza en el fregadero y luego fue a prepararse para otro día en el trabajo. Las rebajas habían comenzado y anticipó que Blooms estaría aún más lleno que en Navidad. Era lo mismo todos los años: los compradores iban a gastar sus vales de Navidad y a conseguir una ganga de paso. Una vez que estuvo vestida, Elizabeth tomó una lata de caldo de verduras y unas cuantas rebanadas de pan, luego salió de su apartamento y cerró la puerta con llave.

El día pasó rápido. A las seis en punto, Elizabeth estaba de vuelta en casa viendo las noticias de la noche, comiendo una empanada y papas fritas. La temperatura se había desplomado en los últimos días. Tenía la calefacción al máximo para tratar de disipar el frío, y tan pronto como terminara su cena, estaría poniéndose su pijama mullido y sus calcetines de cama. Una noche frente al televisor era el plan; con todas las telenovelas para ponerse al día y una nueva serie dramática para ver antes de acostarse, su planchado podía esperar para otro momento.

Estaba cansada esa noche; le dolían los pies por estar parada demasiado tiempo, pero estaba agradecida por su cálido hogar y su cómodo sillón y se recostó en un suspiro. Antes de que los créditos comenzaran a rodar en *East Enders*, los ojos de Elizabeth estaban caídos y estaba cayendo en ese estado de ensueño, cuando de repente la despertó el fuerte sonido de su teléfono.

HOLA CARIÑO.

Elizabeth supo sin mirar el número de quién se trataba. Solo había una persona que le enviaba mensajes de texto a gritos.

Hola Phillipa.
¡TENGO NOTICIAS EMOCIONANTES!
¿Has ganado la lotería?
AÚN MEJOR. ¡TE TENGO UNA CITA!
Elizabeth inhaló profundamente. ¡No había esperado que eso sucediera tan rápido! No estaba preparada, en lo más mínimo. Hizo una pausa mientras trataba de pensar en una excusa plausible para disuadir a Phillipa. Al final, decidió que la honestidad directa era la mejor política.

No creo que sea una buena idea.
ES UNA IDEA ESPLÉNDIDA, CONFÍA EN MÍ.
A pesar de sus reservas, se despertó el interés de Elizabeth.
¿Quién es él?
UN HOMBRE MUY AGRADABLE QUE SUNIL CONOCE, QUIERE LLEVARTE A COMER. ¿ESTÁS LIBRE EL SÁBADO POR LA TARDE?
Ufff... ¡Piensa en una excusa rápidamente! Emm, emm... Su mente estaba completamente en blanco. Eventualmente pensó en el ángulo de la seguridad.

¿Qué pasa con el peligro de los extraños?
SUNIL LO CONOCE HACE AÑOS. ES UN CABALLERO. TE LLEVAMOS Y TE RECOGEMOS. DI QUE SI, LIZZIE. POR FAVOR. POR FAVOR.

Elizabeth miró su foto de boda enmarcada e internamente le preguntó a Martin qué debía hacer.

MARTIN QUERRÍA QUE HAGAS ESTO. SÉ VALIENTE.

"Sí, lo haría", pensó Elizabeth con los ojos llorosos. Él le diría que era hora de que se pusiera los pantalones de niña grande y saliera de nuevo.

Está bien, iré. Pero si es raro de alguna manera, entonces me iré directamente a casa.
¡HURRA! NO TE ARREPENTIRÁS DE ESTO, QUERIDA. MAÑANA TE ENVIARÉ LOS DETALLES XX.

Elizabeth suspiró, ¿Cómo se había dejado convencer de eso? ¡Realmente necesitaba ser más asertiva y decir que no! Pero una pequeña parte de ella tenía curiosidad y, para cambiar, sería agradable pasar un sábado por la noche fuera. Podría volverse realmente aburrido mirar esas cuatro paredes.

Buscó a tientas el control remoto, apretó el botón de apagado y atenúo las luces en el camino para cambiarse, lista para ir a la cama.

∽

Su nombre era Gary, y Elizabeth había quedado con él fuera de la galería de arte en el Town Center. Ella había rechazado cortésmente la oferta de que Sunil la llevara; era una mujer adulta y no necesitaba una carabina. Phillipa le había enviado un mensaje de texto esa mañana con los arreglos y una vaga descripción de su cita a ciegas: guapo y divertido. No había indicios de sus atributos físicos. Posteriormente, Elizabeth se encontró mirando a cada hombre solitario que pasaba y, sorprendentemente, había muchos de ellos.

Miró su reloj y se preguntó si estaba a punto de dejarla plantada. Ya eran las siete y treinta, como habían acordado. Solo necesitaba esperar otros diez minutos antes de poder irse a casa, y si era rápida, estaría de regreso a tiempo para *Britain's Got Talent*. Elizabeth buscó en su bolso para una rápida mirada en su espejo compacto. Se había hecho un esfuerzo en cuanto al maquillaje. Llevaba todo el trabajo: base, sombra de ojos, colorete, y había pasado más de una hora rizándose el cabello. Caía en suaves rizos alrededor de su cara y espalda.

Elizabeth apartó la mirada de su reflejo cuando el sonido del canto perforó el aire de la noche. Tambaleándose por la calle hacia ella había un hombre de aspecto desaliñado con un largo impermeable marrón. Estaba balanceando una botella de whisky medio vacía y de vez en cuando le daba un trago. Elizabeth se acurrucó contra la puerta, esperando que él no la notara. No hubo suerte; sus ojos inyectados en sangre se iluminaron al verla y se desvió.

—Hola, querida, ¿te apetece venir a bailar?

—No, gracias. —Elizabeth buscó instintivamente dentro de su bolsillo algo con lo que defenderse.

Sus dedos se cerraron alrededor de un paquete a medio comer de caramelos de menta y se le ocurrió la idea de que debería ofrecérselos, seguro que olía fatal. Vapores de alcohol emanaban de él mientras se tambaleaba más cerca.

—Eres una hermosa vista. —Se frotó la barbilla cubierta de barba—. Perdona si te asusté, no quise hacer daño.

Elizabeth sonrió con fuerza y se sintió aliviada al ver dos policías caminando rápidamente hacia ellos.

—¿Está bien, señorita? —preguntó el más joven de los dos.

—Emmm... creo que sí.

—Muévete ahora —le dijo el policía al hombre, que se tambaleaba, con los ojos cerrados—. Vete a casa ahora.

—Yo no t-tengo un hogar —el hombre hipó.

—Entonces, te llevaremos al refugio para personas sin hogar.

Elizabeth se sorprendió cuando se fue con ellos sin ningún problema.

Los vio caminar lentamente por la calle. El pueblo estaba ocupado, lleno de gente joven en una salida nocturna. Elizabeth miró boquiabierta a un grupo de jóvenes mujeres con microfaldas y blusas endebles. ¡Se congelarían hasta morir! Tuvo la tentación de gritarles al otro lado de la calle que se pusieran un abrigo. ¡Era pleno invierno! Se preguntó si Annabel se vestía así en una noche de fiesta y llegó a la conclusión de que por supuesto que sí. Solo querían divertirse.

Bien, ¡suficiente! Decidió que era hora de irse a casa; sabía que ir allí era una decisión equivocada. Era obvio que la habían dejado plantada. Tenía en mente llamar a Phillipa y darle una buena reprimenda, pero eso podría esperar hasta más tarde. Se ajustó el cinturón de su abrigo y acababa de emprender una caminata rápida hacia la estación de autobuses, cuando desde el otro lado de la calle escuchó que la llamaban por su nombre.

Elizabeth miró al otro lado. Había un hombre corriendo hacia ella. Observó cómo se detenía para esperar a que pasara una furgoneta. Primeras impresiones: era muy guapo y joven. Llevaba una camisa azul a cuadros, jeans y una enorme sonrisa cautivadora.

—¿Elizabeth? —jadeó.

—Sí —respondió Elizabeth, un poco cautelosa.

—Me alegro de verte. Esto es para ti. —Él le ofreció una sola rosa roja—. Siento mucho llegar tarde, he estado dando vueltas tratando de encontrar un lugar para estacionar.

—Bueno, ya estás aquí. —Elizabeth olió; olía terriblemente bien. Ella tomó la rosa de él y lo miró expectante—. ¿Eres Gary?

—Ese soy yo. Te ves preciosa, por cierto. ¿Vamos al restaurante? —La condujo por el codo hacia el italiano a la carta que acaba de abrir. Mientras parloteaba, Elizabeth lo miró disimuladamente. Era muy guapo, Phillipa tenía razón en eso, pero parecía muy joven. Tan joven como su hijo mayor. "Esto no funcionaría —pensó con un nudo en el estómago—. Esto no funcionaría en absoluto". Pronto se hizo evidente que Gary solo parecía más joven de lo que realmente era. Tan pronto como se instalaron en su mesa, Elizabeth le preguntó cortésmente su edad—. Tengo treinta y cinco años —respondió con una sonrisa descarada—. Sin embargo, la gente me dice todo el tiempo que parezco más joven.

Elizabeth hizo un cálculo rápido en su cabeza. Catorce años más joven que ella. No tenía la edad suficiente para ser su madre al menos, pero aun así, había una brecha lo suficientemente grande.

La ansiedad debió mostrarse en su rostro porque Gary tomó su mano y le dijo en tono dulce que la edad era solo un número. Luego pasó a halagarla diciéndole que se veía hermosa.

—Así que, ¿qué haces para ganarte la vida? —preguntó Elizabeth, mientras los nervios le hacían cosquillas en el estómago.

—Trabajo con Sunil —respondió—. Soy jardinero, aunque no tengo tanto talento como nuestro amigo mutuo.

—Por supuesto. —Elizabeth asintió—. ¿Vives por aquí?

—Aquí mismo. Bueno, a unos diez minutos de distancia. ¿Qué hay de ti?

—No lejos de aquí. St-Leonards-By-Sea, que es un pueblo de pescadores muy tranquilo.
—Lo sé. —Gary sirvió vino en dos copas—. Brindo por conocernos mejor. —Después de una breve pausa, Elizabeth chocó la suya contra la de él, con la determinación de que iba a disfrutar esa noche. Gary le pasó un menú y luego llamó a un camarero que rondaba por allí—. ¿Cuáles son sus especiales?
—Langosta en salsa de vino blanco y paella de mariscos para compartir. —El camarero inclinó ligeramente la cabeza—. La sopa del día es Cebolla Francesa.
Gary le dio las gracias mientras se inclinaba para encender la vela de la mesa antes de retroceder.
—Entonces, ¿te apetece compartir conmigo?
Elizabeth sonrió ante la provocativa sonrisa en su rostro.
—Los mariscos no me sientan bien. —Miró por encima de la parte superior de su menú—. Me provocan... —Se detuvo antes de decir el síndrome del intestino irritable. No era un tema adecuado en una cena con un completo extraño.
—Bueno, me gusta la langosta. —Gary se frotó las manos—. Elige algo caro. No te preocupes por el precio, este es mi regalo.
—Quiero pagar la mitad —dijo Elizabeth con firmeza—. Insisto.
—Bueno. —La boca de Gary se estiró en una sonrisa triste—. Pero déjame comprar las bebidas al menos.
Elizabeth inclinó la cabeza en señal de aquiescencia.
—Quiero el bistec.
Al escuchar sus palabras, el mesero se materializó de las sombras con un bolígrafo y papel.
—¿Y cómo le gustaría a la señora?
—Jugoso, por favor, con salsa de pimienta en grano.
—Muy bien, señora.
Mientras Gary ordenaba su comida, Elizabeth se recostó en la silla e inspeccionó el restaurante. Solo estaba medio lleno y las mesas estaban bien esparcidas. No había cenas abarrotadas como las que estaba acostumbrada en el bar de pescado de St-Leonards-

By-Sea. Un murmullo silencioso era acompañado por una suave música de piano. Todo era muy elegante y romántico, y mientras miraba a Gary reconoció que Phillipa tenía razón: era muy elegante. Tenía unos ojos azules sorprendentes y estaba bien afeitado.

Elizabeth se sorprendió al ver que, para alguien tan joven, estaba completamente calvo, pero eso no restaba valor a su buena apariencia, y había leído en alguna parte que los hombres calvos podían ser muy viriles. Eso hizo que Elizabeth tragara saliva, y pensamientos intrusivos de tener intimidad con él colorearon sus mejillas. Él captó su mirada y la sostuvo, lo que la hizo sentirse más nerviosa.

Se establecieron en una conversación fácil. Además de verse bien, él también era una buena compañía y pronto ella se estaba riendo y dando gritos ahogados ante sus palabras.

—¿De verdad saltaste de un avión? —Los ojos de Elizabeth se agrandaron.

—Diecinueve veces —admitió con orgullo.

—Creo que probablemente me desmayaría y me perdería todo el paisaje. Me aterran las alturas.

—Realmente no es tan aterrador. —Gary pinchó un hongo—. Si puedes subirte a las montañas rusas, entonces estarías bien.

—Tampoco me gustan —dijo riéndose—. Una vez me mareé en un barco pirata. —Sus manos volaron a su cara ante el recuerdo—. Tan vergonzoso...

—Es ese movimiento de balanceo lo que te revuelve el estómago. Saltar de un avión es totalmente diferente. —Él la señaló con el tenedor—. Deberías hacerlo. Podrías saltar con un instructor, no estarías sola y yo haría un salto contigo.

Elizabeth negó con la cabeza.

—Realmente no soy lo suficientemente valiente, pero me encantaría ir y mirar.

—Entonces, es una cita. —Gary sonrió—. ¡Viva! Puedo volver a verte. —Las mejillas de Elizabeth se sonrojaron y bajó la vista hacia su entrante a medio comer—. Oye, no fue mi intención imponerme —dijo Gary disculpándose—. Lo que quise decir es que sería un tipo afortunado si accedieras a verme de nuevo. Nos tomaremos las cosas con calma, ¿de acuerdo?

—Sí, emmm... está bien. —La pausa silenciosa fue interrumpida por el regreso del camarero. Se llevó los platos con una reverencia teatral—. ¿Quieres más vino? —Elizabeth se inclinó hacia la botella.

Gary colocó su palma sobre el vaso vacío.

—No para mí, tengo que conducir, pero adelante. —Se movió en su asiento y se inclinó más cerca—. Dime qué tipo de cosas te gusta hacer.

—Bueno, cuando no estoy trabajando, me gusta cocinar y caminar... Sí, me encanta caminar y ver películas antiguas. Suena bastante aburrido, de verdad. Llevo una vida muy sencilla.

La ceja de Gary se levantó.

—No eres aburrida, Elizabeth.

—Oh, por favor llámame Lizzie. —Ella le sonrió tímidamente.

—¿Algún talento oculto que deba conocer?

—No se me ocurre ninguno. Como dije, en realidad no soy tan interesante. —Acomodó la servilleta en su regazo—. Oh, espera. Solía tocar el piano y cantar en el coro de la escuela.

—¿Así que tienes oído musical? Toqué la flauta dulce cuando tenía cinco años, ese es mi nivel de talento musical.

—Bien hecho, estoy impresionada. —Elizabeth se rio.

—Tienes una risa agradable. —Gary tomó su mano—. Eres una mujer muy hermosa.

—Gracias, pero el crédito se debe en parte a mi bolsa de maquillaje.

—No me lo creo. —Gary apretó la mano—. Supe de inmediato cuando te vi que eras diferente de todas las otras chicas con las que he salido.

Elizabeth bebió un gran trago de vino para enjuagarse la boca repentinamente seca.

—¿Has estado soltero mucho tiempo?

—Poco más de un año. Estaba complacido con mi última pareja, todo listo para una gran boda de Navidad, pero ella decidió que prefería la compañía de mi mejor amigo y me dejó tres semanas antes de que intercambiáramos votos.
—Oh, lo siento mucho. —Los ojos de Elizabeth se agrandaron con simpatía—. Eso debe haber sido difícil.
—Tuve el corazón roto por un tiempo. Fue un momento bastante difícil, pero me alegro de haber descubierto cómo era ella realmente antes de que nos comprometiéramos por completo el uno con el otro. —Gary se aclaró la garganta—. ¿Y tú?
—Estuve casada durante casi treinta años —dijo en voz baja—. Murió hace dos años y desde entonces no ha habido nadie... No he querido...
—Entiendo. —Los ojos de Gary brillaron con amabilidad—. ¿Cómo era él?
—¿Martin? —Subconscientemente, ella suspiró—. Él era un hombre maravilloso. Cálido, ingenioso, sociable y generoso. Lo extraño todos los días. —Silenciosamente agregó: "Y nadie puede reemplazarlo".

Fueron interrumpidos por la llegada del camarero que llevaba sus platos principales. Mientras los dejaba y los agitaba con molinillos de sal y pimienta, Elizabeth buscó desesperadamente otro tema para discutir, pero Gary se le había adelantado y comenzó a contarle historias divertidas sobre la relación laboral entre él y Sunil. Elizabeth se relajó; en realidad, se estaba divirtiendo y se dio una palmadita mental en la espalda por estar allí, en un restaurante, en una cita a ciegas. Se sentía bastante atrevida y, a medida que avanzaba la noche, se puso más y más borracha, y el mundo de repente parecía mucho más colorido y emocionante.

nueve

—¡Es tan ruidoso aquí! —Elizabeth gritó en el oído de Gary.

—Genial, ¿no? —Gary le puso la mano en la rodilla y ella trató de no estremecerse—. Lo siento. Estoy siendo demasiado atrevido otra vez, ¿no?

—Está bien —dijo Elizabeth con una risa nerviosa—. Simplemente ya no estoy acostumbrada al afecto masculino.

—Eso es tan triste... —Se inclinó más cerca para susurrarle al oído—. ¿Quieres bailar?

—¿Esto? —Elizabeth miró hacia la pista de baile llena de humo, donde un puñado de personas sacudían sus cuerpos en las formas más extrañas—. ¿Qué tipo de música es esta, de todos modos?

—Creo que es rock suave —respondió Gary—. Vamos. —Él la agarró de la mano y la llevó a la pista de baile—. Esto es divertido, ¿no? —Gary la atrajo hacia sí para que sus senos quedaran presionados contra su pecho. Elizabeth se deslizó hacia atrás y, al hacerlo, resbaló con algo pegajoso en el suelo. Cayó de rodillas, y se estremeció ante la punzada de dolor que sacudió su espalda baja—. ¿Estás bien, Lizzie? —Gary se agachó junto a ella—. Oye, no hay necesidad de que te arrojes a mis pies.

—Creo que debería sentarme. Este realmente no es mi tipo de música, pero quédate y baila.

Elizabeth volvió cojeando en su asiento y se sentó con cautela. Cogió su copa de vino y vació el contenido, riéndose al ver a Gary caminando sobre la luna a través del suelo en forma de hexágono.

—¿Quiere otro trago? —Una ayudante de bar vestida con encaje y verde neón se detuvo a un lado de la mesa.

—Sí, por favor —Elizabeth rebuscó en busca de su bolso, pero se detuvo cuando le dijeron que iría a cuenta.

—¿Otro vino? —La linda asistente del bar sonrió.

—De hecho, me apetece uno de esos. —Elizabeth señaló al otro lado de la habitación, donde un grupo de chicas bebía de una pecera en forma de pez dorado.

Las cejas de la asistente del bar se levantaron con sorpresa.

—¿Un Pornstar Martini?

—Sí, por favor. —Elizabeth se colocó un mechón de cabello detrás de la oreja—. Y tomaré un trago de vodka. No... dos tragos.

—Está bien, señora.

Elizabeth se sentía aventurera. Esa era la primera vez que había estado en un club nocturno desde su adolescencia y estaba disfrutando mucho. Le gustaba estar con Gary, era encantador y sociable y le recordaba mucho a Martin. Una vez que terminó la comida, ambos habían decidido que la noche aún era joven y ninguno de los dos quería que terminara. Así que estaban allí, en Flares, el club nocturno más popular de la ciudad, aunque a Elizabeth le sorprendió lo tranquilo que estaba.

Se rio mientras Gary bailaba medio arrastrando los pies por el suelo hacia ella. Estaba empujando sus caderas provocativamente y moviendo las cejas. Cuando la alcanzó, se hundió en la silla de enfrente y tomó su vaso de Coca-Cola con hielo.

—¿Estás disfrutando, Lizzie? —preguntó.

—¡Sí! —gritó ella—. Aunque esperaba que hubiera más gente aquí.

—Aún es temprano. —Miró su reloj—. Solo las diez. Los

jóvenes son como vampiros; no se aventuran a salir hasta por lo menos la medianoche.

—Normalmente estoy en la cama ahora —admitió—. No es muy frecuente que salga los sábados por la noche.

—Bueno, tendremos que rectificar eso. —Gary sonrió—. Deberías estar fuera todos los fines de semana, disfrutando del mundo.

—Sí —gritó Elizabeth—. Debería.

La mesera regresó con su cóctel y mientras los dejaba, Elizabeth notó que los ojos de Gary recorrieron su figura. Encogiéndose de hombros internamente, recogió la pajilla y sorbió un poco de líquido. Mmm, estaba delicioso. Gary se inclinó más cerca y le plantó un beso en la mejilla. Sus labios eran cálidos y se sentían sorprendentemente agradables.

—Eres una mujer hermosa —dijo con voz ronca—. Y muy sexy.

Un resoplido escapó de la boca de Elizabeth.

—Eres demasiado amable —dijo ella, mientras él dejaba una línea de suaves besos a lo largo de su mandíbula. Las burbujas del cóctel burbujearon dentro de ella y emitieron un elegante eructo —. Lo siento. —Normalmente se habría sentido mortificada por la vergüenza, pero el alcohol estaba haciendo cosas extrañas en su cuerpo. Elizabeth se sintió cálida, feliz y libre de todo estrés e inhibiciones—. ¿Sueles salir con mujeres maduras? —preguntó ella, con un hipo.

—Lo he hecho. —Gary ahora estaba trazando círculos en la palma de su mano—. Las mujeres mayores son mucho más interesantes, en mi opinión, y he descubierto que también son más aventureras.

—¿Quieres decir que saltan de los aviones contigo?

Gary se rio entre dientes.

—Me refería a la cama.

—¡Oh! —Elizabeth sorbió más fuerte de la pajilla—. Solo me he acostado con un hombre.

—Un tipo con suerte —dijo Gary arrastrando las palabras—.

¿Qué tal si te llevo a casa? Podríamos hablar de esto en un entorno más... privado.

Elizabeth tragó saliva.

—¿Quieres volver a la mía?

—Me encantaría. Te prometo que seré amable contigo, Lizzie, no tenemos que hacer nada que tú no quieras. —Él le guiñó un ojo—. ¿Qué dices? ¿Te apetece una noche con un semental joven y sexy?

Sus labios se abrieron cuando la parte sensata de ella gritó: "¡No, no, no!". Pero la borracha Elizabeth ignoró la advertencia y con una carcajada asintió.

—¡Vamos!

∼

Elizabeth nunca había estado en un auto que fuera tan rápido. Se aferró al asiento mientras Gary tomaba curvas cerradas a una velocidad aterradora. Música sensual salía de los parlantes, y el olor a almizcle de su loción para después del afeitado permanecía en el aire. Cuando finalmente llegaron a su apartamento, respiró aliviada y tiró del cinturón de seguridad. Él ya estaba fuera del auto, abriendo la puerta para ella y extendiendo su mano para ayudarla a salir.

Se sentía extraña, mareada y aturdida, y no podía dejar de reírse. Gary la presionó contra el capó, besó su cuello y la inclinó hacia atrás hasta que casi se cae. Elizabeth pensó fugazmente en los vecinos y en las lenguas que se estarían moviendo, pero los labios de Gary eran tan cálidos y suaves que apartó cualquier preocupación y cayó en sus brazos mientras avanzaban arrastrando los pies por el camino. Se quedaron afuera de la entrada comunal por un momento hasta que Elizabeth se dio cuenta de que necesitaba su llave.

—Déjame. —Gary le quitó la llave y, a continuación, ella estaba dando tumbos por la puerta, diciéndole que se callara.

—Eh... Lizzie, eres tú la que hace ruido.

—Lo siento —susurró, llevándose un dedo a los labios.
—Oye, puedes ser tan ruidosa como quieras —bromeó Gary—. Cuando estemos solos.

Elizabeth se erizó de emoción y se tambaleó un poco cuando él la soltó para abrir la puerta principal.

—Hogar, dulce hogar —declaró, llevándolo adentro. Se inclinó para quitarse los zapatos, pero Gary la levantó.

—Déjalos puestos —dijo él contra su boca—. Me encantan los tacones altos en una mujer.

—Eres muy travieso. —Elizabeth golpeó juguetonamente su bíceps ondulante—. ¿Quieres una taza de té?

—Lo que quiero es a ti. —Gary la presionó contra la pared y ella sintió su mano en su muslo—. Eres una mamá caliente.

—¿Qué? —Elizabeth se disolvió en la histeria.

—Quiero decir que eres una mujer atractiva sexualmente y también hermosa.

—No tengo idea de cómo me acabas de llamar —hipó Elizabeth—, pero tú también me gustas mucho.

—Bien. —En un movimiento rápido, Gary tenía sus brazos alrededor de sus piernas y la había inclinado sobre su hombro—. ¿Cuál es el dormitorio? ¿O preferirías el sofá?

—Emmm... El sofá es muy cómodo. Es de cuero, caro, ya sabes, con asientos reclinables.

—Suena ideal. —Gary le dio una palmada en el trasero y luego se dirigió al salón.

Como era de esperar, la habitación estaba en total oscuridad. Posteriormente, Gary tropezó con su revistero y cayeron sobre el sofá en una masa de miembros entrelazados. Luego, la boca húmeda de Gary le besó el cuello y sus hábiles dedos le desabrocharon los botones de la blusa. Elizabeth sintió que se calentaba, pero no por el deseo: era uno de sus sofocos, golpeando en el momento más inapropiado.

—Me siento caliente —murmuró.

—Sí. Eres caliente. —Gary tiró de la cintura de su falda.

Las náuseas golpearon la parte posterior de la garganta de Elizabeth.

—Espera —dijo ella, luchando por erguirse—. Creo que voy a...

De repente, toda la habitación se llenó de luz.

—¿Qué...?

Elizabeth entrecerró los ojos ante una figura que se cernía sobre ella.

Oh, Señor, no podía ser. ¡Lo era!

Su hijo mayor, Harry, estaba parado allí con una mirada furiosa en su rostro y sus puños fuertemente apretados.

—¿Qué diablos le estás haciendo a mi madre?

diez

—¡Harry! ¿Qué... qué diablos estás haciendo aquí? —Más calor infundió las mejillas de Elizabeth mientras se sentaba derecha, sosteniendo su blusa abierta.
—Vine a ver cómo estabas —replicó—. Y parece que llegué justo a tiempo.
Siguió un silencio incómodo. Gary se puso de pie y le dio la mano a Harry.
—Este es Gary —farfulló Elizabeth—, mi, ejem... amigo.
Harry miró a Gary con ojos suspicaces e ignoró deliberadamente su intento de saludarlo.
—Creo que esta es mi señal para irme —dijo Gary secamente—. Lizzie, ha sido genial, te enviaré un mensaje de texto.
Harry frunció el ceño mientras se hacía a un lado para dejar pasar a Gary.
—Adiós —saludó Elizabeth débilmente.
Harry desapareció por unos momentos, probablemente para dar un portazo detrás de su cita, pensó Elizabeth con tristeza. Le dio chance para ponerse de pie y alisar su cabello rebelde y ropa arrugada. Escuchó el rugido de un motor, el chirrido de los neumáticos, y luego Harry estaba de vuelta en la habitación con la cara roja de ira.

—¿Qué está pasando, mamá?

Elizabeth se humedeció los labios.

—He estado en una cita a ciegas. Tu tía Phillipa lo arregló.

Harry la miró con ojos incrédulos.

—¿Invitaste a un completo extraño a tu casa? ¿En una primera cita? Realmente pensé que la tía Phillipa tenía más sentido común que involucrarte con un tipo *así*.

—Él fue muy amable —protestó Elizabeth. Luego, molesta porque su propio hijo la estaba reprendiendo, decidió explicar la verdad—. Lo invité a volver a tomar un té con crema.

—Oh, claro. —Harry cruzó los brazos sobre su pecho—. ¡Parecía que estaba recibiendo más que una taza de té y un bollo de mermelada!

—¡Harry, por favor! No está bien que me hables así; ten un poco de respeto.

—¡Mamá! —Harry señaló con un dedo la puerta—. Acabo de evitar que cometieras un terrible error. ¡Parecía de mi edad, por el amor de Dios, y en cuanto a su auto! ¿Quién conduce un Capri hoy en día?

—¿Qué le pasa a su auto? —Elizabeth lo miró con ojos perplejos.

—¿No es obvio? Es un imán para traseros de los años 70.

—¡Harry! —Elizabeth levantó la mano—. ¿Tienes que ser tan grosero? —Los labios de Harry se apretaron en una línea delgada, sacudió la cabeza, pero permaneció en silencio—. Puedo ir a cenar con quien quiera. Soy una mujer independiente que puede tomar sus propias decisiones, *¡y de todos modos!* ¿Qué estás haciendo aquí? —Elizabeth intentó caminar con dignidad por la habitación, pero tropezó con los talones.

—Déjame hacerte una bebida —dijo con un suspiro—. Y te lo explicaré.

Elizabeth se sentó en un taburete de la cocina y observó a Harry moverse con confianza por la cocina. De niño siempre había sido seguro de sí mismo, pero aún más de adulto. Años de trabajo como gerente financiero obviamente le sentaban bien. Parecía saludable; bronceado y más musculoso que la última vez que lo había visto.

—¿Te has inscrito en un gimnasio? —preguntó, envolviendo sus dedos alrededor de la humeante taza de té.

—No, pero he empezado a nadar. Todas las mañanas antes del trabajo hago cincuenta largos, y además he estado yendo a Fistral la mayoría de los fines de semana con Josh.

Elizabeth asintió.

—Te ves muy bien, amor, y ¿cómo está tu hermano?

—Él está bien. —Harry se apoyó en el fregadero—. En realidad, está estable en un trabajo. Lleva allí seis meses.

—Eso es maravilloso. —Elizabeth sonrió al pensar en su despreocupado hijo menor, finalmente estableciéndose—. Entonces, ¿cómo estuvieron tus vacaciones?

—Fantástico. Estábamos pensando en reservar la próxima Navidad —Harry se aclaró la garganta—, y me preguntaba si te gustaría venir con nosotros también.

—¿Yo? —Elizabeth parpadeó—. No lo creo, amor, no en Navidad de todos modos. Tengo que estar aquí para tu abuelo y Annabel.

Harry hizo una mueca.

—Esa es una de las razones por las que quería hablar contigo. ¿Conoces al nuevo novio de Anna?

Elizabeth se retorció en el asiento.

—No. Pero he oído hablar mucho de él y suena celestial. Es médico, ¿no? Debe ser tan inteligente y rico, además, y seguramente será guapo.

—Es un idiota —espetó Harry—. No me gusta, mamá. Hay algo espeluznante en él. Vinieron a vernos en una visita rápida a Londres y no me gustó la forma en que le habló.

—¿En serio? —Elizabeth se enderezó—. Pero ella me dijo que

estaba muy feliz con él, amor. ¿Estás seguro de que no estás siendo el hermano mayor protector? Tú y Annabel siempre han sido cercanos. Entiendo que estás tratando de cuidarla, pero creo que podrías estar exagerando.

—No es eso; estaría feliz por ella si él estuviera bien, pero hay algo en él que simplemente no me gusta, y tampoco confío en él.

Elizabeth puso su taza en la barra de desayuno.

—No creo que debas preocuparte, amor. Annabel va a vivir en Nueva York durante doce meses pronto, con su amiga, así que estará lejos de él de todos modos.

—¿Nueva York?

—¿No lo sabías? —dijo Elizabeth—. Sí, está todo arreglado, y definitivamente él no irá con ella.

—Bueno, es un alivio —Harry suspiró y metió sus manos en el bolsillo de sus jeans—. Había otra cosa.

—¿Sí? —preguntó Elizabeth.

—A todos nos preocupa que estés aquí abajo sola. ¿Considerarías vender y mudarte a Londres?

—¡Ciertamente no! —respondió Elizabeth con firmeza—. Me encanta vivir aquí, y sí, tal vez me siento un poco sola, pero he tomado la decisión de comenzar a ser más activa socialmente. Podría unirme a algunos clubes, conocer gente nueva...

—¿Quieres decir como en las citas? —La boca de Harry se torció hacia abajo.

—Como en socializar, con hombres y mujeres. —Elizabeth le dio unas palmaditas en la mano—. Nadie reemplazará a tu papá, amor, no te preocupes por eso.

—Lo siento. —Harry se miró los pies—. Ahora estoy siendo un idiota. Solo queremos que seas feliz, mamá.

—Sé que sí, pero puedo cuidarme sola; por favor, no te preocupes —Elizabeth se mordió el labio mientras su estómago se revolvía—. La cama de invitados está lista, insisto en que te quedes a pasar la noche. Ahora, si me disculpas, amor, creo que voy a vomitar.

El comienzo de la semana vio a Elizabeth de nuevo en el trabajo. Sería su última semana en lencería femenina y se sentía bastante melancólica. Antes de irse, Harry le había dado los datos de contacto de un abogado que se ocupaba de las quejas en el lugar de trabajo, ya que había decidido, al enterarse de lo que estaba pasando en Blooms, que la estaban tratando injustamente. Elizabeth puso el trozo de papel en su cajonera, donde iba toda la basura.

Había decidido no hacer un escándalo, no llorar ni quejarse; después de todo, era solo un trabajo y ciertamente no valía la pena estresarse y sentirse miserable por ello. Los días pasaron volando y de repente llegó la víspera de Año Nuevo. Blooms cerraba a las cuatro en punto, lo que le daba tiempo para llegar a casa y arreglarse, lista para la gran noche con Gloria y Brian.

Elizabeth había gastado y se había comprado un pequeño vestido negro. Estaba cubierto de lentejuelas, con un escote corazón y se sentía espléndida en él. Peinó su cabello en un moño y se aplicó maquillaje oscuro y ahumado alrededor de los ojos. Cuando Brian se encontró con ella en la puerta de su piso, silbó, declaró que parecía una *femme fatale*, pero luego lo echó a perder ridiculizando el contenedor de plástico que se había colgado del brazo.

—Son mis tacones altos —espetó Elizabeth—. No puedo tambalear todo el camino a The Jolly Rambler con diez centímetros atados a mis pies.

Mientras Brian se reía al ver sus zapatillas sucias, Elizabeth lo empujó hacia la salida y lo sermoneó sobre la necesidad de comodidad por sobre la apariencia superficial.

Era una noche muy fría. Elizabeth se puso los guantes con piel y se abrazó el pecho mientras caminaban por las calles heladas e iluminadas por faroles.

—¿Gloria se reunirá con nosotros en el pub? —preguntó

Brian; sus palabras estaban amortiguadas por la bufanda envuelta alrededor de su rostro.

—Ella ya está allí —respondió Elizabeth—. Nos consiguió una mesa junto al fuego.

—Excelente. —Sacó un paquete de goma de mascar de su bolsillo y le ofreció uno.

—No, gracias —Ella alcanzó su brazo mientras se resbalaba ligeramente—. ¿Cómo va el trabajo?

—Ocupado como siempre. Estoy viviendo a cafeína y adrenalina en este momento. A veces desearía haberme apegado a la simple enfermería en lugar de especializarme en psiquiatría. ¿Qué hay de ti? ¿Cómo es la vida en Blooms?

—Bueno, en dos días me mudaré de departamento y realmente no tengo muchas ganas de hacerlo.

—¿Te removerán de lencería? —El vaho salió de la boca de Brian—. Pero te encanta estar allí.

—Al parecer, las ventas han bajado —dijo Elizabeth con un toque de amargura—. Han contratado a una brillante joven graduada y le han dado mi puesto. Me han degradado y trasladado al peor departamento de la tienda: Utensilios de cocina.

—¡Ufff! —Brian le apretó la mano—. No puedes divertirte mucho con un triturador de papas.

—¡Exactamente! —gritó Elizabeth—. Mi creatividad se va a marchitar y morir.

—Discutiremos esto en el pub —dijo Brian con firmeza—. Tal vez Gloria y yo podamos idear un plan para rescatarte de los instrumentos de tortura de acero inoxidable.

Gloria era cinco años mayor que Elizabeth. Vivía en las afueras de St-Leonards-By-Sea, en un acantilado observando el mar. Físicamente, era llamativa: escultural, con cabellos oscuros y sueltos, una cara larga y delgada y una nariz romana. Había algo muy majestuoso en ella. Habían sido amigas desde la escuela secundaria después de haberse emparejado en una clase de gimnasia, y habían sido buenas amigas desde entonces.

Gloria era la única contadora de St-Leonards-By-Sea. Se había mantenido ocupada durante años supervisando las finanzas de los negocios de los aldeanos, pero se había retirado el año anterior para escribir novelas románticas. Podría haber sido descrita como una solterona, aunque criticaría vehemente el término. Ella misma prefería la descripción "todavía estoy buscando al señor Perfecto". Hablando con franqueza y con los pies en la tierra, Gloria no perdió tiempo en decirle a Elizabeth lo que debía hacer.

—Sal del infierno.

Mientras se calentaba los pies frente al fuego, Elizabeth negó con la cabeza.

—No quiero jubilarme todavía. Ni siquiera tengo cincuenta; teóricamente sigo siendo de mediana edad. Está bien para ti, tienes libros que escribir, pero ¿qué haría yo con mis días?

—Empezar un nuevo hobby. —Gloria tomó un sorbo de vino con una pajilla doblada—. ¿Pintar, bailar, hacer grafitis callejeros?

—Podrías empezar a nadar en el mar —dijo Brian amablemente—. Se supone que es maravilloso para la constitución.

Elizabeth resopló.

—No sé pintar. Soy terriblemente torpe. Si me dedicara al grafiti callejero, me arrestarían y nadar en el mar probablemente acabaría conmigo para siempre.

—Debes de ser buena en algo. —Gloria escudriñó a su amiga—. La alternativa a la jubilación es... conseguir un trabajo haciendo algo completamente diferente.

Elizabeth suspiró.

—Solo he trabajado en el comercio minorista. Mi vida es un fracaso.

—Tu vida *no* es un fracaso —replicó Gloria secamente—. ¿No es así, Brian?

—¿Qué? —La atención de Brian fue desviada por la linda camarera que estaba limpiando una mesa cercana.

—Dije... —murmuró Gloria—. Oh, olvídalo. Tal vez en lo que respecta a tu carrera, no se ve demasiado optimista, pero está sana y feliz, ¿no es eso lo que cuenta en la vida?

—Supongo que sí —asintió Elizabeth—. Entonces, basta de

hablar de mí. ¿Cómo va la búsqueda de la media naranja? —Esa pregunta estaba dirigida a los dos. Gloria y Brian todavía estaban buscando a alguien especial con quien establecerse, ambos estaban registrados en una agencia de citas en línea y, durante el último año, Elizabeth había perdido la cuenta de cuántas parejas potenciales habían conocido y descartado.

—No es bueno —se quejó Brian; su rostro era una imagen de angustia—. Pensé que Jackie del trabajo estaba interesada en mí, pero resulta que es super amigable y alegre con todos.

—Oh. —Elizabeth se encogió de hombros—. ¿Qué hay de ti? —le preguntó a Gloria.

—Conocí a un hombre la semana pasada. Su nombre era Rod y en la teoría sonaba perfecto, pero cuando me reuní con él para tomar un café, descubrí que no tenía sentido del humor, tenía un sentido del vestir terrible y sus dientes estaban amarillos y torcidos.

Elizabeth hizo un gesto de simpatía y hubo una pausa en la conversación mientras bebían el resto de las bebidas. De repente, Brian se echó a reír.

—¿Le has contado a Lizzie lo que hizo la agencia de citas? —Sus hombros temblaron mientras hablaba.

—Oh, Lizzie, no vas a creer esto. —Gloria acercó su silla—. La agencia solo me emparejó con él. —Señaló con el dedo a Brian.

La boca de Elizabeth se abrió.

—Pero tú eres...

—Lo suficientemente mayor para ser su maldita madre. —Gloria se rio entre dientes—. Según su base de datos, somos *la pareja perfecta*. ¿Qué tan ridículo es esto?

Brian hizo un extraño *pfft*.

—Totalmente. Probablemente porque ambos olvidamos poner un límite de edad en nuestros formularios de solicitud.

Elizabeth hizo girar la pajilla en el fondo de su vaso.

—Oh, no lo sé. Creo que ustedes dos podrían ser un poco lindos juntos y, como alguien me dijo no hace mucho, la edad es solo un número cuando se trata de amor.

—¿Qué está sucediendo? —Los ojos de Gloria se entrecerraron en rendijas.

—Lizzie... —Brian agarró sus manos—. Hay algo que no nos estás diciendo.

—Pidamos otra ronda de tragos y lo revelaré todo. —Elizabeth recogió su bolso y se abrió entre la multitud hasta el bar, lo que dejó a Gloria y Brian susurrando y tramando salvajes escenarios lascivos de Elizabeth en flagrancia con hombres lujuriosos.

once

A medida que avanzaba la noche, la atmósfera exuberante en The Jolly Rambler se intensificó. Estaba lleno de asistentes a la fiesta bebiendo, bailando y cantando. Brian, Elizabeth y Gloria se tomaron de los brazos y se balancearon al ritmo de la música, riendo a carcajadas a medida que aumentaban las bromas entre ellos. A las once, el DJ cortó la música y gritó por encima del ruido que en diez minutos empezaría el karaoke. Hubo una estampida hacia el bar antes de que los clientes se acomodaran en el asiento más cercano con los vasos llenos. Se pasaron folletos de canciones alrededor de cada mesa y se animó a todos a participar
—¿Qué opinan, chicas? —Brian tiró el folleto sobre la mesa mojada—. Creo que los tres deberíamos cantar una canción de Madonna.
—¡No! —protestó Elizabeth—. Si tengo que levantarme para cantar, tiene que ser para una diva del pop como Whitney.
—Bueno. —Brian hojeó las páginas, hasta que llegó a la H—. Entonces, ¿cuál, Lizzie?
—*I Wanna Dance with Somebody*, por supuesto.
—Excelente opción. —Brian garabateó el número de la canción en un trozo de papel y luego fue a entregárselo al DJ.

Una valiente dama con un vestido rojo de encaje fue la primera en cantar. Elizabeth hizo una mueca mientras se abrió paso a través de *I Will Survive* de Gloria Gaynor. Cuando terminó, hubo una pequeña salpicadura de aplausos y algunos comentarios ahogados como "Gracias a Dios que se acabó". El siguiente fue un dúo: dos jóvenes que estaban muy ebrios. Se tambalearon por el pequeño escenario, tropezando con los altavoces y con los cables. El DJ tuvo el buen sentido de cortar la canción por la mitad y les dijo a los chicos que se sentaran y bebieran refrescos por el resto de la noche.

—Creo que nosotros somos los siguientes —dijo Brian, con un guiño y una gárgara de cerveza.

—Esto es tan emocionante —dijo Gloria sin aliento—. Me encanta un buen canto, ¿y a ti, Lizzie?

Elizabeth los miró sin comprender.

—De hecho, nunca antes había cantado en un karaoke. De hecho, no he cantado en público desde que era adolescente.

—¿En serio? —Los ojos de Brian se agrandaron—. ¿Eres una virgen del karaoke?

Un repentino ataque de nervios agitó su estómago, pero antes de que Elizabeth pudiera cambiar de opinión sobre lo de cantar, el DJ les estaba haciendo señas para que subieran.

Le pasó el micrófono a cada uno, luego el personal del bar les decía a todos que se callaran y alguien había atenuado las luces. Mientras las primeras notas de la canción pop resonaban por la habitación, Elizabeth reconoció a muchos de sus vecinos y saludó a algunos de ellos, que respondieron con silbidos de lobo. Agarró el micrófono, miró la pantalla y abrió la boca para cantar.

Mientras cantaba, la confianza del trío creció. Elizabeth y Gloria chocaron sus caderas y movieron sus cuerpos en sincronía con el ritmo, pero fue Brian quien acaparó el centro de atención. Estaba en el centro del escenario, con los brazos extendidos, la cabeza echada hacia atrás, cantando con todas sus fuerzas. Al final de la canción, las mujeres en el pub lo vitoreaban y le lanzaban besos, y él las recompensó con un movimiento de cadera provocativo que provocó gritos y gritos de alegría.

La música se apagó y los tres se abrazaron antes de devolver los micrófonos. Elizabeth estaba siguiendo a Gloria de regreso al asiento cuando una mano la hizo retroceder.

—Tiene una gran voz —dijo el DJ.

—Gracias —sonrió Elizabeth—. Eso fue divertido.

—¿Haría una más? —preguntó—. ¿Por su cuenta?

—¿Yo? —Elizabeth parpadeó con sorpresa—. Realmente no creo...

—Es buena. —Él tomó su mano—. Muy buena.

Elizabeth buscó a sus amigos, pero estaban sentados en la mesa, con las cabezas juntas mientras charlaban.

—¿Qué le gustaría que cantara? —preguntó ella, con un temblor nervioso en su voz.

—Le gusta Whitney, ¿verdad? —El DJ le dedicó una sonrisa descarada—. ¿Qué tal *I Will Always Love You*?

—Esa es una gran canción. —Elizabeth palideció al pensar en las notas altas.

—Puede hacerlo. ¡Tome! —Le devolvió el micrófono a la mano—. Uno, dos, tres.

La máquina de karaoke se puso en marcha. Cien o más pares de ojos giraron en su dirección. Se aclaró la garganta, tosió hasta que se le humedecieron los ojos y agarró el micrófono con tanta fuerza que se le veía el blanco de los nudillos. Una imagen de Martin flotaba ante ella; él estaba sonriendo, dándole un pulgar hacia arriba, diciéndole que era talentosa, hermosa y especial. Elizabeth ya no se sentía nerviosa, se sentía como una estrella, se sentía serena y tranquila, como si ese fuera el lugar al que pertenecía. Las palabras destellaron en la pantalla, Elizabeth exhaló, y luego, como un colorido pájaro cantor, dejó que la música la llevara. Cantó para ella y para su esposo, transmitiendo todo el amor que sentía por él en la canción.

De vuelta en la mesa, la boca de Brian se abrió en estado de shock, la pajilla cayó sobre la mesa.

—Ella es malditamente brillante.

Gloria asintió, incapaz de apartar los ojos de su amiga en el escenario.

—¿Dónde diablos ha estado escondiendo *eso*?

—No tengo ni idea —Brian dejó escapar un silbido lento—. Pero Lizzie Ryan es una cantante talentosa.

Elizabeth cerró los ojos mientras cantaba las últimas dos líneas. Hubo un silencio total. Por un momento, pensó que podía estar soñando y estaba de vuelta en casa en la cama. Los abrió con indecisión, entrecerrando los ojos antes las luces brillantes. Los rostros de las personas con las que había vivido toda su vida la miraban asombrados. Las caras de Brian y Gloria se veían cómicas por la sorpresa.

—¿Estuvo bien? —susurró, entregándole el micrófono al DJ.

Él asintió en silencio.

Mientras bajaba del escenario, Brian se puso de pie y comenzó a aplaudir con fuerza. Gloria se unió y pronto todo el pub se puso de pie, aplaudiendo.

El DJ comenzó a farfullar sobre la creciente cacofonía, elogiándola, colmándola de elogios; de hecho, le oyó decir que su voz era la mejor que había escuchado en mucho, mucho tiempo. Se sintió surrealista, como si estuviera flotando de regreso a su asiento. La adrenalina fluía por sus venas y brevemente pensó en Gary. Ahora podía entender su deseo de saltar de los aviones. Estar en ese escenario le había dado un subidón similar, un subidón que nunca antes había experimentado.

—Toma. —Gloria le lanzó un cóctel—. Debes tener sed después de eso.

—¿Qué demonios? —Brian la atrajo hacia su regazo—. ¿Por qué no nos dijiste que podías cantar? Quiero decir, *cantar* de verdad.

Elizabeth se sintió completamente desconcertada.

—Lo había olvidado.

—¿Cómo pudiste olvidar, Lizzie? —gritó Gloria—. Eres jodidamente brillante.

—A ver si lo he entendido bien —Brian se removía con entusiasmo—. ¿Tienes este... este talento alucinante y en realidad no cantas?

—Ni siquiera en la ducha —respondió ella—. Tal vez debería empezar.

—Bueno, sí... ¡claro! —Gloria puso los ojos en blanco—. No solo digo esto porque eres mi amiga, sino que eres una dama talentosa. Deberías estar en el escenario, no trabajar en una tienda de departamentos.

—¿En serio piensas eso? —Elizabeth se mordió el labio—. Solía cantar... en la escuela. También sé tocar el piano, pero supongo que nunca lo consideré una opción profesional sería.

—Me encanta el hecho de que seas tan humilde. —Brian se inclinó a su alrededor para recoger su pinta—. Así que me gustaría escuchar más de esta fantástica voz. ¿Harás más karaoke?

—No lo sé. —Elizabeth vaciló—. ¿De verdad crees que soy tan buena?

—¡Sí! —gritaron Gloria y Brian al unísono.

Miró hacia el escenario donde cantaba un anciano. El DJ asentía con entusiasmo en su dirección y le ofrecía el libreto de canciones. Con una pequeña sonrisa, Elizabeth se levantó para tomarlo; la emoción se arremolinaba por dentro en un frenesí.

—¿Qué sigue? —preguntó Brian.

—Algo optimista esta vez. —Elizabeth hojeó las páginas—. Hagamos que esta gente baile.

Y Elizabeth hizo precisamente eso. A las doce menos cinco, había cantado otras tres canciones, y el pub estaba alborotado. Todos estaban bailando, incluso el personal del bar bailaba. Cuando comenzó la cuenta regresiva para el Año Nuevo, Elizabeth bajó del escenario y regresó con sus amigos. El reloj dio las doce, y la sala resonó con vítores y el estallido de cientos de lanzadores de confeti. Elizabeth se inclinó en un abrazo grupal con sus amigos, luego se vio empujada a un abrazo con Gregg, el carnicero.

—Estuviste brillante ahí arriba, nuestra Lizzie —dijo entusiasmado, plantándole un beso húmedo en la mejilla—. No nos olvides cuando seas famosa ahora.

Ella lo empujó juguetonamente.

—¡Cómo si eso fuera a suceder alguna vez!

Dio un paso atrás y se sorprendió al ver a Gloria y Brian compartiendo un beso apasionado.

"Tal vez el sitio web de citas tenía razón sobre ellos después de todo", reflexionó.

Decidiendo dejarlos solos por un tiempo, Elizabeth se abrió paso entre la multitud para llegar al bar. Estaba rebuscando en su bolso monedas sueltas cuando sintió que una mano le tocaba el hombro. El DJ le sonrió mientras se giraba. Se inclinó, besó sus labios y luego le puso una tarjeta en la mano.

—Mi sobrino está en una banda —gritó—. Están de gira este año y actualmente buscan coristas. ¿Irá a la audición?

—Oh, caramba. —Elizabeth parpadeó sorprendida de sus palabras—. Dudo que sea lo suficientemente buena... de verdad.

—Ella trató de devolverle la tarjeta, pero él cruzó los brazos sobre el pecho.

—*Es* lo suficientemente buena. Créame, he escuchado suficientes cantantes para saber que *es* especial. Hizo que esas canciones parecieran fáciles, una tarea nada sencilla. Tal voz es.... bueno, es exquisita.

Elizabeth le sonrió.

—Es muy amable.

—También soy muy honesto. Vaya a la audición, señora —la instó—. La dirección está en la tarjeta. No necesita una cita. —Él se alejó un poco de ella, listo para regresar a su puesto.

—¡Espere! —gritó Elizabeth—. ¿Dónde es esta audición?

—Londres. El East End. Dentro de dos semanas. —Guiñó un ojo—. No lo deje pasar.

Luego desapareció, tragado por la multitud de personas. Elizabeth Ryan miró fijamente la tarjeta y esta se estremeció en sus dedos temblorosos mientras se preguntaba si tendría el coraje de ir. ¿Estaba dispuesta a aprovechar esa oportunidad? Era un Año Nuevo, después de todo; seguramente no estaría de más intentarlo al menos...

doce

Trabajar para Jane Bates fue tan horrible como había previsto Elizabeth. Había llegado a la conclusión de que la mujer era una obsesionada con el control, unaególatra que pasaba toda su jornada laboral dando órdenes y criticando al personal subalterno. Elizabeth se esforzó por mantenerse ocupada y alejada de su jefa de departamento, pero le resultaba difícil cuando ella estaba merodeando con paso firme delante de ella.

Había notado que incluso los clientes la evitaban, ya que la mujer carecía de calidez o amabilidad hacia el público en general. De hecho, Elizabeth estaba estupefacta de que Jane Bates hubiera conseguido un trabajo en el comercio minorista. Era una persona grosera y hosca, que reservaba sus únicas sonrisas para su camarilla y su primo Damon.

Era media mañana y Elizabeth estaba colocando etiquetas de precios en una nueva gama de cestas que acababa de llegar. Podía oír a Jane regañando a uno de las empleadas más jóvenes de los sábados; la pobre chica había sido arrastrada para hacer horas extras, aunque Elizabeth estaba desconcertada por el motivo. El departamento de artículos para el hogar estaba extremadamente silencioso. Miró en su dirección, estremeciéndose por el tono áspero en la voz de Jane y la mirada de desánimo en el rostro de la joven. Elizabeth se acercó más, mostrándole a su colega una sonrisa comprensiva.

—Disculpa.

—¿Sí? —espetó Jane, dándose vuelta.

—He fijado el precio de las nuevas acciones. ¿Hay algo más que quieras que haga?

—¿No tienes clientes? —Jane dijo eso de manera acusatoria, como si fuera culpa de Elizabeth que la tienda estuviera muerta.

—No —respondió Elizabeth llanamente—. Ha estado tranquilo desde que abrimos. De hecho, en comparación con la lencería femenina, diría que este departamento es un paseo por el parque.

—¿Ah, sí? —Jane sonrió con fuerza—. Creo que, cuando te hayas instalado, *Liz*, te darás cuenta de que los utensilios de cocina tienen una clientela muy exigente que difiere un poco de la lencería. No tenemos ninguna vieja chusma comprando productos para conseguir una emoción barata. Los negligés y los corsés pueden ser muy divertidos, pero nunca superarán a un juego de cuchillos de cocina de diseño o a una cafetera italiana. Los productos que vendemos duran toda la vida y exudan clase. —Ella resopló y miró a su alrededor—. Toma esta olla de cocción lenta, por ejemplo. —Dio unas palmaditas en la tapa del artilugio cromado como si fuera un perro cariñoso—. Este es el regalo perfecto, ¿no estás de acuerdo? Ofrece horas de placer práctico y se vería atractivo en cualquier cocina, ¿no?

Liz abrió la boca para argumentar que, si Martin alguna vez le hubiera comprado un electrodoméstico de cocina como regalo, se habría arrepentido profundamente.

—Estamos alimentando a la nación, Liz —declaró Jane apasionadamente—. ¿Qué más satisfacción laboral necesitarías? Y esto... —Señaló un objeto cercano—. Puede parecer un rallador de queso ordinario, pero en realidad es una herramienta multipropósito muy inteligente. No solo rebana queso, sino también zanahorias, papas, pepinos, apio... ¿no es asombroso?

—Emocionante —murmuró Elizabeth, reprimiendo una risita.

Jane entrecerró los ojos.

—Te *acostumbrarás* a trabajar aquí, Elizabeth. He oído que Sabrina está haciendo maravillas con la ropa interior femenina. —Inspeccionó sus garras rojas—. Mientras estamos tranquilos, tal vez podrías dar vueltas con la aspiradora y el plumero. Oh, y no olvides que esta noche hay una reunión del equipo después del horario de cierre. —Jane enderezó un par de tazas que ya estaban perfectamente balanceadas, antes de alejarse.

"Probablemente para meterse con otra pobre alma", pensó Elizabeth. Con un suspiro de resignación, fue en busca del Dyson de la tintorería. La chica del sábado de aspecto aliviado articuló: "Gracias" al pasar junto a ella.

La tarde se prolongó. Por primera vez desde que estaba en Blooms, se encontró mirando el reloj. Por lo general, el departamento de artículos para el hogar estaba inquietantemente silencioso. Posteriormente, estaba charlando con su colega más joven, cuando Jane apareció con una mirada atronadora en su rostro. Marchando hacia ellas, espetó:

—¿No tienen nada que hacer, señoras? Blooms no les paga para charlar.

Elizabeth apretó los dientes y comenzó una segunda limpieza de las unidades de exhibición. Se sentía completamente malhumorada. ¿Cómo se las arreglaría trabajando allí todo el día? ¿Todos los días, sin nada que hacer? Extrañaba el ajetreo de su antiguo departamento y no le gustaba trabajar para Jane Bates.

Con alivio, Elizabeth cerró la caja registradora a las cinco. A regañadientes, siguió al resto del personal de Artículos para el hogar por las escaleras hasta la sala de personal. Cuando todos se acomodaron en los asientos, Jane procedió a hablar durante la siguiente media hora, golpeando su bolígrafo en un rotafolio para corroborar sus palabras. Elizabeth miró los gráficos circulares de colores brillantes y los gráficos de aspecto complicado y descubrió que su mente divagaba. Estaba pensando qué cenar: ¿una lasaña congelada o una ensalada saludable? Tal vez podría comer algo de pescado y papas fritas de camino a casa. La necesidad de comer alimentos que engordaran era fuerte después de un pésimo día.

Un pitido interrumpió su ensoñación y miró furtivamente su teléfono para ver un mensaje de Gary. Una sonrisa se dibujó en su boca mientras lo leía.

Hola cariño, he estado pensando en ti. ¿Te apetece otra noche de fiesta? Xxx

Fue entonces cuando se dio cuenta de que Jane le hablaba.

—¿Perdón? —Elizabeth se sonrojó, mientras todos los ojos se fijaban en ella.

Jane dejó escapar un suspiro de impaciencia.

—Te pregunté si tenías alguna idea para ayudar a levantar la moral del personal.

—¿La moral del personal? —Elizabeth reprimió una sugerencia de despedir al gerente del departamento—. Emmm... no estoy segura.

Una mano se levantó y uno de sus colegas comenzó a parlotear sobre ejercicios de formación de equipos.

—Muy bien. —Jane le dirigió a Elizabeth una mirada fulminante—. Entonces, señoras, su tarea es proponer ideas de cosas que podríamos hacer para unirnos más como equipo. —Jane golpeó con su rotulador en el rotafolio—. Hablaremos de eso la próxima semana... y espero una sugerencia de todos.

El teléfono de Elizabeth volvió a sonar.

Tal vez la próxima vez puedas venir a la mía. Te garantizo que no habrá interrupciones.

Elizabeth tragó saliva cuando un calor abrasador invadió sus mejillas.

—¿Estás bien? —Jane había dejado de pasearse y la miraba con ojos perplejos.

—Sí... solo un poco... vaya, hace calor aquí.

—¿Estás loca? ¡Es pleno invierno! —El reconocimiento apareció en los ojos de Jane—. Ah, se me olvidaba que estás en esa etapa tan delicada de la vida, ¿verdad, Liz? Mientras que yo estoy en mi mejor momento, en la treintena. —Aplaudió para indicar que la reunión había terminado, y la gente comenzó a salir rápidamente.

—Ella es una bravucona —le susurró la chica del sábado a Elizabeth, mientras bajaban las escaleras—. Parece que te está tomando de punto. Tal vez deberías presentar una denuncia sobre ella.

—He lidiado con cosas más grandes y aterradoras que Jane Bates —respondió Elizabeth—. Puedo dar tanto como recibo, pero gracias por tu preocupación. —Se detuvieron al pie de las escaleras y Elizabeth le deseó buenas noches a su colega antes de caminar hacia las puertas de salida y dirigirse a casa.

∽

A la mañana siguiente, Elizabeth recibió un mensaje de WhatsApp de Betty Smith informándole que los Fatbusters se reunirían una hora antes esa noche. También había adjuntado un meme motivacional de *hacer que el día cuente*, que Elizabeth eliminó firmemente. No esperaba otro día en compañía de Jane Bates. Por primera vez en su vida, contempló fingir una enfermedad. La idea de jubilarse ya no parecía tan poco atractiva. Era un día glorioso y Elizabeth soñaba despierta que, si no tenía que trabajar, podría ponerse las botas y seguir el camino costero durante horas.

Con el estómago revuelto, se preparó para el trabajo y salió de su apartamento para tomar el autobús al final de su calle. Cuando llegó a Blooms, su estado de ánimo mejoró al escuchar que su némesis estaba fuera por el resto de la semana en un curso de administración. El día de Elizabeth diferría considerablemente del día anterior; se sentía relajada, feliz y había un flujo constante de clientes que la mantenían ocupada. Cuando la tienda cerró, agarró un snack pot de pasta del departamento de alimentos y caminó rápidamente por las calles de la ciudad para encontrarse con Gloria frente al banco principal de Dulster.

—Entra rápido. —Gloria aceleró el motor y arrancó a toda velocidad antes de que Elizabeth tuviera la oportunidad de abrocharse el cinturón de seguridad—. Odio cómo han hecho de esta ciudad un sistema de un solo sentido, todo son carriles para autobuses y estacionamientos para taxis. Hoy en día no se disfruta conduciendo. —Elizabeth se agarró a su asiento cuando su amiga frenó de golpe, esquivando por poco una camioneta blanca que se había detenido repentinamente—. ¿Cómo ha sido tu día? —preguntó Gloria sin aliento.

—No estuvo mal. —Elizabeth abrió el tarro y sacó el tenedor de plástico de la tapa.

—¿Esa es tu cena? —Gloria se quedó mirando la pasta con la nariz arrugada.

—Necesitaba algo rápido —explicó Elizabeth—. Sé que no tendré ganas de cocinar más tarde.

—Bueno, eso no te va a llenar —resopló Gloria—. Pero ¿quién soy yo para sermonear? Almorcé pizza.

—¿En un día de pesaje de los Fatbusters? —Elizabeth sonrió—. No te preocupes, no se lo diré a Betty. ¿Cómo va la escritura romántica?

—Otros dos capítulos completados. —Gloria sonrió—. Llegué al momento en que la heroína se da cuenta de que está locamente enamorada del gallardo héroe. Por supuesto que hay obstáculos en su camino, pero eventualmente el amor verdadero prevalecerá.

—Vas a tener una sobredosis de romance —bromeó Elizabeth amablemente—. No puedo esperar para leerlo.

Gloria presionó el embrague en primera y aceleró cuando las luces cambiaron a verde.

—Bueno, dame un par de meses más y debería haber terminado.

Elizabeth tragó un trozo de pasta fría con un escalofrío.

—¿Y puedo preguntar qué está pasando entre tú y Brian?'

—Fue solo un beso de Año Nuevo —respondió Gloria—. Demasiado alcohol, ya sabes, estas cosas pasan.

—Bueno —Elizabeth revolvió su poco apetecible comida—, él no estaba *besándome* la cara.
—¡No me importa! —Gloria le dirigió una sonrisa de soslayo—. ¿Has reservado el tiempo libre para tu audición?
—No es *mi* audición —dijo Elizabeth—. Es un día de puertas abiertas para todos, ¿recuerdas?
—Lo que sea. ¿Solo dime que irás?
Elizabeth se aclaró la garganta.
—No lo he decidido. —Gloria abrió la boca para protestar, pero Elizabeth rápidamente siguió hablando—. Realmente no creo que sea lo suficientemente buena. Cantar en un karaoke es totalmente diferente a cantar para una banda profesional. Creo que está fuera de mi alcance, para ser honesta.
—Pero eres tan buena, Lizzie. ¿Quieres que vaya contigo? Por apoyo moral.
Elizabeth se erizó.
—No es eso. No tengo miedo, es solo que...
—Te falta confianza —decidió Gloria—. No te das cuenta de lo buena que eres.
—Estoy siendo realista —suspiró Elizabeth—. Probablemente habrá cientos de cantantes súper talentosos allí. *Jóvenes* cantantes.
—¡Deja de ser tan negativa! —gritó Gloria—. Tienes tantas posibilidades como cualquier otra persona. Estoy segura de que te juzgarán por tu habilidad para cantar, no por tu edad. —Ella tomó aire—. Entonces, ¿irás?
—Lo pensaré —confirmó Elizabeth—. Pero no prometo nada.

trece

La mañana del domingo estaba gris y lluviosa. Un sombrío y miserable día de enero que hizo que la perspectiva de quedarse en la cama unas horas más de lo normal fuera muy aceptable. Elizabeth leyó su última novela, entre dormitadas. Cuando finalmente se levantó, descubrió que era demasiado tarde para el desayuno, así que preparó un pequeño asado para uno.

A veces olvidaba que estaba cocinando solo para ella; a veces colocaba dos manteles individuales en la mesa de la cena, a veces sacaba mostaza inglesa, un condimento que había sido el favorito de Martin. Ese día era uno de esos días en los que sentía que su pérdida le tocaba las fibras del corazón. Sus pensamientos estaban ocupados por él, y una sensación de melancolía había invadido su hogar.

Había tanto silencio en el piso que podía oír a la gente de arriba moviéndose y riéndose. Mientras se sentaba a almorzar, decidió visitar a su papá. Su naturaleza jovial nunca dejaba de animarla y tenía algunas cosas que quería darle. En el departamento de libros del trabajo, habían recibido un lote de nuevas novelas policiales. Aunque a Bob le resultaba difícil leer, debido a que su vista estaba tan débil, Elizabeth le leía a menudo. Ambos disfrutaban esos momentos, sentados juntos en su habitación con vista a la extensión del bosque y al mar más allá de esta. Elizabeth disfrutaba estar con su papá. Era una constante tranquilizadora, una roca estable en un mundo frenético y en constante cambio.

La caminata hasta el hogar de ancianos tomó alrededor de media hora. Elizabeth luchó contra un diluvio y un fuerte viento que hizo que su paraguas se agitara al revés. Al final, se dio por vencida y se resignó al hecho de que se iba a mojar, le gustara o no.

Tocó el timbre del intercomunicador de Rest Easy's Residential Home, tratando de limpiarse la humedad de la cara con el puño de la manga antes de que Lynn, la asistente de atención principal, la dejara entrar.

—Vienes a ofrecernos una canción, ¿verdad? —Lynn sonrió, estirando la mano para abrazar a Elizabeth.

—¿Cómo...?

—Oh, sabes que las noticias viajan rápido por aquí. —Lynn comenzó a caminar a paso ligero por el pasillo—. ¿Algún otro secreto que deba conocer?

Elizabeth se puso a caminar a su lado.

—Nada.

—Bueno, recuérdame cuando seas rica y famosa. —Lynn se detuvo fuera del comedor—. Está aquí.

—¿Él está bien? —preguntó Elizabeth y se alisó el cabello. Después de que su madre desarrollara demencia a los setenta años, constantemente le preocupaba que también afectara a su padre.

—Tan descarado como siempre. —Lynn guiñó un ojo—. Está bien, Lizzie.

—¿No es olvidadizo?

—No más que el resto de nosotros —se rio Lynn—. Tu padre es tan ingenioso como parece, así que deja de preocuparte.

Elizabeth le dirigió a Lynn una sonrisa de gratitud por sus amables palabras y abrió la puerta. La habitación bullía con el sonido de risas y charlas. Olía a comida buena y saludable. La música de jazz resonaba desde los altavoces superiores; algunos de los residentes arrastraban los pies al compás del tiempo y el cocinero cantaba alegremente.

Ella lo vio de inmediato, en el centro de la habitación, sentado en una mesa con otros cinco residentes. Elizabeth lo observó por un momento, hablando animadamente, agitando los brazos y riéndose. Cuando la vio, se detuvo y una sonrisa radiante iluminó su rostro mientras le hacía señas para que se acercara.

—Aquí está mi hermosa hija —graznó.

—Hola, papá. —Elizabeth besó su frente—. ¿Estás bien? Suenas como si tuvieras un resfriado.

—Demasiado traqueteo —dijo un hombre que llevaba un sombrero Trilby de fieltro.

Estaban hablando de los buenos viejos tiempos, antes del surgimiento de la tecnología.

—Mi Elizabeth salía después del desayuno y no la volvíamos a ver hasta que oscurecía. Nunca supimos en qué se metía y tal vez sea mejor que no lo sepamos.

—Los jóvenes de hoy en día están demasiado ocupados con sus teléfonos y computadoras —dijo una mujer—. No creo que hayan oído hablar de canicas y conkers. En aquel entonces, eran las cosas simples las que nos mantenían entretenidos.

Algunos de los otros residentes intervinieron, contribuyendo con sus recuerdos juveniles a la conversación, pero luego un asistente se acercó sosteniendo un balde y les dijo:

—Pueden seguir recordando en la sala de estar. Vayan ahora y déjenme limpiar.

Elizabeth le ofreció el brazo a Bob y juntos salieron.

—¿Vamos a tu habitación, papá? Quería hablar contigo en privado.

Bob le dio unas palmaditas en el brazo.

—Bueno, esto suena ominoso. No estás en problemas, ¿verdad?

—Por supuesto que no —dijo Elizabeth con una risa—. Solo necesito el consejo de mi padre, eso es todo.

Una vez que Bob se acomodó en su sillón, se hizo un silencio mientras ambos observaban cómo los árboles se doblaban y se balanceaban en el jardín.

—Es una verdadera pena que no podamos sentarnos afuera —dijo Bob—. Que lleguen la primavera y el verano, ¿eh?

Elizabeth apartó la mirada de la ventana y buscó en el bolsillo de su abrigo los dulces que había comprado en el camino hacia allí.

—¿Eres feliz, papá? —preguntó, abriendo el envoltorio.

Bob la miró con sus acuosos ojos azules.

—Por supuesto que lo soy —respondió—. Me dan de comer, me dan de beber y me cuidan, ¿por qué no habría de serlo?'

—Lo haces parecer como si fueras una planta. —Elizabeth sonrió—. Me alegro de que estés instalado aquí, me preocupa que estés solo.

—¿Estás bromeando? —Bob tomó un dulce y se lo metió en la boca—. Tengo muchos amigos aquí. Siempre hay alguien con quien charlar. El personal es una joya, de hecho, todo el mundo es encantador.

—Extraño a mamá —soltó Elizabeth—. Extraño a Martin todos los días. No es cierto lo que dicen que el tiempo es un sanador. Nunca se vuelve más fácil. Algunos días me siento enferma de dolor.

—Pero la vida continúa —dijo Bob con delicadeza—. Nunca los olvidas, solo aprendes a aceptar su pérdida.

—No creo que pueda. —Elizabeth resopló.

—¿Qué es lo que realmente te preocupa, amor? —Bob se movió en su asiento—. Eres infeliz, tan claro como que tengo una nariz en la cara.

Elizabeth asintió y se miró las manos.

—Me cambiaron en el trabajo... a otro departamento y lo odio allí, y, y... Me gustaría tener a alguien con quien volver a casa, alguien con quien pueda hablar sobre esto. Me siento tan sola...

—Si te desagrada tanto, entonces debes irte. —Bob fue a ponerse de pie—. ¿Necesitas algo de dinero, amor? ¿Para sacarte del apuro?

—No, papá. —Elizabeth lo detuvo tocándole el brazo—. No es el dinero, tengo un montón de eso. Es solo... oh, no sé cómo explicarlo... Me preocupa que, si me retiro, seré aún más infeliz.

—Cuando me retiré, fue la mejor decisión que he tomado. —El rostro de Bob tenía una mirada lejana, como si estuviera en otro lugar, en otro tiempo—. Entonces perdí a tu madre cuando deberíamos haber estado disfrutando nuestro tiempo juntos. Todos esos años desperdiciados en el trabajo, y cuando finalmente consigues relajarte, la vejez te asalta sigilosamente, con todas sus dolencias. —Sacudió su pañuelo para secarse los ojos llorosos—. Sé cómo te sientes, amor, pero si algo he aprendido es a disfrutar cada día porque nunca sabes cuándo será el último.

Elizabeth apretó su mano suavemente.

—Ha surgido una oportunidad. Es emocionante y aterradora y probablemente ridícula, pero hay una parte de mí que grita para hacerlo.

Bob parpadeó.

—¿Como en un romance? ¿Hay algún tipo involucrado?

—No, no —sonrió Elizabeth—, nada de eso. Es una oportunidad de carrera, una oportunidad de cantar, en un escenario.

—¿Cantando? —El rostro de Bob estalló en una enorme sonrisa—. Siempre supe que tenías talento. Cuando eras una niña, siempre cantabas, como un pajarito que eras. Pero luego te detuviste por alguna razón. —Se rascó la cabeza con perplejidad.

—Dejé de hacerlo cuando era adolescente porque cantar de repente no parecía tan genial y me acosaban por estar en el coro... ¿recuerdas? Mamá y tú tuvieron que ir a la escuela para solucionarlo.

—Los niños pueden ser crueles —dijo Bob sabiamente.

—Me encantaba estar en el escenario, papá —Los ojos de Elizabeth se iluminaron—. Me sentí rejuvenecida. Todo el pub estaba cantando conmigo y luego el DJ me habló de estas audiciones en Londres, para trabajar como corista. Dijo que era lo suficientemente buena para hacer una audición, pero me aterroriza hacer el ridículo.

—Ahora escúchame, Elizabeth Sinclair. —Él se enderezó en la

silla, dándole una mirada severa. Elizabeth tragó saliva ante el sonido de su apellido de soltera... de repente, estaba de regreso en la escuela, aferrándose a las sabias palabras de su querido padre—. Vas a esta audición y cantas con todo tu corazón. Les muestras lo talentosa que eres. ¡Puedes hacerlo! Eres una Sinclair, por supuesto que puedes.

—¿Crees eso? —Elizabeth se mordió el labio inferior—. ¿Y si se ríen de mí? ¿Y si me muestran la salida?

—No lo harán —dijo Bob con firmeza—. Ve a la audición, amor, haz tu mejor esfuerzo y mira qué pasa. Puede que te sorprendas gratamente.

—Lo haré —dijo Elizabeth con decisión—. Gracias por creer en mí, papá.

—Siempre. —Bob guiñó un ojo—. Ahora, ¿qué tal si volvemos a la sala de estar y te presento a mi nueva amiga? Su nombre es Rose y solo tiene setenta y tantos años. Espero ser su *sugar daddy*.

Elizabeth sacudió la cabeza con diversión, lo ayudó a ponerse de pie y salieron de la habitación charlando y riendo.

catorce

Elizabeth había olvidado lo alocado que podía ser Londres. El viaje en tren desde Cornualles había sido bastante fácil, pero el metro era horrible. Estaba repleto de viajeros y ni siquiera era hora pico. Por supuesto que no había dónde sentarse, por lo que Elizabeth tuvo que agarrarse a un pasamanos, sintiendo cada sacudida del tren. Mientras se tambaleaba de un lado a otro, intentó abrir su mapa de calles, pero después de haber recibido una mirada molesta del hombre que estaba a su lado, lo dobló y en su lugar vio las estaciones pasar.

Cada vez llegaba más gente y Elizabeth se sentía un poco asustada. ¿Cómo hacía eso la gente todos los días? Estaba acostumbrada a los espacios abiertos y tranquilos de Cornualles, mientras que Londres era una locura total y estaba tan llena de gente que era claustrofóbico. Afortunadamente, en la siguiente parada se apeó un montón de gente, y Elizabeth pudo sentarse y estirar las piernas. Buscó en su bolso sus mentas, se metió dos en la boca y las chupó frenéticamente. Un vistazo al mapa sobre su cabeza le informó que tenía dos paradas más antes de llegar a su destino.

Elizabeth sintió que su columna se relajaba un poco; estaba orgullosa de sí misma por hacer el viaje sola. Gloria se había ofrecido nuevamente anoche a acompañarla, pero Elizabeth había insistido en que estaría bien. La mentira que había contado en el trabajo esa mañana se le había escapado de la lengua con sorprendente facilidad. Tenían la impresión de que estaba enferma en la cama con un virus. Tal vez unos meses atrás se hubiera sentido culpable por mentir tan descaradamente, pero ya no. A veces solo había que hacer lo que era correcto para uno y tratar de no pensar en las posibles consecuencias. Aprovechar todas las oportunidades, o eso había aconsejado el meme positivo de Betty Smith esa mañana.

La emoción le revolvía el estómago. Le recordó que no había comido desde ayer a la hora de la cena y que necesitaba desesperadamente ir al baño; había estado bebiendo agua constantemente con la esperanza de lubricar sus cuerdas vocales. Elizabeth había pasado la noche practicando algunas canciones que planeaba cantar. Una de Whitney Houston y una de Mariah Carey, ambas grandes baladas que, con suerte, mostrarían el alcance de su rango vocal e impresionarían a las personas adecuadas. Pero aún había una duda persistente en la mente de Elizabeth que gritaba: "¡¿Qué diablos estás haciendo, mujer tonta?!".

Finalmente, el metro chirrió hasta detenerse en la estación deseada.

"Disculpe".

Elizabeth luchó para salir, respirando aliviada una vez que estuvo en tierra firme. Había una oleada de gente detrás de ella y sintió que la empujaban hacia las escaleras mecánicas. Eran tan altas y largas que se sentía estaría atrapada en estas para siempre, pero finalmente estaba en el nivel superior, siguiendo las señales de los baños. Después se lavó las manos y se las secó en el poderoso secador de manos que era mucho más higiénico que la toalla en rollo que había estado en funcionamiento la última vez que visitó Londres. Sí, tanto tiempo había pasado.

Elizabeth recogió su bolso y salió del metro, parpadeando bajo el brillante sol de la mañana. Después de consultar su mapa, dedujo que tenía que caminar alrededor de un kilómetro y medio. Por suerte, tenía puestas sus cómodas zapatillas deportivas, por lo que se puso en marcha a un ritmo enérgico. Había cruzado varias calles principales y se encontró a la entrada de un mercado al aire libre. Siguió el olor a comida hasta un puesto que vendía croissants y café y se sentó en un banco para devorarlos.

A su alrededor llegaron los gritos de los vendedores ambulantes; vio a un hombre que compraba anguilas en gelatina y berberechos y sonrió al pensar que estaba allí, en el East End de Londres.

Una mirada a su reloj le informó que las audiciones debían comenzar en media hora, así que tiró la basura en un contenedor y se dirigió a Great Bricklyn Street. Elizabeth estaba sorprendida de no haberse perdido, pero el mapa era bastante fácil de leer y lo siguiente que supo fue que había llegado.

La vista de una larga cola serpenteando por la calle insinuó que debía estar en el lugar correcto. Elizabeth se unió al final de la fila, se aclaró la garganta y le preguntó al grupo de mujeres frente a ella si ese era el lugar donde se realizaban las audiciones de canto.

—Lo es totalmente —anunció una bella dama de cabello rubio—, y ya abrieron las puertas. —Señaló la parte superior, donde la gente se filtraba a través de un conjunto de puertas de entrada giratorias.

Mientras la fila avanzaba lentamente, Elizabeth entabló una conversación con la señorita rubia de aspecto juvenil. Aseguró que su nombre era Rachel y que había viajado desde Blackpool con su madre y su tía. Rachel era una graduada en danza y teatro de veintidós años, que estaba muy emocionada por estar en la ciudad capital por primera vez.

—Quiero mudarme aquí de forma permanente —le reveló a Elizabeth—. Pero es muy caro.

—Primero tienes que conseguir un trabajo —rezongó la madre de Rachel—. Ella piensa que simplemente va a caer en el mundo del espectáculo, pero le he advertido que es tan competitivo como el infierno. ¿No está de acuerdo? —Ella asintió con la cabeza hacia Elizabeth.

—No lo sabría —respondió Elizabeth, mostrando una sonrisa cortés—. Yo trabajo en el comercio minorista.

—¿Es una fanática? —preguntó Rachel.

—¿Una fanática? —repitió Elizabeth.

—De la banda —incitó Rachel—. The Rebels son tan soñadores, ¿no? Sin embargo, Eddie es mi favorito.

—Ah —Elizabeth chasqueó la lengua—, ¿cómo dijo que se llamaban?

—The Rebels. —Los ojos azul cerúleo de Rachel se abrieron como platos—. Sabe que estas audiciones son para ellos, ¿no?

¡Maldición! Elizabeth se reprendió internamente por no haber hecho ninguna investigación. Estaba a punto de interrogar a Rachel para obtener más detalles cuando una señora que llevaba un portapapeles se acercó a ellas.

—Necesita completar su nombre y datos de contacto —dijo con un tono brusco. Empujó un número de plástico 107 en la mano de Elizabeth—. Coloque este número en algún lugar donde el panel pueda verlo claramente y, al ingresar a la sala de audiciones, tendrá un máximo de cinco minutos para cantar. No habrá tiempo para charlar con la banda, aunque si quiere esperar hasta el final de las audiciones, puede haber una oportunidad de firmar autógrafos, si tiene suerte.

—Disculpe —Elizabeth levantó la mano—. ¿Esto significa que soy la centésima séptima persona en audicionar?

—Sí —confirmó la dama de aspecto iracundo—. Hemos estado audicionando durante dos días.

—Maldita sea —murmuró Elizabeth—, no tengo ninguna posibilidad.

La mujer le dirigió una mirada penetrante antes de avanzar por la fila.

Elizabeth sacó su teléfono y estaba buscando frenéticamente The Rebels mientras Rachel charlaba emocionada acerca de los miembros de la banda de chicos de ensueño. No parecían estar en Wikipedia, por lo que no podían ser tan famosos, reflexionó Elizabeth, pero ¿y si hacían preguntas relacionadas con la banda, como en una entrevista de trabajo? No tenía ni idea, no sabía nada sobre las bandas de chicos actuales. Quiero decir, si le preguntaran sobre

Bros o Take That, estaría bien, esa era más su época, pero no tenía idea de quién estaba en las listas de éxitos de hoy.

Elizabeth pertenecía a la generación que miraba religiosamente *Top Of The Pops* los jueves por la noche. Hoy en día, la música parecía transmitirse a través de teléfonos y estaba en constante acceso a través de ese horrible canal de MTV. Elizabeth se arrastró hacia las puertas de entrada decidida a no estresarse. La realidad de que más de cien personas habían hecho la audición alivió un poco sus nervios. Ahora que sabía que no tenía ninguna posibilidad de ganar el puesto de corista, podía relajarse. Diablos, también podía entrar allí, dar el mejor espectáculo que pudiera lograr y disfrutar de su breve tiempo en el centro de atención. Entonces, tal vez podría tomar el metro hasta el West End y disfrutar de un poco de terapia de compras. Sería una experiencia divertida y un divertido día libre del trabajo, por lo menos.

~

El edificio donde se llevaban a cabo las audiciones era, de hecho, un enorme almacén de piso abierto que se había convertido en un estudio de baile y gimnasio. Enormes espejos adornaban toda la pared del fondo y las otras paredes estaban pintadas en bloques de diferentes colores. Todo era muy brillante y moderno, y definitivamente apestaba a una decoración minimalista. No había asientos, pero estaba repleto de gente tumbada en varias poses.

La música sonaba a todo volumen desde un sistema de sonido moderno, y las personas que estaban de pie bailaban y cantaban al ritmo de la alegre canción pop, aplaudían y agitaban las manos. A Elizabeth le pareció surrealista. Se sentía como si estuviera en uno de esos programas de talentos que eran tan populares en la televisión. Sintió un inmenso alivio por haber decidido usar jeans y una blusa brillante. No estaban rasgados como muchos de los otros que usaban, pero eran Levi's de buena calidad, que mostraban su voluptuosa figura.

Elizabeth pasó por encima de la gente que estaba en el suelo, con cuidado de no aplastar ninguna parte del cuerpo. Había un espacio en la esquina de la habitación que, ¡oh, sorpresa!, en realidad tenía algunas sillas. Ella se acercó, y se inclinó con cautela; sus rodillas emitieron un audible crujido mientras se sentaba. Envió un mensaje rápido a Gloria, informándole que había llegado a salvo y luego se reclinó para observar su entorno.

—Hola. —Un hombre con un sorprendente cabello cobrizo se hundió en la silla junto a ella—. Soy Adrian, ¿quién eres tú?

—Elizabeth —le sonrió, aferrándose a su bolso.

—Creo que debemos ser los mayores aquí —dijo con una sonrisa.

—Sí. —Elizabeth solo pudo estar de acuerdo.

—Soy un mago de oficio —continuó— pero también canto. Tengo que decir que estoy decepcionado de que no haya cámaras de televisión, esperaba estar en la tele en horario de máxima audiencia.

Elizabeth sonrió débilmente, agradecida de que su deseo no se hubiera hecho realidad.

—¿A qué te dedicas? —Ladeó la cabeza como un pájaro inquisitivo.

—Vendo utensilios de cocina. —Elizabeth le dirigió una sonrisa irónica—. Mi jefa es horrible, estoy loca de aburrimiento. Incluso estoy pensando en renunciar. Así que vine aquí...

Las cejas de Adrian se levantaron con sorpresa.

—Persiguiendo el sueño, ¿eh?

—Sí. Salón de última oportunidad.

—Bueno, buena suerte —le dio un guiño descarado—, para los dos.

—Ídem.

Los distrajo la mujer del portapapeles, que gritaba números.

—Ese soy yo. —Adrián se puso de pie—. Encantado de conocerte, Elizabeth. Sigue persiguiendo ese sueño.

Elizabeth sonrió y lo vio irse. Los nervios se acumulaban dentro de ella y comenzaba a sentirse enferma. Se conectó los auriculares y se desplazó por YouTube en busca de un video motivador que pudiera ayudarla a aumentar su confianza. Un video en particular le llamó la atención. Un hombre que vestía una lycra ceñida y tenía enormes músculos en los brazos gritaba a la cámara que creyera en uno mismo y aprovechara el día. Ella parpadeó alarmada cuando él dobló su cuerpo en formas de aspecto insoportable y levantó los puños hacia la cámara, gritando: "¡No eres un perdedor!". Al final del video de diez minutos, el corazón de Elizabeth estaba acelerado y podía sentirse al borde de otro sofoco. Rápidamente, buscó un video relajante para mirar y terminó mirando un bosque exuberante azotado por la lluvia. El trueno resonó, lo que la sobresaltó. ¡Ufff! Odiaba los truenos.

Salió de YouTube y desperdició la siguiente media hora desplazándose por Facebook, mirando con horrorizada fascinación las redes sociales de su hijo menor. Parecía que la vida de Josh era una gran fiesta. Había fotos de él con mujeres ligeras de ropa, bebiendo alcohol de aspecto dudoso en fiestas en la playa o rompiendo enormes olas balanceándose en una tabla de surf. Elizabeth se quedó sin aliento con solo mirarlo. Decidió comentar una fotografía de él vomitando. *Espero que estés bien* escribió, luego se arrepintió al instante y luego trató de borrar sus palabras. Era demasiado tarde, estaba allí para siempre, y su hijo estaría mortificado por tener a su madre preocupándose por él para que todos lo vieran.

Mientras jugueteaba con su teléfono, escuchó que llamaban a su número. La mujer que llevaba el portapapeles tenía una voz como un megáfono. Rebotó por la habitación, nítido y claro, lo que hizo que Elizabeth se preguntara si era cantante, ya que se veía ultragenial con su catsuit negro con cinturón de strass y una melena de cabello dorado como la miel. Elizabeth lamentó haber rechazado una visita a la peluquería; al menos debería haberse puesto algunos reflejos en su aburrido cabello castaño. ¿Cómo se destacaría en medio de toda la belleza juvenil que se exhibía allí?

Los números fueron llamados nuevamente, y Elizabeth siguió a un grupo de personas hacia la mujer portapapeles.

—Hola a todos, soy Carolyn. Soy la directora creativa de la

banda. Si me siguen, los llevaré a la sala de audiciones. —Con un movimiento de cabeza, se dio vuelta y subió corriendo una larga serie de escalones. Elizabeth casi tuvo que correr para seguirla.

Al final de un largo pasillo, había más esperando antes de que Carolyn asomara la cabeza y comenzara a llamar a las personas individualmente. Elizabeth se esforzó por escuchar el canto que estaba ocurriendo, pero debían tener habitaciones a prueba de sonido, ya que no podía oír mucho.

Su estómago estaba dando vueltas como un loco. Tomó un largo trago de agua y respiró profunda y temblorosamente, luego cruzó los dedos y se preparó mentalmente para lo que estaba por venir. Carolyn estaba llamando a su número y mirándola expectante. Con piernas temblorosas, Elizabeth se obligó a avanzar. Era hora de brillar, y Elizabeth Ryan estaba absolutamente aterrorizada.

quince

Agarró el micrófono con la mano derecha y miró boquiabierta al panel de personas sentadas frente a ella. Eran seis chicos en total. Cinco de ellos parecían jóvenes, solo en sus veintes y al final estaba sentado un hombre mayor que parecía aburrido.

—¡Hola! —Uno de los hombres más jóvenes levantó la mano—. Soy Jack. ¿Quién eres y de dónde eres?

—Elizabeth Ryan. —Se llevó el micrófono a la boca y su poder hizo que su voz resonara por toda la habitación—. Soy de Cornualles.

—¿Qué nos vas a cantar hoy? —preguntó otro de los jóvenes.

—Eh... *I Will Always Love You* de Whitney Houston.

Jack dejó escapar un silbido bajo.

—Por Dios, esa es una canción difícil de cantar.

Elizabeth se encontró asintiendo en acuerdo. Notó que el hombre mayor al final de la fila bostezaba y miraba por la ventana. Elizabeth encontró sus ojos errantes extremadamente groseros y se decidió a captar su atención.

—Cuando estés lista —intervino otro de los jóvenes.

Elizabeth respiró profundamente. Dentro de su mente había comenzado la música, y de repente estaba cantando.

Cuando finalmente se detuvo, la habitación se sumió en un

silencio sepulcral. Uno de los muchachos había dejado caer el lápiz que sostenía y la miraba boquiabierto. *¿Fui tan mala?* Una burbuja de risa se formó en la parte posterior de su garganta. Sus rostros eran cómicos por la sorpresa, todos excepto el tipo mayor. Él la miraba fijamente, con la boca dibujada en una línea apretada con algo que se parecía un poco a la desaprobación.

—Guau. —Jack comenzó un aplauso lento que los otros muchachos captaron—. Eso fue malditamente brillante.

Elizabeth tragó saliva, y su cuerpo se relajó bajo su adulación.

—Un poco fuera de tono. —El hombre mayor frunció el ceño—. Creo que fue una mala elección de canción.

—¿Estás sordo? —Jack se inclinó hacia delante para mirar al hombre—. *Esa* fue la mejor actuación que he escuchado hasta ahora.

Los otros chicos asentían con la cabeza y murmuraban palabras de elogio.

—¿Puedes venir para las segundas audiciones? —Jack sonrió en su dirección.

—Emmm... por supuesto. —Elizabeth le devolvió la sonrisa.

—Carolyn... —Jack empujó su silla hacia atrás y le hizo señas a la directora creativa para que se acercara—. Cuida de esta señora. Tengo un buen presentimiento sobre ella.

Elizabeth fue conducida a una habitación más pequeña que estaba bañada por la luz del sol de la mañana. Se acercó a las ventanas y contempló los tejados del este de Londres, observando el humo que salía de las chimeneas y registrando vagamente el bocinazo del tráfico.

¿Realmente había llegado a una segunda audición? Se sintió mareada por la conmoción y se apoyó en el alféizar de la ventana para apoyarse. Afortunadamente, Elizabeth había planeado con anticipación y había llevado sándwiches y una botella de té, así que se sentó en una silla tapizada de terciopelo y abrió el paquete de aluminio. Mientras la sala se llenaba lentamente con otros audicionados, masticó su sándwich de jamón, preguntándose qué implicaría la próxima audición.

El tiempo de espera se alargó a horas. Por el momento, había alrededor de treinta personas en la habitación. El sol comenzaba a hundirse en el cielo cuando finalmente el buen muchacho de las audiciones (¿Jack? Elizabeth nunca había sido buena para recordar nombres) irrumpió, luciendo lleno de energía y muy excitado. Comenzó felicitando a todos por haber pasado la primera audición.

—Están aquí porque estamos impresionados con su voz —dijo, abriendo los brazos de par en par—. Así que esta es su oportunidad de sorprendernos aún más. Solo hagan su mejor esfuerzo y bien hecho por haber llegado tan lejos.

Jack salió de la habitación y fue reemplazado por la directora creativa de aspecto nervioso, quien procedió a consultar su portapapeles y luego gritó un nombre.

Elizabeth se acomodó en su asiento, resignada al hecho de que, como su apellido comenzaba con R, probablemente sería una de las últimas en audicionar. Lamentó no haber llevado un libro; los nervios estaban apareciendo de nuevo y necesitaba algo que la distrajera. Así que jugueteó con los dedos y subrepticiamente observó a la gente, mientras la habitación se vaciaba una a una. A las dos en punto, finalmente la llamaron frente al panel de jueces. Solo había cinco de ellos esa vez. Elizabeth notó que el mayor no estaba y se sintió aliviada. Su intensa mirada la había desconcertado y las vibraciones que emitía eran claramente frías. Esa vez, se le pidió que cantara una canción más animada. Desconcertada momentáneamente, Elizabeth soltó la primera cancioncilla que le vino a la cabeza: *Waterloo*, de Abba.

—Hombre, amo a Abba. —Jack se pasó una mano por el cabello suelto y se inclinó hacia adelante. Mientras Elizabeth cantaba, se sorprendió cuando los cinco se pusieron de pie de un salto y comenzaron a bailar. A esas alturas, los nervios se habían disipado y se balanceaba con las palabras, incluso ejecutando un impresionante giro de cadera al final.

El muchacho moreno con acento español aplaudió y le dijo que había hecho un gran trabajo.

Elizabeth les dio las gracias y luego se dirigió hacia las puertas de salida; Jack le avisó que se pondrían en contacto.

Estaba contenta de estar afuera, en el aire fresco. Aspirando profundamente el aire frío de enero en sus pulmones, se dirigió hacia el metro. Al consultar su teléfono, vio que había cinco llamadas perdidas y numerosos mensajes de texto de Gloria. Marcó el número de su amiga y le contó brevemente sobre el día.

—Creo que salió bien —dijo al teléfono—. Dijeron que estarían en contacto, así que solo tengo que esperar ahora.

Gloria la felicitó y quedaron para almorzar el fin de semana. Mientras se dirigía a casa, una cálida sensación se extendió dentro de su estómago. De hecho, había participado en una audición de canto, estaba orgullosa de sí misma y, aunque no se hacía ilusiones de que tendría éxito, había disfrutado inmensamente el día. Al menos era algo para charlar con sus amigos.

∼

Elizabeth volvió a caer en la misma rutina: trabajo y cama. El fin de semana llegó y se fue tan tranquilo como siempre. Circulaba el rumor de que Jane Bates había recibido una reprimenda por sus cuestionables técnicas de gestión. En consecuencia, estaba de mal humor. Elizabeth sentía que andaba de puntillas sobre cáscaras de huevo cada vez que estaba cerca y odiaba aún más su nuevo puesto en el departamento de artículos para el hogar. De camino a casa una noche, compró una copia del periódico local. El miércoles era noche de anuncios de trabajo, así que se sentó en la mesa de la cocina con un rotulador rojo, haciendo un círculo alrededor de todo lo que encontraba interesante. Había algunos trabajos en el cuidado social, trabajando con ancianos. Aparentemente, no se requería experiencia, ya que brindaban capacitación completa; en cuanto a los trabajos potenciales, eran los únicos que despertaban su interés.

Con un suspiro, Elizabeth se acercó al fregadero para llenar la tetera. Era una noche tormentosa. Observó desde la ventana cómo los árboles azotaban hacia adelante y hacia atrás con el viento y, con un escalofrío, cerró los extremos del cárdigan. Su teléfono comenzó a vibrar y a sacudirse sobre la mesa. Un número desconocido iluminó la pantalla. Elizabeth abrió la pantalla de bloqueo y dijo: "Hola".

—¡Lizzie, soy Gary! —Un ritmo de discoteca palpitante emanó en el fondo.

—Hola —comenzó con sorpresa tentativa. Sus siguientes palabras fueron indescifrables, perdidas en el ruido y la interferencia—. No puedo oírte. —Su voz resonó fuerte en su tranquila cocina.

Hubo una pausa durante la cual ella se preguntó si se le había cortado, pero debió haberse movido a algún lugar donde la señal fuera mejor, ya que sus siguientes palabras fueron claras.

—He tenido una idea para nuestra segunda cita.

—Oh. —Elizabeth había olvidado que había accedido a una.

—¿Qué te parecería intentar escalar?

—¿Escalar? —Los ojos de Elizabeth se agrandaron—. ¿No es eso... peligroso?

—No es un deporte extremo —se burló Gary—. Te recogeré temprano el domingo por la mañana. Confía en mí, será divertido.

Parecía que la idea de diversión de Elizabeth difería ligeramente de la de Gary. Para ella, los domingos solían pasar disfrutando de un paseo tranquilo, cocinando el almuerzo y luego pasar la tarde leyendo y viendo la televisión. Entonces, cuando se encontró al pie de una pared con el equipo de seguridad completo, definitivamente fue un cambio en su rutina habitual.

—¿Estás lista? —Gary apretó la correa de su casco.

—Supongo que sí —respondió Elizabeth, mirando hacia la pared que se avecinaba—. ¿Estás seguro de que es seguro? ¿Qué pasa si me resbalo?

—Estás a salvo, no te preocupes, y estaré aquí para atraparte si te caes. —Gary se rio entre dientes—. Pensé que querías ser más aventurera.

—Sí —respondió Elizabeth con firme resolución.

Las manos de Gary habían bajado hasta sus caderas. La atrajo hacia él y besó la punta de su nariz.

—Yo cuidaré de ti, princesa.

—Gracias. —Elizabeth le dio una sonrisa nerviosa—. Al menos estamos bajo techo. Tuve visiones de nosotros atrapados en una montaña de Cornualles.

Gary se echó a reír a carcajadas.

—Estás pensando en Gales, a donde te llevaré cuando seas más competente.

—¿Quieres decir que tengo que hacer esto más de una vez? —Ella hizo una mueca.

—Si te gusta, y estoy seguro de que te gustará. Ahora, antes de comenzar, déjame tomar algunas fotos y repasar algunos conceptos básicos.

Elizabeth escuchó atentamente mientras Gary hablaba sobre la conciencia corporal, el centro de gravedad y empujar con las piernas y tirar con los brazos. En las selfis que tomó, ella juró que estaba haciendo una mueca.

—Emmm… no creo que pueda hacer esto —dijo Elizabeth débilmente.

—Por supuesto que puedes. —Gary jugueteó con sus propias correas—. Mira allá. Si él puede hacerlo, tú también puedes. —Elizabeth siguió su mirada hacia donde un simple niño escalaba la pared con confianza. Sintió un poco de irritación hacia Gary. "Ese chico no tiene cincuenta años, ni es perimenopáusico, ni tiene dolor de espalda y de rodillas", deseaba gritarle—. ¿Estás lista? —preguntó Gary, ajeno a su desconcierto. Ella asintió, apretó los dientes y colocó un pie en la saliente más baja. Lentamente, comenzó su ascenso. Por pura determinación y esfuerzo, una sudorosa Elizabeth finalmente llegó a la parte superior de la pared. Gary estaba a su lado, sonriendo de oreja a oreja y gritando palabras de aliento—. Bien hecho, Lizzie, sabía que podías hacerlo.

Espera un minuto mientras tomo una foto. —El destello la cegó momentáneamente y se aferró desesperadamente—. ¡Mira lo alto que estás!

Con fervor, Elizabeth negó con la cabeza.

—Quiero bajar ahora.

—Está bien —se rio Gary—. Agárrate a la cuerda y baja tú misma, como te enseñé. —Elizabeth cerró los ojos y dijo un aleluya antes de dirigirse a tierra firme. Estaba doblada, recuperando el aliento y apoyándose en sus piernas temblorosas, cuando Gary se abalanzó, la levantó y la hizo girar—. ¿Sentiste la emoción, Lizzie? —Ella lo miró con el ceño fruncido—. La adrenalina —explicó—. Es increíble, ¿no?

—Yo no iría tan lejos. —Se limpió la baba de la boca—. Pero estoy orgullosa de mí misma por haberlo hecho.

—Y así debe ser. —Gary la acercó más—. ¿Te apetece venir a mi casa? Tengo un acuario fantástico que quiero mostrarte.

¿Es así como lo llaman en estos días? Elizabeth sonrió. *¡La excusa solía ser los grabados!* Le gustaba Gary, pero a la fría luz del día, la atracción que antes sentía por él ya no estaba allí. Su mente buscó frenéticamente una excusa plausible que lo decepcionara suavemente. Por suerte su teléfono sonó.

—Debería atender esto. —Dio un paso atrás y presionó el botón verde de respuesta.

—Hola, ¿es Elizabeth Ryan?

—Sí —suspiró, esperando que no fuera otra llamada molesta de reclamo de seguro.

—Habla Carolyn. Nos conocimos en las audiciones de canto la semana pasada, soy la directora creativa.

Elizabeth tragó saliva.

—Sí. Hola, la recuerdo.

Hubo una pausa y Elizabeth pudo escuchar el sonido de la música pop de fondo.

—A la banda le encantó su audición, todos pensamos que es una cantante talentosa. —Elizabeth se armó de valor para las malas noticias. Estaba preparada para eso; había sabido todo el tiempo que era totalmente inadecuada para ser corista de una banda pop de moda. Toda la idea había sido ridícula—. Así que nos gustaría ofrecerle el puesto.

—¿Q-qué? Quiero decir, ¿perdón?

Otra pausa.

—¿Puede oírme?

—Sí. —Elizabeth agarró su teléfono.

—Has tenido éxito, Elizabeth. La banda te quiere como corista.

Una sensación de desmayo la envolvió, haciéndola literalmente balancearse sobre sus pies.

—¿Quieren que yo sea su corista? —chilló.

—Si eso es correcto. —Carolyn sonaba divertida—. Voy a enviar el papeleo por correo. Incluye un contrato que te recomiendo que leas detenidamente. Todos estamos ansiosos por trabajar contigo y, por lo tanto, ¡bienvenida... a la familia de The Rebels!

dieciséis

—¡Eres una Rebel! —gritó Gloria de emoción.
—No soy una Rebel, voy a ser su corista.
—Bueno, entonces eso te convierte en una Rebelette.
Elizabeth puso los ojos en blanco y miró al cielo.
—Creo que encontrarás que así es como se llaman sus fans femeninas.
—Bueno, lo que sea —gritó Gloria de emoción—. Lo has hecho, nena. Estoy tan orgullosa de ti...
—Gracias. —Elizabeth negó con la cabeza, con una expresión divertida en su rostro—. Todavía no puedo creer que tengo el trabajo—. Estaba caminando por el centro de la ciudad de Dulster, con el teléfono pegado a la oreja.
—¿Ya le has dicho a Blooms que se quede con *su* trabajo?
Elizabeth sonrió.
—Estoy de camino. —Al detenerse junto a un paso de peatones, Elizabeth le dijo a Gloria que hablaría con ella más adelante en la semana y luego cortó la llamada.
El tráfico se detuvo, y ella cruzó con un gran grupo de otros peatones. Había ensayado exactamente lo que le iba a decir a Damon y no podía esperar para borrar esa sonrisa arrogante de su rostro zalamero. Mientras se acercaba a la tienda de departamen-

tos, sintió una punzada de tristeza. Durante treinta años había sido parte de esa empresa, y durante la mayor parte del tiempo le había encantado trabajar allí, pero ya no. Era hora de irse y de comenzar un nuevo capítulo de su vida haciendo algo completamente diferente. Algo desafiante y emocionante. Iba a ser corista de una banda de pop emergente y no podía estar más emocionada.

∽

—¡Llegas tarde! —espetó Jane Bates. Elizabeth pasó junto a ella, con la espalda erguida y la cabeza en alto, ignorando las caras sorprendidas del resto del personal. Subió las escaleras hasta las oficinas de la alta dirección. La puerta de Damon estaba firmemente cerrada, así que la golpeó tres veces y luego, sin esperar respuesta, empujó para abrirla. La escena ante ella debería haberla sorprendido, pero después de escuchar todos los rumores, no se sorprendió al ver a Damon y a la nueva graduada, Sabrina, luchando por volver a ponerse la ropa. Su cabello estaba despeinado y había marcas de lápiz labial cubriendo sus mejillas.

—¿Qué diablos estás haciendo irrumpiendo aquí? —El rostro de Damon estaba arrugado y cada vez más rojo por la ira o la vergüenza. Probablemente una mezcla de ambos, supuso Elizabeth.

—Necesito hablar contigo, y no podía esperar —dijo Elizabeth bruscamente.

—Esto es tan poco profesional... —Sabrina se alisó el cabello y le lanzó a Elizabeth una mirada sucia.

—¿Soy poco profesional? —El tono de Elizabeth se elevó con incredulidad—. ¿Sabes que ambos podrían ser despedidos por mala conducta grave? Conducta sexual inapropiada en las instalaciones, para ser precisos.

—¿Cómo te atreves a hablarme así? —fanfarroneó Damon—. Solo estaba consolando a Sabrina, ella está pasando por una ruptura traumática.

—No me interesa escuchar tus excusas. —Elizabeth respiró hondo—. Eres una bola de baba, y siempre lo has sido.

—¿Esta mujer tiene tendencias suicidas? —Sabrina se rio.

Los ojos de Damon se entrecerraron.

—Ten mucho cuidado, Liz. Cualquier otro comentario ofensivo y no dudaré en despedirte.

—Demasiado tarde, porque renuncié. —Elizabeth sacó su carta de renuncia de su bolso y la arrojó de golpe sobre la costosa mesa de roble real—. A partir de hoy.

—¡No puedes renunciar! —Damon estaba bordeando la mesa, mirando a Elizabeth con ojos cautelosos—. Tienes que avisar con al menos una semana de antelación.

—¡No, no lo hago y no lo haré! —Ella resopló con disgusto mientras lo miraba—. Me has tratado terriblemente, así que siéntete libre de armar un escándalo si eso es lo que quieres hacer, pero te advierto que iré directamente a la oficina central y les contaré todo sobre tu ética de trabajo chovinista, nepotista y acosadora. —Elizabeth sonrió ante su rostro pálido—. Adiós, Damon. —En la puerta, se detuvo y se giró para darle una mirada fulminante—. Oh, y una última cosa. Mi nombre es Elizabeth, así que por favor asegúrate de usarlo si alguna vez tenemos la desgracia de volver a encontrarnos.

Atrapada en una ráfaga de viento desde una ventana abierta, la puerta se cerró de golpe detrás de ella y Elizabeth bajó las escaleras entre los aplausos de sus extasiados colegas.

~

Al día siguiente, Elizabeth le contó a su familia. Como se predijo, su padre estaba encantado y muy orgulloso de su "hija talentosa". Estaba untando tostadas con mantequilla y pensando en a quién informar a continuación cuando sonó su teléfono.

—Hola, mamá, soy yo —dijo Harry con voz áspera en la línea.

—Hola, amor, ¿cómo estás?'

—Todo bien, gracias. Estoy en un descanso, así que pensé en llamarte.

Hubo una pausa, luego ambos hablaron a la vez.

Elizabeth se rio.

—Tú vas primero, amor.

Harry chasqueó la lengua.

—Vi tus fotos en Facebook. Mamá, si hubieras querido escalar rocas, Josh y yo te habríamos llevado.

Elizabeth dejó su cuchillo con un suspiro.

—Gary es solo un amigo.

Hubo un resoplido desde el otro extremo de la línea.

—A mí me pareció más que eso. Solo ten cuidado, mamá, se sabe que estos hombres se aprovechan de mujeres vulnerables. Las deslumbran con elogios e historias tristes, lo siguiente que sabes es que están detrás de los ahorros de toda tu vida. Le pasó a una mujer en el trabajo. Un hombre de Nigeria en Facebook la engañó para que regalara miles...

—Harry —interrumpió Elizabeth—. Él es un muchacho local, que es amigo de tu tía Phillipa. No me va a pasar nada malo, soy muy capaz de cuidar de mí misma.

—Bueno, está bien —dijo Harry a regañadientes—. Pero todavía no confío en él.

Elizabeth negó con la cabeza y contó hasta diez.

—De todos modos —dijo alegremente—, tengo una noticia súper emocionante. Todo salió; cantando en el pub en Nochevieja, las audiciones, la oferta de trabajo y finalmente la renuncia de Blooms.

—Mamá, ¿crees que dejar los grandes almacenes fue un acierto? ¿Y si este trabajo de cantante no funciona?

—Entonces, me jubilaré —sonrió Elizabeth—. Es hora de que me vaya de Blooms, de todos modos. Yo... yo no he sido feliz allí, como sabes, y quiero hacer algo diferente. Estoy tan emocionada, amor... ¿Puedes alegrarte por mí?

—Sí, por supuesto que me alegro por ti. Solo estoy siendo demasiado cauteloso, lo siento.

—Y eso es lo que me encanta de ti. —Elizabeth tragó un nudo de emoción—. Quería pedirte un gran favor.

—Cualquier cosa, mamá.

Ella respiró hondo.

—Empezamos los ensayos dentro de una semana. Estaré trabajando en Londres y, en lugar de viajar todos los días, me preguntaba si podría parar durante la semana en su departamento.

—¿Conmigo y Josh? —Harry sonaba sorprendido.

—Sí, si está bien. No me interpondré ni te molestaré con las tareas del hogar. Y pagaré el alquiler, por supuesto...

—Mamá —la silenció gentilmente—, está absolutamente bien. Nos encantaría tenerte. Entonces, ¿cuándo estarás aquí?

diecisiete

A principios de febrero, Elizabeth cerró su apartamento y, tirando de una maleta grande, tomó un taxi hasta la estación de tren de Dulster. Le había dado a Brian una llave de repuesto en caso de emergencias y ahora él estaba de pie en la puerta saludándola y deseándole buena suerte. Presionó su mano contra la ventana, ahogando la emoción y tratando de sofocar la oleada de nervios que estaba sintiendo. *Todo va a estar bien.* Otra voz interna irritante insistió en que estaba cometiendo un gran error, pero Elizabeth la ignoró e inició una conversación sobre la televisión de la noche anterior con el taxista.

El tren de la tarde a Londres estaba tranquilo. Elizabeth se acomodó en primera clase. Harry había insistido en que ella viajara de esa manera y había comprado el billete para ella. Había algunas personas repartidas por el vagón: una joven inmersa en su música, un hombre con un traje a rayas tecleando en su computadora portátil, una anciana envuelta en un largo abrigo peludo con un sombrero a juego. Elizabeth se preguntó a dónde los llevaría ese viaje. ¿Estaban destinados a nuevos comienzos como ella? Mientras el tren aceleraba y el campo pasaba como un rayo, sacó su última novela de la mochila y se perdió en un mundo ficticio de crimen y maldad.

Se sorprendió al encontrar a Harry esperándola fuera de la estación.

—No era necesario que me fueras a buscar —reprendió Elizabeth, secretamente agradecida de haberse salvado de otro traumático viaje en metro.

—No hay problema, mamá —respondió él, abrazándola fuerte—. No quería que viajaras sola por el metro de noche. Aquí no es como Cornualles, hay verdaderos locos por ahí.

—Bueno, gracias. —Ella lo siguió hasta su coche, impresionada por el elegante Jaguar verde bosque—. Por fin tienes el coche de tus sueños.

Harry palmeó el capó.

—Este es mi regalo para mí mismo, por trabajar tan duro.

—¿Cómo es la vida en la banca? —Después de colocar su maleta en el maletero, Elizabeth se subió al asiento del pasajero.

Harry hizo una mueca.

—Pago las cuentas. Sin embargo, no es algo que me gustaría hacer por el resto de mi vida.

Elizabeth examinó a su hijo.

—¿Eres infeliz, amor? Odio pensar en ti haciendo un trabajo que odias.

—Odio es una palabra fuerte, mamá. Es estresante y aburrido como el infierno, pero está bien en este momento. Sin embargo, no me gustaría hacerlo con una familia a cuestas.

Harry encendió el motor y se alejó de la estación. Los oídos de Elizabeth se habían aguzado ante la mención de niños. Ella sabía que él tenía novia, pero no había pensado que fuera serio, ya que no se la había presentado. Harry tenía edad suficiente para establecerse y formar una familia, reflexionó Elizabeth en silencio. Después de todo, ella misma se había casado joven, así que ¿por qué estaba sorprendida? Annabel estaba locamente enamorada de su médico y parecía tener su vida planeada. Josh era quien más la preocupaba. Su hijo menor a veces se sentía como un extraño; rara vez lo veía y sabía muy poco sobre su vida, solo fragmentos que había recopilado de las redes sociales.

Elizabeth cruzó las manos sobre el regazo y miró por la ventana los edificios que pasaban. Iban de camino al sur de Londres. Mientras conducía, Harry le contó sobre el área donde vivía.

—Es un lindo lugar, mamá; vibrante y animado. Totalmente diferente a St-Leonards-By-Sea, por supuesto, pero creo que te gustará. —Elizabeth le aseguró que estaría bien, y durante el resto del viaje escucharon la radio local mientras comían una bolsa tamaño familiar de Maltesers—. Hogar dulce hogar. —Harry ejecutó un estacionamiento paralelo perfecto, apagó el motor y miró esperanzado a su madre—. ¿Qué piensas?

—¡Hermoso! —Elizabeth miró hacia la imponente casa adosada victoriana—. Es más grande y más vieja de lo que pensé que sería. Me esperaba un apartamento de soltero de moda.

—¿Te refieres a un condominio? Algunos de mis amigos banqueros los tienen, pero prefiero las propiedades más antiguas y, mamá, toda la casa no es nuestra. Josh y yo tenemos el último piso.

—Oh. —Elizabeth deslizó sus pies sobre el pavimento y salió del auto—. Bueno, es muy agradable. El jardín es... encantador.

Harry le dedicó una sonrisa triste.

—Es un basurero. —Abrió la puerta de hierro y la condujo por un sendero irregular bordeado a ambos lados por flores silvestres y follaje. Se había detenido a admirar un fragante arbusto de invierno, cuando la puerta principal se abrió y salió corriendo un enorme perro negro. Pasó por alto a Harry y fue directamente hacia Elizabeth, saltando hacia ella y lamiéndola, asustándola tanto que cayó hacia atrás sobre el césped mojado.

—¡Jasper, baja! —Harry agarró al perro por el collar y se lo quitó de encima a Elizabeth.

—¿Por qué no me dijiste que tienes un perro? —balbuceó Elizabeth, mirando con consternación las huellas de patas embarradas que cubrían su chaqueta color crema.

—¡No es nuestro! —Harry estaba tratando valientemente de jalar al perro hacia la puerta principal.

—Jasper, ven —llamó una anciana encorvada que cojeaba por el camino, apoyándose en un bastón para sostenerse. El perro gigantesco trotó hacia ella y se sentó obedientemente a sus pies, babeando profusamente. Harry fue a ayudar a Elizabeth a levantarse, y los dos observaron al perro con ojos cautelosos.

—No te hará daño. —La anciana se acarició la barbilla con bigotes—. Debes gustarle. Al último visitante que tuvimos lo observaba con desprecio. Soy Mary, por cierto. ¿Eres amiga de Harry?

Elizabeth tragó saliva y aumentó la distancia entre ellos.

—Soy su madre.

Harry pasó un brazo sobre el hombro de Elizabeth.

—Mamá viene a quedarse con nosotros por un tiempo. Va a ser una estrella del pop.

—Harry —Elizabeth lo apartó—, te refieres a un corista. Difícilmente estaré en el centro de atención.

—Una cantante, dices —la mirada de Mary recorrió de arriba abajo a Elizabeth—. Espero que no seas de los que cantan en la ducha. Escucho a Josh todas las mañanas. En cuanto a Harry, bueno, ciertamente hace bastante ruido cuando su novia está aquí. —Mary guiñó un ojo sugestivamente y Elizabeth se rio al ver el semblante avergonzado de su hijo.

—No tienes acento cockney —dijo Elizabeth, tratando en vano de limpiar un poco la suciedad de su ropa—. ¿Naciste en Londres?

—No. —Mary le pasó un montón de pañuelos de papel de su bolsillo—. Eddie y yo somos polacos. Nos mudamos aquí en los años setenta. Eso es lo que me gusta de Londres. Es un crisol de diferentes culturas y siempre me he sentido como en casa aquí. No extraño Polonia en absoluto.

Elizabeth sonrió a la anciana, su mirada atrapada por el crucifijo alrededor de su cuello.

—Bueno, siempre eres bienvenida para tomar una taza de té.

—Bien, mamá, has tenido un largo viaje, vamos a llevarte adentro. —Harry la condujo a través de la puerta y subió un

tramo de escaleras—. No la animes —advirtió—, nunca te librarás de ella.
—Oh, parece bastante inofensiva, amor —respondió Elizabeth.
—Esto no es Cornualles. A los londinenses nos gusta mantener la distancia.
—Me di cuenta de eso —resopló Elizabeth—. Incluso en la estación de tren, la gente aquí parecía hosca y ¿no se apresuran demasiado? Bueno, me he traído un poco de Cornualles.
—¿Oh? —Harry levantó una ceja.
—Tengo un poco de mermelada, nata y bollos en mi maletín. —Ella sonrió a su hijo—. También habría traído empanadas, pero no me cabían.
El cabello de Harry cayó sobre sus ojos mientras se giraba hacia Elizabeth con una enorme sonrisa.
—Perfecto. Bienvenida a Londres, mamá.

∼

El piso de sus hijos estaba sorprendentemente limpio y ordenado. Había una cocina-comedor de planta abierta, que se estrechaba en una sala de estar en forma de L. Un enorme televisor ocupaba una pared y, aparte de un gran sofá de cuero, un área de escritorio completa con una silla giratoria y un espejo roto torcido, y algunas plantas de interior punteadas, era un espacio muy minimalista. De hecho, no había adornos en absoluto. Elizabeth cruzó una alfombra oriental, de la que Harry le dijo que había comprado en el mercado local, para mirar por el gran ventanal. Estaba descorriendo las cortinas cuando un silbido la sobresaltó. Sentado en el alféizar de la ventana que se estaba pelando había un gato blanco y negro. La miró con fríos ojos verdes por un momento antes de estirarse y saltar con un movimiento de su cola.
—Esa es Tinkerbell. —Harry metió las manos en los bolsillos y miró a Elizabeth con ojos avergonzados—. Ella era una callejera que nos tomó cariño. La elección del nombre no tiene nada que

ver conmigo, se llama así por una de las ex novias de Harry. Para ser honesto, ni siquiera sabemos si es hembra.

—¿No sabes el sexo de tu propio gato? —Elizabeth no sabía si estar sorprendida o divertida—. ¿Por qué no llevarlo al veterinario?

—¿Sabes lo exorbitantes que son los honorarios de los veterinarios en Londres? —Harry fue a la cocina a poner la tetera al fuego—. ¿Uno o dos de azúcar, mamá?

—Medio, por favor —contestó. Fue a sentarse en el sofá, pero el gato saltó en el espacio, se hizo un ovillo y la miró. Elizabeth siguió a su hijo a la cocina, sonriendo satisfecha ante los electrodomésticos de cocina a la vista.

—¿Tienes una panificadora? —Cogió su té, observando a Harry por encima del borde de la taza.

—Oh, eso —Harry sacudió la mano con desdén—. Josh pasó por una etapa de hornear su propia comida. Por suerte no duró mucho. Ahora ha vuelto a los kebabs grasientos y a la pizza.

—No me importa cocinar para nosotros —dijo Elizabeth.

—Mamá, no es necesario que corras detrás de nosotros —respondió Harry—. De todos modos, pensé que los tres podríamos salir esta noche. Hay un restaurante chino de primera abierto a unas calles de distancia.

—Eso sería encantador. ¿Dónde está Josh, de todos modos?

—En casa de un amigo. —Harry se encogió de hombros—. Fue allí hace dos noches y todavía está allí, que yo sepa.

Elizabeth reprimió su desaprobación. Tuvo que recordarse a sí misma que sus hijos eran dos hombres adultos que podían hacer lo que quisieran, pero el instinto maternal era difícil de sofocar.

—¿Dónde voy a dormir? —preguntó.

—Oh, sí —Los ojos de Harry brillaron, y ella se quedó asombrada con la idea de lo guapo que era—. Tienes un dormitorio para ti sola. Josh se ofreció a dormir en el sofá, así que sí, es todo tuyo.

—No puedo echarlo de su propia cama. —Elizabeth vació los restos de su té—. Déjame dormir en el sofá.

—Mamá —aplacó Harry—, todo está arreglado. Ahora te mostraré el resto del piso y luego te sentarás y descansarás un poco antes de que Josh llegue a casa.

Fue más de una hora después que apareció su hijo menor. Irrumpió en la casa, cantando y silbando. Cuando vio a Elizabeth, tiró su bolsa de deportes en el medio de la alfombra y la abrazó con fuerza.

—Mamá. Te ves increíble.

Elizabeth lo besó en la mejilla y luego retrocedió para observarlo.

—También te ves en forma y saludable —dijo ella, decidiendo no mencionar que a su cabello castaño claro, largo hasta los hombros, le vendría bien un buen corte. Olía a aire marino salado y a champú afrutado, tenía la cara bronceada y parecía más musculoso que la última vez que lo había visto.

—¿Dónde has estado? —preguntó Harry.

—Surfeando, amigo —fue la respuesta.

—¿En este clima? —Elizabeth se sorprendió—. ¡Estamos en pleno invierno!

Josh se encogió de hombros.

—Tengo mi traje de neopreno para mantenerme caliente.

Se dejó caer en el sofá, sacando a Tinkerbell de su asiento.

—Despiértame en media hora.

Harry golpeó sus pies colgantes.

—Puedes dormir más tarde. Vamos a llevar a mamá a comer. Ahora.

—Bien, bien. —Josh luchó por ponerse de pie—. Solo dame diez minutos para darme una ducha. Necesito despertarme, ha sido un fin de semana increíble.

Se alejó, silbando, lo que dejó a Harry y a Elizabeth poniendo los ojos en blanco mirándose el uno al otro y a Tinkerbell maullando por su cena.

Elizabeth decidió que la comida que comieron una hora más tarde fue la mejor comida china que había probado en su vida. Después de que habían terminado sus platos principales y dos botellas de vino, un mesero les trajo galletas de la fortuna en una canasta de mimbre. Josh fue el primero en abrir la suya y leer en voz alta: "Un corazón puesto en el amor no hará nada malo". Eso hizo que Harry echara la cabeza hacia atrás y se riera de todas las relaciones fallidas por las que había pasado Josh.

—Entonces, ¿qué dice el tuyo, hermano? —Josh se inclinó para mirar el papel en la mano de Harry.

—Un problema no será tan malo como parece —reflexionó Harry.

—Te dije que dejaras de verme como tu problema por solucionar —sonrió Josh—. ¿Qué hay de ti, mamá, qué te depara el futuro?

Elizabeth buscó en su bolso sus anteojos para leer.

—"Un acontecimiento fortuito revelará tu destino"... Mmm, interesante.

—Podría significar tu nuevo trabajo —intervino Harry.

—Sí, ¿qué tan genial será tener una corista como madre? —Josh tomó un largo trago de vino—. Tengo que decir que me quedé totalmente impresionado cuando Harry me dijo que habías dejado los grandes almacenes.

Los anteojos de Elizabeth se le habían resbalado por la nariz; realmente necesitaban ajustarse, pensó, pero también estaba sudando, así que podría ser por eso. La calefacción del restaurante debía de estar al máximo. Se secó la frente con una servilleta limpia antes de responder a Josh.

—Estoy muy nerviosa. Solo espero que me vaya a gustar ser corista.

—Por supuesto que sí. —Josh le dio unas palmaditas en la mano—. Tiene que ser más interesante que trabajar en el comercio minorista. Cielos, te mezclarás con los ricos y famosos.

—Lo dudo —dijo Elizabeth con un resoplido—. The Rebels no son muy conocidos. Probablemente estaremos cantando en clubes sociales de la clase obrera.

—Igual es algo bueno —dijo Josh, con una sonrisa.

Un camarero apareció por una puerta lateral con una

máquina tragaperras y un plato lleno de bombones de menta. Mientras Harry pagaba la cuenta, Elizabeth le contó a Josh sobre su día de iniciación al día siguiente "cuando todo se revelará". Salieron del restaurante y se dirigieron a casa, las aceras iluminadas por las farolas y por el resplandor de la luna llena. Josh cantaba y se tambaleaba, haciéndose el tonto, Harry lo reprendió y Elizabeth fue invadida por una ola de felicidad. Era bueno estar con sus hijos de nuevo. Esa era su casa ahora y de repente ya no se sentía tan sola.

dieciocho

El viaje en metro del lunes por la mañana hasta el East End fue la peor pesadilla de viaje que Elizabeth había experimentado jamás. Se apeó en su destino como una bolsa de nervios agotados. Parpadeando a la luz del sol como un topo desenterrado, Elizabeth siguió las instrucciones de Harry que estaban garabateadas en un trozo de papel. Le pareció que le tomó una eternidad cruzar la concurrida calle, luego tuvo que subir una pendiente empinada y atravesar un parque lleno de bulliciosos adolescentes. Finalmente llegó al café de tapas, que se llamaba encantadoramente A Taste of Spain. Contraventanas de metal cubrían el frente del local; consultó su reloj y se sorprendió al descubrir que llegaba veinte minutos antes. Se preguntó si tenía el lugar correcto, sin embargo, el correo electrónico que había recibido la noche anterior de Carolyn decía específicamente que se encontrarían allí a las nueve de la mañana en punto.

Elizabeth se apoyó contra una pared de ladrillo vecina y envió un mensaje de texto a Harry, haciéndole saber que había llegado a salvo. Había una carnicería al otro lado de la calle, así que Elizabeth decidió que, al terminar, compraría un buen corte de carne para hacer una buena y saludable cena. Había notado la basura para llevar apilada al lado del contenedor cuando había salido y juró que no iba a permitirse la obvia predilección de sus hijos por la comida rápida.

—Buenos días, amor —dijo un hombre mal vestido, mientras caminaba hacia ella con la ayuda de un bastón—. ¿Tienes abejas y miel?

—¿Perdón? —Elizabeth arrugó la nariz ante el olor a sudor y orina que emanaba de él.

—Oh, ¿tú no eres de por aquí? —Sonrió, mostrando una boca llena de encías desdentadas—. ¿Tienes dinero extra? Estoy deseando un cigarrillo.

Una desconcertada Elizabeth estaba a punto de hurgar en su bolso cuando una sombra cayó sobre ambos.

—Deje a la dama en paz —resonó una voz profunda.

Elizabeth levantó la mirada hacia un conjunto de tormentosos ojos grises. Sus ojos recorrieron un hermoso rostro, y se detuvieron en una cicatriz que bajaba por una mejilla sin afeitar. Reconoció a ese hombre de alguna parte. Sí, le resultaba familiar, pero no podía recordar de dónde.

—Bien, bien. —El otro hombre retiró la palma extendida y se alejó cojeando, murmurando más jerga cockney.

—Vigílelo, es un habitual aquí. ¿Sabe que robaría su bolso si le diera la espalda? —Elizabeth parpadeó, irritada por el tono condescendiente del hombre, luego respondió bruscamente que sabía perfectamente cómo cuidarse a sí misma—. ¿Está segura? No puede confiar en nadie en esta ciudad y si le hubiera dado dinero, la estaría acosando para siempre.

—¿En serio? —La incredulidad en el tono de Elizabeth era evidente. Miró hacia otro lado, más arriba en la calle, donde estaba ocurriendo una discusión entre dos mujeres jóvenes. Ambos estaban gritando blasfemias y levantando los puños.

—Tal vez debería intervenir con esas dos —resopló Elizabeth, esperando que él desviara su atención y se alejara.

—No es de por aquí, ¿verdad?

—Afortunadamente, no —respondió ella, vagamente consciente del olor a loción para después del afeitado cara.

—Oh, se acostumbrará. —Su sonrisa iluminó su rostro, y reveló un conjunto de hoyuelos—. ¿Está esperando a alguien?

Elizabeth suspiró.

—Si quiere saberlo, hoy empiezo un nuevo trabajo. No puedo decir mucho más, pero es muy importante.

—¿Es camarera? —Señaló el letrero rosa neón del restaurante.

—Emmm... no del todo. —Ella entrecerró los ojos hacia él. Su amplio cuerpo bloqueaba la luz del sol de la mañana—. El restaurante no abre hasta el mediodía.

—Está bien. —Una pausa—. De todos modos, no estoy esperando comida.

Elizabeth por fin comprendió.

—¿Está con la banda?

—¡Lo entendiste! —Se pasó una mano por el pelo oscuro, salpicado de mechas grises—. Soy su representante. Jason Brooke.

—Oh, Dios. —Elizabeth estiró su mano hacia él—. Soy Elizabeth Ryan, la nueva corista.

Él tomó su mano entre las suyas, y ella sintió una súbita sacudida de atracción. Realmente era muy guapo, pensó con aprecio, mientras sus ojos se posaban en el cabello que se rizaba fuera de su camisa abierta.

—Te recuerdo —dijo—. La gran balada... ¿Whitney Houston?

—Esa es —dijo ella, sonriendo—. Así que estuvo allí en las audiciones. Creí reconocerlo.

—Solo por un día. Estuve en Los Ángeles, tratando de vender The Rebels a un colega.

—¡Guau! —Elizabeth tragó saliva—. Pensé que eran una banda nueva, que acababa de empezar.

Jason le dirigió una mirada divertida.

—No, Elizabeth, han estado tocando juntos durante años.

—Oh, sí, lo sabía. —Se sacudió el cabello en un acto de indiferencia, pero internamente estaba aterrorizada porque no sabía nada sobre esa banda, ni siquiera qué tipo de música tocaban.

Los ojos de Jason se entrecerraron.

—¿Sabes en qué te has metido?
—Por supuesto. —Elizabeth se rio entre dientes—. Tengo muchas ganas de... emmm... cantar con ellos.
—¿Con qué otras bandas has trabajado? —preguntó.

Elizabeth dejó escapar un suspiro tembloroso; ella podría ser deshonesta y probablemente ser descubierta, o sincerarse y decirle que era una completa novata. Ese hombre parecía astuto y no del tipo que se deja engañar fácilmente. Ella optó por lo segundo.

—Esta es la primera —dijo tosiendo un poco.

La sorpresa cruzó por su rostro.

—¿Quieres decir que nunca has trabajado como corista antes?

—Emmm... no.

—Bueno, ¿cuál *es* tu experiencia en el mundo de la música?

Elizabeth se encogió de hombros, sintiéndose totalmente inadecuada.

—Yo cantaba en el coro de la escuela. Viajamos por todo el país participando en competencias. También toco el piano... —Ella dejó que su voz se apagara cuando el rostro del hombre adquirió una mirada de furia.

—Déjame entender esto. ¿Esos muchachos tontos te han contratado sin experiencia? ¡Cielos!, los dejo por una semana y toman las decisiones más estúpidas

Elizabeth se erizó ante sus palabras.

—Soy una buena cantante, señor Brooke, he ganado numerosos concursos.

—De adolescente, ¡verdad!

Elizabeth podía sentir la tensión que emanaba de él.

—Sí, pero aprendo rápido. Le prometo que no lo defraudaré.

—Tienes dos meses. —Levantó un par de dedos—. Si no estoy contento con tu habilidad y trabajo, entonces me temo que tendrás que irte. —Con esa bomba, se dio vuelta y se alejó calle arriba, murmurando con ira.

Elizabeth apenas tuvo oportunidad de reflexionar sobre su advertencia, cuando una mujer negra, pequeña y regordeta salió de un automóvil cercano y se acercó a ella.

—Tú debes ser la otra corista. —Sin esperar una respuesta, agarró a Elizabeth, estrechándola en un fuerte abrazo.

—Eh... ¿quién eres? —Las palabras de Elizabeth quedaron amortiguadas contra el glorioso peinado afro de la mujer.

—Soy Melody. —Ella se apartó, deslumbrando a Elizabeth con su radiante sonrisa—. ¿Y cómo te llamas, chica?

—Elizabeth... Lizzie para abreviar.

—Bueno, Lizzie, tú y yo nos vamos a divertir, divertir, divertir. —Los brazaletes en las muñecas de Melody tintinearon mientras agitaba los brazos—. Así que abramos este lugar y podemos conocernos antes de que lleguen los chicos y empiecen a hablar de trabajo. —Su risa era fuerte, retumbante y alegre. Elizabeth observó desconcertada mientras metía una llave en una caja y la persiana de acero se movía lentamente hacia arriba.

Melody Rose Cabana nació en el Caribe y se mudó al Reino Unido con su familia cuando tenía cinco años. Se habían establecido en el East End de Londres, su madre trabajaba como maestra y su padre, como conductor de autobús. Melody era la menor de siete hijos y había estado cantando en el escenario desde que era una niña pequeña. Elizabeth revolvió su café y escuchó mientras Melody explicaba cómo había dejado la escuela con un título secundario y había sido atrapada por un agente que la había visto cantando en un coro de góspel.

—Mi agente me consiguió un trabajo como personal de entretenimiento en un crucero. Navegué por el Mediterráneo durante diez años. Fue un trabajo duro pero muy divertido y pude viajar gratis.

—Suena maravilloso —dijo Elizabeth—. Entonces, ¿qué te trajo de vuelta a Gran Bretaña?

—Echaba de menos a mi familia —suspiró Melody—. Ya estaba harta de viajar, quería echar raíces, casarme, formar una familia. Así que volví aquí y conocí a Clay y hemos cumplido nueve años de casados esta primavera.

—¿Tienes hijos? —preguntó Elizabeth con una sonrisa.

—Dos. —Rebuscó en su bolso y extrajo una cartera de cuero rosa—. Rueben tiene siete años y Chantelle, cuatro.

Elizabeth miró fijamente una fotografía de los niños más hermosos.

—Se ven angelicales —susurró.

—Pueden ser demonios, créeme. —Melody tomó un sorbo de su bebida—. Entonces, háblame de ti.

Elizabeth procedió a darle una biografía muy breve de sí misma, y terminó con cómo había llegado al puesto de corista.

—¡Guau! Debes de estar muy emocionada de trabajar con los muchachos —dijo Melody.

—Así es. —Elizabeth se aclaró la garganta. El nombre de la banda a la que apoyaría se le había olvidado de nuevo, aunque no quería reconocerlo—. ¿Has trabajado como corista antes? —chilló.

—Sí, para la banda anterior de Jason. Se mudaron a Estados Unidos ahora, bajo una nueva dirección. Lo último que supe es que estaban como banda soporte de celebridades, como Katy Perry.

Los ojos de Elizabeth se agrandaron.

—¡Guau! Entonces tienes mucha experiencia, mientras que yo soy una completa novata.

—No te preocupes por eso. —Melody palmeó su brazo—. Los impresionaste, te ofrecieron el trabajo, eso es lo suficientemente bueno en mi opinión.

—¡Ah! No creo que el representante esté muy contento de que me hayan contratado. Parecía molesto por mi falta de experiencia.

Melody resopló.

—No le hagas caso a Jason Brooke, es un fanfarrón. Pero debajo de toda esa mierda de macho, es un tipo muy agradable.

¿Adónde fue, por cierto? Lo vi irse dando pisotones. Debería estar aquí explicándote el itinerario.

Elizabeth tragó saliva.

—¿Supongo que tocaremos en clubes sociales locales?

Melody echó la cabeza hacia atrás, riendo a carcajadas.

—Mujer, ¿dónde has estado escondiéndote? The Rebels hicieron ese circuito hace años cuando eran adolescentes. Han pasado a cosas más grandes y mejores desde entonces.

—Oh. —La cabeza de Elizabeth se sentía confusa con toda la información que estaba escuchando—. Pensé que eran una banda nueva. No creía que fueran muy conocidos.

Melody aplaudió.

—No, Lizzie, son una banda prometedora que está creciendo bastante rápido. Este año ganaron el premio a la Mejor Revelación en una de las principales estaciones de radio de Londres. Calculo que esta vez, la próxima primavera, estarán en las listas de éxitos.

El estómago de Elizabeth dio un vuelco.

—Melody... ¿exactamente cuándo y dónde tocaremos?'

—Cariño, el espectáculo comienza en mayo. Somos un acto en un concierto al aire libre, el Festival de Bath, para ser exactos. ¡Agárrate fuerte porque estaremos actuando para miles!

diecinueve

Mientras las impactantes palabras de Melody reverberaban por todo el café, se produjo un ruido sordo. Elizabeth observó con ojos aturdidos cómo Melody se puso de pie de un salto y fue a abrir la puerta. Un joven de piel aceitunada con cabello lacio y piercings faciales entró cojeando por la entrada.

—¡Eduardo! ¿Qué has hecho ahora? —El tono de desaprobación en la voz de Melody era evidente.

—Salté de un escenario —dijo Eduardo tímidamente—. No pude evitarlo, la multitud se estaba volviendo loca.

—¡Cielos! —Melody lo golpeó juguetonamente alrededor de la oreja—. Uno de estos días te vas a hacer una herida grave. Esta es Lizzie, por cierto, ¿recuerdas que la contrataste como corista?

—Hey. —Eduardo levantó una mano antes de hundirse en un asiento—. Papá dijo que podemos quedarnos en la trastienda hasta que abra el café al mediodía. ¿Dónde está todo el mundo? —Miró a su alrededor, como esperando que aparecieran los miembros de su banda, como por arte de magia.

—No lo sé, pero llegan tarde. —Melody chasqueó la lengua—. Jason hizo un acto de desaparición y dejó a la pobre Lizzie aquí completamente en la ignorancia. ¡Ni siquiera sabía que tocaríamos en un festival!

—Dos. —Eduardo mostró una sonrisa descarada—. El otro está en Southend-On-The-Sea en agosto.

—¿Tocaremos en dos festivales? —Melody golpeó la mesa con la palma abierta—. Chico, este día se está poniendo más emocionante por minuto.

Elizabeth podía sentir que el color se le escapaba de las mejillas ante la idea de cantar en dos festivales. Por supuesto, había visto festivales en la televisión: Glastonbury y uno en la Isla de Wight, cuyo nombre no recordaba. Había miles allí, melómanos de todas las edades. Supuso que estarían tocando en sucios clubes de hombres trabajadores ante un par de cientos de espectadores ebrios. Qué equivocada había estado. Mientras Melody y Eduardo hablaban sobre los otros lugares, Elizabeth exhaló un suspiro tembloroso, diciéndose a sí misma que debía adoptar una mentalidad segura y positiva y que podía estar a la altura de ese desafío inesperado. La verdad del asunto era que Elizabeth Ryan estaba absolutamente petrificada.

Durante la siguiente hora, el resto de los miembros de la banda fue llegando. Todos eran jóvenes, no mayores que Harry. A pesar del miedo debilitante que recorría su cuerpo, Elizabeth inmediatamente se encariñó con ellos. Eran muchachos geniales; efervescentes y amables, y su pasión por la música se reflejaba en su forma de hablar. Elizabeth fue presentada a todos; estaba Lewis que tocaba el bajo, y era el mayor. Luego estaba Jack, el cantante principal; Eduardo, el baterista; Alex, el guitarrista rítmico; y el miembro más joven era Max, que tocaba los teclados. Los cinco parecían ser un grupo muy unido. Jack le había contado cómo se conocieron en la escuela secundaria y formaron una banda como una rebelión contra el "sistema educativo conformista".

—Empezó como una broma —dijo Jack—, pero luego, después de un año de escribir canciones y tocar en el garaje de Max, llegamos a pensar que éramos bastante buenos produciendo música. Así que empezamos a tocar en pubs, clubes sociales, incluso tocamos en algunas bodas. Fue después de uno de los conciertos que Jase nos inscribió y, desde entonces, hemos tenido más exposición y nuestra base de fans ha ido creciendo.

—Eso es maravilloso —dijo Elizabeth; estaba empezando a sentirse un poco más tranquila. Había un ambiente jovial en el café, los chicos estaban continuamente bromeando y riéndose. Ella se sintió animada por su felicidad: era contagiosa. Pronto, estaba contribuyendo a la conversación, contándoles algunos de los momentos más divertidos de trabajar con lencería femenina. Jack y Melody estaban preparando más cafés cuando la puerta se abrió de golpe y entró Jason Brooke. Murmuró algo ininteligible al ver a la banda relajándose.

—¿Por qué no han comenzado los ensayos? —espetó.

La columna vertebral de Elizabeth se puso rígida ante el sonido de sus airadas palabras.

—Estábamos uniéndonos —dijo Jack, con un guiño descarado a Elizabeth—. Ya sabes, conociéndonos.

—Lo importante es que llegues a conocer tus canciones a fondo. Y tú... —Señaló a Elizabeth—. Tienen muchísimo trabajo que hacer entre ahora y mayo, así que empecemos, gente. Habrá tiempo para charlar más tarde.

Elizabeth se quedó boquiabierta por la forma en que se había dirigido a ella. El hombre era grosero, pensó con molestia, y también hosco. Seguramente se había dado cuenta de que ella debía estar dentro del mismo rango de edad, lo que significaba que debía hablarle con más respeto y no como una joven adolescente impresionable. La ira se encendió dentro de ella cuando se prometió a sí misma que le mostraría a Jason Brooke exactamente lo buena que era. No había forma de que ella le diera la satisfacción de echarla de la banda. Eso era la guerra, y estaba decidida a luchar y a mostrarle al hombre arrogante y a todos los demás que pudieran dudar de ella exactamente de lo que era capaz.

Elizabeth se puso en cuclillas junto a Melody en el frío suelo de pizarra y observó a los muchachos afinar sus instrumentos.

—¿Así que este es el café de Eduardo? —gritó, sobre el rasgueo de las guitarras y el ritmo de los tambores.

—Son sus padres —respondió Melody. Se ajustó la sobrecamisa de seda azul marino, y Elizabeth pensó en lo colorida que se veía en un día tan frío y monótono—. Estoy tan contenta de que estés trabajando para ellos también. He estado sola durante los últimos seis meses. Será bueno tener otra mujer; aquí hay demasiada testosterona a veces, si entiendes lo que quiero decir.

Elizabeth asintió.

—Tengo que admitir que estoy un poco preocupada por lo que esperarán de mí.

Melody le dirigió una sonrisa alentadora.

—Oye, estarás bien. He impreso las canciones para ti. Solo necesitas aprenderlas. Podemos ordenar los movimientos de baile a medida que avanzamos.

—¿Movimientos de baile? —balbuceó Elizabeth.

—Sí. —Melody se rio—. No pensaste que íbamos a quedarnos allí como estatuas, ¿verdad?

—Supongo que no. —Elizabeth tosió. Escuchó a Jack contando hacia atrás desde cinco y se giró para ver cómo las primeras notas de música resonaban en la habitación. Tomó un sorbo de agua y vio a The Rebels tocar su primera canción. ¡Estuvieron bien! No, pensó, eran malditamente brillantes. La canción era optimista con una gran letra; sus pies golpeaban instintivamente al compás del ritmo.

—Pues, ¿qué piensas? —gritó Melody.

—Son excelentes —respondió Elizabeth—. Puedo ver por qué a la gente le gustan. Su música es realmente pegadiza.

—Espera hasta que escuches el resto. —Melody se puso de pie de un salto, tirando de Elizabeth con ella. Mientras los dos bailaban, Elizabeth notó que Jason Brooke las miraba con ojos de desaprobación.

—Eh... ¿no deberíamos estar cantando? —se inclinó para decir al oído de Melody.

—Mañana —respondió Melody—. Por hoy, solo miramos y escuchamos. Entonces, el trabajo duro realmente comenzará.

Durante los siguientes meses, Elizabeth pasó sus días memorizando las canciones y practicando su voz. Ensayaban en el Tapas Café todas las mañanas de lunes a viernes, con los fines de semana libres para el ocio. Melody había tomado a Elizabeth bajo su protección y le estaba enseñando conceptos básicos como la postura adecuada y la respiración correcta. Le aseguró a Elizabeth que era una cantante natural y talentosa, que estaba aprendiendo cosas muy rápido. Tenían su propio rincón privado donde practicaban el canto juntas y ahora la mayoría de los días también ensayaban con la banda. Durante la mayor parte de la semana estuvo solo la banda, Elizabeth y Melody, pero de vez en cuando, Jason Brooke asomaba la cabeza para ver cómo "progresaban las cosas". Rara vez hablaba con Elizabeth y, cuando lo hacía, era seco y distante.

Con Melody, sin embargo, era como un hombre diferente. Los dos a menudo se abrazaban y reían juntos. Elizabeth los miraba con ojos envidiosos, preguntándose por qué tenía un problema con ella. Expresó sus preocupaciones a Melody, quien reveló que el representante de la banda era una persona muy reservada a la que "tenías que conocer". Elizabeth lo consideraba una persona extraña y, de todos modos, no estaba segura de querer ser demasiado amistosa con él. Estaba aliviada de que el período de prueba de dos meses hubiera transcurrido sin que le dijeran que se fuera, así que tal vez estaba haciendo algo bien después de todo.

Era un cálido día entre semana y estaban ensayando una nueva canción que Eduardo había escrito, cuando Jason entró en la habitación con Carolyn detrás de él. Inmediatamente, Elizabeth dejó de cantar, presionando sus labios con incomodidad mientras Jason la recorría con la mirada. Carolyn también había estado allí varias veces, generalmente con Jason. Elizabeth también encontró a la directora creativa distante. Sus interacciones con ella habían sido decididamente frías, pero tal vez era porque siempre parecía muy estresada. Ese día no fue diferente.

Después de que los muchachos cortaron la música, Carolyn comenzó a parlotear sobre una sesión de fotos inminente.

—Está todo organizado para el viernes por la tarde en casa de un fotógrafo no muy lejos de aquí.

—¿Tenemos que hacerlo? —Alex dejó su guitarra con el ceño fruncido.

—Sí. Sí tienen que hacerlo. —Carolyn los miró con las manos en las caderas—. Esta es la sesión promocional de los festivales y también del resto de la gira. Es importante que se presenten, muchachos... y, por favor, no le den problemas al fotógrafo.

—Hombre, solo quiero tocar música. —Alex pateó el suelo.

—Escucha a Carolyn —dijo Jason concisamente—. El lado publicitario de esta industria es tan importante como la música. Ustedes necesitan venderse más. —Se pasó una mano por el pelo—. Ahora, organicé una sesión de radio en vivo dentro de unas semanas, así que tenemos que decidir qué canciones tocarán... —Reunió a los muchachos y formaron un grupo para discutirlo más a fondo.

Elizabeth dejó el micrófono y se estaba poniendo la chaqueta cuando Carolyn caminó hacia ella y le dio un trozo de papel.

—Esta es la dirección del estudio del fotógrafo.

Elizabeth la miró fijamente.

—¿Para mí?

—Sí. —Ella puso los ojos en blanco—. También estarás en algunas de las fotos, junto con Melody. —Eso provocó una serie de gritos de Melody. La mirada de Carolyn recorrió la longitud de Elizabeth—. También he organizado un cambio de imagen para todos, incluidas ustedes dos. Un peluquero y un maquillador estarán allí para hacer su magia.

—Bueno. —Elizabeth parpadeó con sorpresa.

Carolyn tocó el portapapeles que parecía tener permanentemente con ella.

—Una cosa más: estaba pensando en cambiarte el nombre.

—¿Qué tiene de malo mi nombre? —se apresuró a responder Elizabeth.

—Nada, si eres un ama de casa de más de cuarenta años. —Carolyn resopló ante su propio ingenio. La habitación se había quedado repentinamente en un silencio sepulcral—. Quiero decir, sin ofender, pero es un poco... ¿aburrido?'

—Me pusieron el nombre de la reina —dijo Elizabeth en voz baja—. Mis padres son realistas, ellos aman...

Carolyn levantó la mano.

—He discutido esto con Jason, y él está de acuerdo. Roxy Ryan tiene un tono mucho más descarado, ¿no te parece? —Miró a su alrededor en busca de confirmación.

—¿Q-qué pasa con Melody? —preguntó Elizabeth.

—Melody se queda —asintió Carolyn—. Ese es un nombre genial y encaja con el aspecto de la banda... —Elizabeth tragó saliva y se miró los pies—. Mira —continuó Carolyn en un tono tranquilizador—, sería simplemente tu nombre artístico. No es como si te estuviera pidiendo que lo cambies permanentemente por escritura pública. Además, creo que Roxy te sienta bien. Te da un toque sexy.

Elizabeth tuvo una idea rápida. Era solo para ese trabajo y no había posibilidad de que su padre se enterara; ella se aseguraría de ello.

—Bueno. —Ella asintió su aceptación—. Está bien.

—Bien. —Carolyn marcó una casilla en su lista y cuando retrocedió, notó que Jason la miraba fijamente y quedó deslumbrada por su sonrisa satisfecha.

veinte

Después de que Jason Brooke declarara que todos habían estado trabajando duro, se decidió que el jueves sería un día de descanso. Elizabeth igual se había levantado temprano, después de haber sido despertada por el sonido de golpes y golpes, y caminó hacia la sala de estar, bostezando y estirándose. Josh estaba persiguiendo a Tinkerbell por el piso, con el torso desnudo y sin nada en los pies. Elizabeth hizo una mueca cuando él se golpeó el dedo del pie con la mesa de café.

—¡Maldición! —gritó, frotándose el dedo herido.

—¿Qué ocurre? —Elizabeth frunció el ceño y se inclinó para recoger al gato que bufaba.

—Ha traído aquí otro pájaro muerto. Te juro que entra a propósito, cuando Harry no está aquí, así que tengo que limpiar la mierda.

Elizabeth chasqueó la lengua y acarició al gato debajo de la barbilla.

—No se pueden anular siglos de comportamiento de caza natural. Pobre gato.

Josh sostuvo su cabeza entre sus manos.

—Es un cuervo. El maldito gato ha traído un cuervo aquí.

—¿Qué? —Elizabeth se asomó detrás del sofá, donde Josh

miraba, horrorizado—. Ay, amor, es solo un mirlo, los cuervos son el doble de grandes.

Josh se estremeció.

—¿Puedes sacarlo de aquí, mamá? Creo que vomitaré si tengo que recoger eso.

—Toma. —Elizabeth le pasó el gato que maullaba a su hijo y se inclinó para sacar un periódico del perchero—. No te hará daño, amor, está completamente muerto.

—Sí, pero apuesto a que está plagado de pulgas y enfermedades. Qué asco. —Josh negó con la cabeza—. ¿La peste no la portaban los pájaros?

Elizabeth se rio entre dientes.

—Creo que eran ratas. —Aplastó el periódico y luego recogió el pájaro—. Será mejor que ponga esto en el contenedor exterior. ¿Puedes prepararme una taza de té mientras me deshago de esto?

—Claro que sí —gritó Josh cuando la puerta principal se cerró de golpe detrás de ella.

Elizabeth bajó rápidamente las escaleras alfombradas, sosteniendo el periódico y su contenido bien lejos de su nariz. Cuando llegó al último escalón, la puerta del piso inferior se abrió con un chirrido. Una cabeza negra y peluda se asomó, luego, con un aullido, el perro saltó y saltó hacia arriba, haciendo que Elizabeth cayera contra la pared. El fajo de periódicos que llevaba se le resbaló de las manos y, con un ruido sordo, el pájaro muerto aterrizó en el felpudo de "bienvenido al manicomio".

—¡Jasper, no! —Elizabeth empujó la cabeza del perro mientras se inclinaba para olfatear el suelo.

—¡Señor ten piedad! —Mary salió de su apartamento arrastrando los pies. Al igual que Elizabeth, ella también estaba vestida con un pijama suave y esponjoso—. Saca eso de aquí. ¿No sabes que los mirlos traen mala suerte?

—Lo estoy intentando. —Elizabeth se quitó un mechón de cabello de los ojos—. Si solo agarras a Jasper...

Mary agarró el collar del perro y arrugó la nariz mientras Elizabeth volvía a levantar al pájaro.

—¿Dónde lo estás poniendo? —preguntó Mary.

—¿El contenedor? —Elizabeth fue a abrir la puerta principal.

—Esa no es una buena idea —dijo Mary bruscamente—. Nos invadirán las moscas.

—Bueno, ¿dónde sugieres que lo ponga? —preguntó Elizabeth exasperada.

Mary soltó a Jasper y cruzó los brazos sobre su pecho.

—Tendrás que enterrarlo. Hay una paleta por ahí en alguna parte.

—Bueno. —Elizabeth lamentó hacerse cargo de la situación; debería haber insistido en que Josh se deshiciera del maldito pájaro. Por suerte, era una cálida mañana de primavera y no había nadie a punto de verla envuelta en su pijama de Winnie The Pooh.

Elizabeth caminó con cautela hacia la hierba alta, haciendo una mueca al sentir el barro húmedo y pantanoso. Encontró la paleta en una maceta rota que estaba llena de malas hierbas. Vadeando entre la maleza, encontró un lugar en los bordes y se agachó para empezar a cavar. Mientras trabajaba, silbó una de las canciones de The Rebels y estaba soñando despierta con estar en el escenario cuando escuchó una tos. Para su total sorpresa y horror, encontró a Jason Brooke mirándola.

—¡Jason! ¿Qué estás haciendo aquí? —Cuando Elizabeth se puso de pie, la paleta cayó al suelo con un estrépito y casi le alcanzó los dedos de los pies.

—Te traje tus recibos de sueldo. —Se inclinó sobre la valla y le pasó una pila de sobres.

Elizabeth los miró fijamente.

—Gracias, pero no era necesario que vinieras hasta aquí.

Metió las manos en los bolsillos de sus pantalones.

—Solo vivo a tres calles de distancia, no es ninguna dificultad.

—Bueno, gracias. —Elizabeth sonrió—. ¿Te gustaría venir a tomar el té?

—No, no. —Él retrocedió—. Te dejaré disfrutar de tu día libre. Veo que estás ocupada.

—Bueno. —Elizabeth lo miró, desconcertada. Atrás quedó la actitud; parecía casi amistoso.
—Así que te veré... pronto. —Con esas palabras, giró sobre sus talones y se alejó.
Elizabeth lo vio irse.
—¡Adiós! —lo saludó. Él no se dio vuelta, y entonces, Elizabeth de repente se dio cuenta de un cálido aliento en su nuca.
—¿Ese es tu hombre elegante?'
—¡No, Mary! —Elizabeth dirigió su atención a la mujer polaca encorvada—. Él es un colega.
—Oh. ¿Está soltero? —Mary chasqueó los labios.
—No tengo idea —respondió Elizabeth—. Apenas conozco al hombre.
Mary se acarició la barbilla con pelos.
—Bueno, es obvio que le gustas, ¿por qué si no un hombre le daría dinero a una mujer?
—¡Mary! Tu imaginación es demasiado salvaje. Nuestra relación es puramente profesional.
Mary hizo un sonido de carraspeo.
—Me tomaré una taza de té contigo. Puedes contarme más sobre este apuesto desconocido.
Elizabeth asintió de mala gana.
—Déjame enterrar este pájaro y luego puedes subir durante media hora, pero no más. Tengo un día ajetreado por delante y quiero limpiar este jardín.
—Buena suerte con eso —resopló Mary.
Elizabeth inspeccionó el área cubierta de maleza con las manos en las caderas.
—Podría verse tan bonito... —Pero Mary ya había desaparecido por la puerta y se dirigía al departamento de Josh y Harry, dejando a Elizabeth hablando con el viento.
Después de que Mary regresó a su propia morada, Elizabeth se metió a la ducha y se puso sus jeans favoritos. Colgaban en la cintura y las caderas y, al pesarse, Elizabeth se sorprendió al ver que había perdido más de seis kilos desde que vivía en Londres.

"Debe ser todo el ajetreo", conjeturó. Ella también comía de manera más saludable, ahora que tenía que cocinar para sus hijos. Josh se había ubicado en el sofá y estaba gritando a la pantalla del televisor. Elizabeth había notado que no había estado surfeando por un mes; en cambio, había estado atrapado en casa jugando esos juegos horribles que parecían estar de moda ahora entre los hombres jóvenes. Ella lo rodeó para recoger un tazón de cereal crujiente.

—Voy a salir, amor —dijo ella, casi tropezando con sus piernas extendidas.

—¿A dónde vas? —Josh hizo la pregunta, pero su atención estaba en la pantalla iluminada.

—Voy a dar una vuelta por el mercado y luego pensé que esta tarde podríamos arreglar el jardín delantero.

—¿*Nosotros*? —Josh levantó una ceja.

—Sí. Si no estás ocupado, amor. —Ella miró deliberadamente la consola de juegos en su mano.

El teléfono de Josh comenzó a vibrar de repente sobre la mesa. Elizabeth no pudo evitar notar el nombre de *Kelly* parpadeando en la pantalla. La escurridiza Kelly a la que nunca había conocido, pero que había mantenido a Josh vagando por Londres durante las dos últimas semanas. Tampoco conocía a la novia de Harry; siempre había alguna excusa de por qué nunca iba por allí. Elizabeth estaba empezando a sentir que las dos mujeres en realidad podrían no existir. O eso o eran personajes extremadamente turbios. Sí, decidió Elizabeth, definitivamente había algo claramente dudoso en la vida amorosa de sus dos hijos y estaba decidida a averiguar qué era.

—Sí, está bien mamá, está bien. —Josh se puso de pie—. Tengo que atender esto. —Corrió hacia el dormitorio, susurrando términos cariñosos. Elizabeth recogió su bolso y salió al cálido sol.

Decidió caminar hacia el mercado. Era un día tan hermoso, demasiado agradable para estar encerrada en el transporte público. Los capullos de las flores se abrían en los árboles, el sol brillaba a través de las ramas, moteando prismas de luz en el pavimento. La primavera era la estación favorita de Elizabeth: un tiempo de renovación y días templados, sin que fueran húmedos como los meses de verano. Fue un paseo agradable, por calles residenciales que la llevaron hasta el bullicio del mercado. Le recordó al mercado de Dulster, pero a mayor escala y mucho más concurrido. Había todo tipo de puestos. Elizabeth caminó tranquilamente, deteniéndose para hacer algunas compras: un bolso nuevo, una bufanda de seda, una tarrina de costoso dulce de azúcar belga. Cuando hubo agotado todos los puestos, fue por segunda vez y, en esa oportunidad, compró una bandeja de flores mixtas y una hermosa canasta colgante. El sol estaba subiendo más alto en el cielo cuando finalmente partió hacia su casa.

La música sonaba a todo volumen desde las ventanas abiertas de la casa cuando ella regresó. Elizabeth subió las escaleras con dificultad con sus compras y estaba buscando a tientas la llave en su bolsillo cuando la puerta se abrió. Josh la saludó con una sonrisa manchada de pasta de dientes.

—Acabo de salir de la ducha —explicó, limpiándose la pasta de dientes con el dobladillo de su camiseta—. Así que soy todo tuyo, mamá. Vamos a abordar este jardín.

Trabajaron toda la tarde. Mary sacó una antigua cortadora de césped de gasolina que Josh usó para cortar la hierba alta hasta las rodillas. Elizabeth quitó las malas hierbas de los bordes y las reemplazó con brotes de flores. Juntos, movieron cuatro carretillas de basura. Mientras Josh se dirigía al vertedero, Elizabeth se sentó en el escalón con una taza de té y miró el jardín transformado con una sonrisa en el rostro. Había algo tan terapéutico en la jardinería, era una tarea que había disfrutado, hasta el momento en que había vendido su casa conyugal. De repente se dio cuenta de que no había pensado en Martin durante semanas; tal vez era porque había estado ocupada o, alternativamente, podría ser que el dolor debilitante que sentía por él estaba disminuyendo. Estar allí, en Londres, con sus hijos la había hecho más feliz de lo que se había sentido en mucho tiempo. Tal vez había estado más sola de lo que creía.

Elizabeth cerró los ojos y levantó la cara hacia el sol. Estaba orgullosa de sí misma por haber ido allí, estaba orgullosa de haber aceptado el trabajo como corista cuando podría haberse escondido tan fácilmente en Cornualles. Sintió una sensación de satisfacción: justo allí, en ese momento, era feliz. La vida era buena.

—¿Estás bien, mamá?

Elizabeth abrió los ojos para ver a Harry parado allí, sosteniendo su brillante maletín.

—Regresaste temprano, amor. —Ella le sonrió a su hijo, tan guapo con su traje color carbón y su deslumbrante camisa blanca.

—Sí, trabajé durante mi hora de almuerzo. —Miró el jardín—. ¿Es esto lo que has estado haciendo todo el día?

—Josh ayudó. —Se levantó del escalón y se puso de pie.

—¿Estamos hablando de *mi* hermano? —Harry se rascó la barba de un día y la miró con falso asombro.

—Ha trabajado muy duro —insistió Elizabeth—. Así que, como agradecimiento, voy a cocinar un bistec para la cena de esta noche.

Harry se humedeció los labios.

—Eso suena delicioso, estoy malditamente hambriento.

—Toma. —Elizabeth le pasó la cesta colgante que había comprado en el mercado—. ¿Me lo colgarás del soporte?

Harry la colgó con facilidad y luego se limpió la tierra suelta de las manos. Se volvió para entrar en la casa, pero Elizabeth lo llamó.

—Harry... Pensé que podríamos conseguir un banco para aquí. Un lugar para que nos sentemos ahora que hace más calor.

—Sí, está bien, buscaré en línea.

—Oh, Harry... también pensé que sería bueno para nosotros ir a una comida familiar. Ambos podrían traer a sus parejas y también estaba pensando en preguntarle a Annabel, ahora que terminó la Universidad. —Harry pareció repentinamente nervioso y tiró del cuello de su camisa—. Me encantaría conocer a tu novia, Harry, y a la de Josh también —continuó Elizabeth con una sonrisa alentadora—. Entonces, ¿puedo hacer arreglos?

Hubo una pausa antes de que Harry emitiera un suspiro.

—No vas a aceptar un no por respuesta, ¿verdad?

—¡Absolutamente no! —Elizabeth se rio.

—Está bien, mamá, seguro, ¿por qué no? —Él le pasó el brazo por el hombro—. Será divertido tener a toda la vieja pandilla junta. Pero prométeme que no me avergonzarás.

Elizabeth lo empujó.

—Entonces, ¿no quieres que saque tus álbumes de fotos de bebés?

—Eh... ¡no!

Elizabeth siguió a su hijo escaleras arriba, satisfecha con su arduo día de trabajo. Sus pensamientos estaban en la sesión de fotos del día siguiente y se preguntó si Jason estaría allí. Por alguna razón, la idea de su presencia hizo que un pequeño escalofrío de placer reventara en el estómago de Elizabeth.

veintiuno

Era viernes por la mañana y Elizabeth había estado esperando al final del camino durante más de media hora. Harry y Josh se habían ido al trabajo, y la calle estaba llena de padres que llevaban a sus hijos a la escuela. Siempre puntual, Elizabeth estaba cada vez más molesta por la llegada tardía de Melody. El mensaje de texto que había recibido la noche anterior decía específicamente que la recogería a las ocho en punto. Elizabeth decidió darle a su amiga otros quince minutos. Si todavía no había llegado, entonces tomaría el metro hasta el East End y se dirigiría por sus propios medios al estudio del fotógrafo. Pero mientras hurgaba en su bolso, comprobando que su tarjeta de débito estaba allí para pagar su pasaje, un carro rugió calle abajo, y frenó con un chirrido a centímetros de los dedos de los pies de Elizabeth.

—¡Buenos días, chica! —Melody asomó la cabeza por la ventana abierta.

Elizabeth sonrió. A pesar de su mal genio, había algo en Melody Cabana que inducía un sentimiento de alegría y felicidad. Uno no podía estar enojado con ella por mucho tiempo. Abrió la puerta trasera y tosió cuando una columna de humo de cigarrillo electrónico le dio en la cara.

—Buenos días, Melody, buenos días, Clay. —Entró, y aplastó un juguete de peluche y un envoltorio de sándwich vacío de Marks and Spencer.

—¡Lizzie! —Clay se giró en su asiento para chocarle los cinco—. ¿O debería llamarte Foxy Roxy?

—Lizzie está bien. —Ella puso los ojos en blanco y se recostó para colocarse el cinturón de seguridad en su lugar.

—Siento llegar tarde —dijo Melody alegremente—. Chantelle vomitó en su Coco Pops y luego Rueben perdió su diario de lectura. Mi madre todavía está allí, ocupándose.

—Ahora estás aquí. —Elizabeth sonrió—. Me gusta tu vestido.

—Gracias. —Melody alisó la tela de algodón sobre sus rodillas—. Mercado de Camden. Logré regatear un veinticinco por ciento de descuento.

Clay hizo un sonido de chasquido, sus rastas volaron mientras sacudía la cabeza.

—Todavía te robaron.

—Entonces —Melody se bajó las gafas de sol y miró con curiosidad a Elizabeth—, ¿qué hiciste en tu día libre?

—Compras y jardinería. ¿Y tú?

—Fuimos de picnic a Hyde Park. —Tocó el brazo musculoso de Clay—. Fue agradable relajarse, solo nosotros dos, aunque el lugar estaba repleto de turistas: grupos de chinos felices con la cámara, y un tipo fornido me pateó una pelota. ¡Mira! —Se subió una manga para revelar un moretón morado.

—Ay —dijo Elizabeth con simpatía. Se dio cuenta de que Clay conducía de forma errática y parecía no tener idea de adónde se dirigía. Maldijo cuando se equivocó al salir de la rotonda.

—Ese es el camino equivocado —chilló Melody.

—Déjame usar Google Maps —dijo Elizabeth rápidamente, en un intento de calmar una discusión que se estaba gestando. Tecleó el destino y, afortunadamente, su teléfono captó una señal que le daba instrucciones básicas y fáciles de entender. Con su guía paciente, pronto estuvieron en el camino correcto y llegaron al estudio del fotógrafo en poco tiempo.

—Te veo después, cariño. —Melody agarró el rostro de su esposo y lo cubrió con besos que dejaron un rastro de marcas de labios escarlata.

—Gracias, Clay. —Elizabeth le dio unas palmaditas en el hombro y luego salió del auto arrastrando los pies.

Clay tocó su bocina antes de salir chirriando en una nube de vapores de gasolina.

Elizabeth se giró para mirar las instalaciones frente a ella. Era un edificio de aspecto ruinoso al que parecía que le vendría bien un buen brillo de pintura. La carpintería estaba astillada y desconchada, y la ventana estaba manchada de grasa y suciedad. Se sorprendió al notar que la puerta estaba ligeramente entreabierta y se podía escuchar el sonido de voces que emanaban del interior. Carolyn se paseaba de un lado a otro, parloteando en un teléfono móvil. Cuando las vio rondando, les hizo señas para que entraran.

—No, Jack, dije a las ocho y treinta, no a las diez y treinta. —Carolyn negó con la cabeza, y Elizabeth tuvo la idea de que su directora creativa estaba estresada nuevamente—. Sí. ¡Te quiero aquí ahora! Reúne a los demás y toma un taxi aquí, lo más rápido que puedas. ¿Bien? Adiós.

Elizabeth observó con ojos cautelosos cómo Carolyn arrojaba su teléfono sobre una mesa y apretaba las manos.

—Esto es un desastre, un desastre total.

—¿Qué pasa, cariño? —Melody colocó una mano consoladora sobre el hombro de Carolyn.

—La banda llega tarde, como de costumbre —resopló Carolyn—. El fotógrafo ha tenido que irse por algún tipo de emergencia médica, el peluquero también está retrasado y, para colmo, ¡el maquillador ha llamado para decir que está enfermo!

Melody hizo un puchero.

—Tenía muchas ganas de tener un cambio de imagen.

—Podemos maquillarnos nosotros mismos —sugirió Elizabeth con calma.

—¿Qué pasa con los muchachos? —Carolyn se mordió el labio—. No puedo verlos queriendo ponerse base y brillo de labios.

—¿Los chicos usan maquillaje? —Elizabeth se sorprendió. Carolyn asintió.

—Sí, para las cámaras. Las luces de estudio captan todo tipo de cosas poco atractivas; el maquillaje hace maravillas.

—Lo haré entonces —sugirió Elizabeth, reflexionando internamente sobre lo difícil que podría ser maquillar a cinco muchachos que ya eran hermosos. Afortunadamente había llevado su bolso grande, que tenía su maquillaje tirado en el fondo.

—¡Excelente! —Carolyn sonrió—. Eso es una cosa menos de la que preocuparme. Así que mientras esperamos, ¿les apetece un café?

Melody y Elizabeth siguieron a Carolyn por la tienda hasta una minúscula cocina trasera. Mientras esperaban a que hirviera la tetera, charlaron sobre lo que habían visto en la televisión la noche anterior.

Elizabeth estaba removiendo el azúcar cuando se oyó un tintineo en el frente de la tienda. Carolyn asomó la cabeza por la puerta y sonrió.

—Ah, el fotógrafo ha vuelto.

Se desplomó en la cocina, envuelto en una chaqueta de punto marrón oscuro y pantalones acampanados de pana; con su cabello gris suelto se parecía a una figura de la década de 1970.

—¿Todo bien? —preguntó Carolyn.

—Falsa alarma. —El fotógrafo echó dos edulcorantes en una taza astillada, seguidos de una cucharada colmada de café—. Mi pareja está embarazada, tiene ocho meses y medio, tiene el tamaño de un elefante y llevamos semanas esperando que explote. Estuve despierto la mitad de la noche, frotándole la espalda. —Se arrojó encima de una silla giratoria—. Hombre, estoy exhausto.

—¿Es este el primero? —preguntó Elizabeth cortésmente.

—Mi octavo. Soy Rodney, por cierto, pero puedes llamarme

"Rod". —Hizo una mueca cuando el café caliente le quemó el labio.
—¿Tu octavo? —chilló Melody—. Por Dios, lo encuentro difícil con dos. ¿Cómo se las arreglará ella con ocho niños?
—Este es su primero —parpadeó Rod—. Mis otros siete son todos de mujeres diferentes. —Giró sobre la silla—. He puesto mi granito de arena para la procreación. Creo que voy a conseguir el tijeretazo después de que nazca este.
—Eso podría ser sensato —espetó Carolyn. Elizabeth la miró con sorpresa. Hubo un silencio incómodo, hasta que el fotógrafo se aclaró la garganta y murmuró que iba a instalar su equipo. Carolyn salió de la cocina tras él.
—¿Por qué siempre está tan estresada? —susurró Elizabeth—. ¿No le gusta su trabajo?
—Oh, sí, a ella le gusta; un poco demasiado en mi opinión. —Melody miró a Elizabeth con complicidad—. ¿No te has dado cuenta, niña?
—¿Darme cuenta de qué?
Melody se acercó más, bajando la voz.
—Carolyn está loca por Jason. Quiero decir, a ella realmente le gusta el tipo, pero creo que él solo la ve como una amiga.
—Oh. —El espíritu jovial de Elizabeth se desinfló—. Bueno, es un hombre bien parecido. Puedo ver la atracción.
—¿Puedes? Chica, pensé que había una aversión mutua entre ustedes dos.
Elizabeth sonrió.
—Él llevó mis recibos de sueldo a mi casa ayer. Él fue bueno...
—Ah, claro. —Melody entrecerró los ojos a través de sus gafas de montura morada—. A ti también te gusta, ¿no?
Elizabeth se aclaró la garganta.
—Como dije, él es un apuesto hombre, pero necesito llegar a conocerlo mejor antes de decidir si me gusta.
—Vaya... ¡Puedo ver fuegos artificiales entre ustedes dos! —Melody chasqueó los dedos—. Fue lo mismo entre Clay y yo, ya sabes, lo odiaba al principio.

—No odio a Jason —respondió Elizabeth con cuidado—. Creo que comenzamos con el pie izquierdo. Quién sabe, tal vez podríamos hacernos amigos.

Fueron interrumpidas por el sonido de voces elevadas. The Rebels habían llegado al edificio. Elizabeth y Melody dejaron sus tazas vacías y fueron a unirse a los demás. El fotógrafo había estado ocupado montando un fondo blanco y estaba apoyado en el trípode de su cámara fumando lo que olía sospechosamente a hierba. Carolyn estaba alborotando a los muchachos, indicándoles que se sentaran en sillas que ella había dispuesto en círculo. Afortunadamente, la peluquera también había llegado y estaba preparando sus aparatos elécricos para su primer cliente.

Elizabeth sacó su bolsa de maquillaje y con una brillante sonrisa se dirigió a la banda:

—¿Quién será mi primer voluntario?

～

En un corto espacio de tiempo, Elizabeth había maquillado a los cinco muchachos. Carolyn insistió en que solo necesitaban una pasada de base e iluminador para evitar que se vieran tan pálidos bajo las implacables luces del estudio. Eduardo refunfuñaba más que los demás: le preocupaba terminar pareciéndose a Adam Ant. Elizabeth le pasó su espejo compacto, sorprendida de que hubiera oído hablar del ícono de los años ochenta. La peluquera anduvo con gel y alisadores, peinando su cabello a la perfección desordenada. Una vez que estuvieron listos, Carolyn estuvo allí para acompañarlos a los vestidores, donde estaban colgados sus atuendos.

Elizabeth se hundió en una silla y observó cómo el fotógrafo les gritaba instrucciones:

—Acérquense; levanten los brazos; denme sexy; ¡sonrían!

—Tu turno —sonrió la peluquera; sus planchas sisearon y escupieron vapor.

—Me sorprende que nos incluyan en esta sesión de fotos —

dijo Elizabeth mientras enderezaba los hombros—. Solo somos los coristas.

Melody se encogió de hombros.

—Somos parte de la banda, y yo, por mi parte, no me quejo. Cualquier publicidad es buena publicidad, ¿verdad?

—Supongo que sí. —Elizabeth se mordió el labio mientras la peluquera se ponía a trabajar—. Hace años que no voy a una peluquería —divulgó Elizabeth—. Debes pensar que es un desastre.

—No. —La peluquera negó con la cabeza—. En realidad, está en buenas condiciones y es muy largo. —Pasó el cepillo por su cabello para que descansara en la curva de su cintura.

—No sé qué puedes hacer tú con el mío. —Melody se sentó en la silla junto a Elizabeth y procedió a aplicar varias capas de rímel en sus hermosas y largas pestañas.

—Tu cabello es hermoso —arrulló Elizabeth.

—Me encanta el cabello afro —asintió la peluquera.

Mientras la peluquera hacía su magia, Elizabeth aplicó cuidadosamente su maquillaje, más de lo que normalmente hacía. El resultado fue que sus ojos se veían enormes y sus labios eran de un rojo brillante y fruncido. Melody declaró que se veía como una "chica sexy", y las dos se consumieron de risa mientras tomaban su posición frente al fotógrafo. Posaron y se pavonearon mientras Rod tomaba fotos.

—Oh, sí —gimió—, ustedes dos son preciosas. Denme más sexy. Vamos, bebés.

Elizabeth estaba tan concentrada en hacer pucheros que no se dio cuenta de que Jason Brooke se deslizaba por la puerta. Fue solo cuando Melody le dio un codazo que lo vio, de pie en las sombras, con los brazos cruzados, observándolas a ambas.

—Emmm... ¿hemos terminado? —De repente, se sintió cohibida y avergonzada y se reprendió a sí misma por actuar como una adolescente tonta. Estar con la banda amante de la diversión y con sus hijos jóvenes debía ser contagioso.

—No exactamente. —Rod hizo señas a la banda—. Solo quiero algunos de ustedes todos juntos.

Pareció prolongarse una eternidad, pero finalmente el fotógrafo terminó con un satisfecho: "Terminamos". Elizabeth se tambaleó por el estudio con sus tacones de charol y ceñido vestido de terciopelo, desesperada por llegar a los vestuarios para poder ponerse sus cómodos jeans y zapatillas. Pero fue interceptada por Jason, quien la miró con ojos divertidos.

—Parecía que te estabas divirtiendo.

Elizabeth se inclinó para quitarse los zapatos.

—Es un trabajo duro, pero alguien tiene que hacerlo. —Ella lo miró por debajo de unas pestañas postizas negras como el hollín y quedó atrapada por su radiante sonrisa.

—Es bueno verte reír —dijo Jason—. Has trabajado duro, te mereces un descanso.

—¿Quieres decir que no te vas a deshacer de mí? —se burló Elizabeth.

Jason frunció el ceño.

—Creo que has demostrado que eres más que capaz para estar en la banda. La verdadera prueba será cómo te enfrentarás a la agotadora gira de otoño/invierno.

Elizabeth se puso rígida.

—Estoy segura de que me las arreglaré.

—Estar de gira todos los días y luego tocar por la noche puede ser una tarea difícil... —Jason se detuvo cuando la expresión de Elizabeth se endureció.

—Si se refiere a mi edad, señor Brooke, puedo asegurarle que estoy en buena forma y soy capaz. Todavía no estoy lista para el montón de chatarra.

—No quise decir eso...

Pero Elizabeth ya había oído suficiente. El hombre era un idiota insensible. ¡Y qué si era hermoso, especialmente con esa camisa blanca de cuello abierto y pantalones ajustados! Dio media vuelta y se alejó. Las esperanzas que tenía de que se hicieran amigos de repente se habían desvanecido. Ya tenía suficientes hombres en su vida. Ella no poseía el espacio mental para hombres complicados. De allí en adelante, iba a ser puramente profesional entre ellos. En lo que a ella respectaba, Carolyn se lo podía quedar.

veintidós

Se pronosticaba que el clima en Londres ese fin de semana estaría llegando a veintitantos. Elizabeth contempló regresar a Cornualles, ver a su papá y amigos y tal vez pasar un tiempo en la playa, pero Josh le informó mientras tomaba su cereal que el calor y el sol estaban pasando por alto esa parte del país.
—¿Así que no vas a surfear? —preguntó ella—. ¿Cuándo un poco de lluvia detuvo a mi hijo amante del mar?
Josh se aclaró la garganta.
—He hecho planes con Kelly este fin de semana. Vamos al cine, tal vez a comer una hamburguesa...
Se calló mientras Harry le revolvía el pelo.
—Oh, mi hermano está hasta el cuello. Entonces, ¿cuándo podemos conocer a la escurridiza Kelly?
—A la misma hora que yo puedo conocer la tuya —gruñó Josh en represalia.
Elizabeth miró a sus hijos con sorpresa.
—¿Así que ninguno de ustedes ha conocido a la pareja del otro? Harry, pensé que tu relación era seria.
—¡No! —Josh sopló una frambuesa—. Ni siquiera sé su nombre, mamá.

—Por supuesto que sí. —Harry le dio un golpe en la oreja juguetonamente—. Su nombre es Laura.

Elizabeth levantó el cesto de la ropa sobre la mesa y comenzó a doblar las toallas recién lavadas.

—¿Tienes una foto de ella, amor? —preguntó Elizabeth.

—Eh... supongo que sí. —Harry sacó su teléfono del bolsillo trasero y comenzó a hojearlo.

—¿Y tú, Josh? ¿Puedo ver cómo es la hermosa Kelly?

Josh se puso en pie de un salto.

—No creo que tenga ninguna sobre mí. —Parecía repentinamente nervioso y muy astuto.

—Oh, está bien, amor. —Elizabeth sonrió—. La veré muy pronto en esa comida que estoy organizando.

Josh se alejó, murmurando que necesitaba una ducha. Elizabeth lo vio irse, sacudiendo la cabeza con desconcierto.

—Aquí hay una reciente. —Harry pasó su teléfono. La pantalla mostró una imagen de una dama extremadamente hermosa de cabello rubio.

—Ella es hermosa —dijo Elizabeth—. ¿Dónde se conocieron?'

Harry tosió.

—Trabajo. —Su voz sonaba extraña: aguda y estrangulada—. Mira, mamá, tengo que correr, voy a jugar squash esta mañana con uno de los gerentes sénior. —Alcanzó una toalla limpia y luego retrocedió—. Que tengas un buen día.

Elizabeth, sola con todo el fin de semana por delante, pensó en lo que podía hacer. Sintió algo cálido enroscándose alrededor de su pierna y se inclinó para tomar a Tinkerbell en sus brazos.

"Hola, gatita, ¿qué hacemos hoy? Es demasiado agradable quedarse encerrado, ¿eh?".

El gato ronroneó en respuesta antes de saltar de su agarre. Serpenteó con gracia hasta la puerta principal y maulló para que lo dejaran salir. Elizabeth abrió la puerta, observando mientras bajaba las escaleras y salía a la luz del sol. Mientras Elizabeth se preparaba para cerrar la puerta, escuchó el profundo ladrido de Jasper en el piso inferior y se le ocurrió una idea. Se puso los zapatos y recogió las llaves y el bolso antes de gritar adiós a sus hijos y seguir las huellas húmedas del gato por los escalones de cemento.

∼

—¿Seguro que quieres llevarlo a dar un paseo? —Los ojos de Mary parecían dudosos, por debajo de su tenue flequillo gris—. Él puede ser un poco problemático.

Elizabeth le colocó la correa en el cuello y le preguntó a Mary cómo se las arreglaba para caminar con él. Aunque su personalidad era fogosa, físicamente era una mujer de aspecto frágil. Elizabeth supuso que tenía que tener al menos ochenta años.

—Mi hijo suele llevarlo. —Desprovista de su dentadura postiza, los labios de Mary se entrechocaron.

Elizabeth acarició la cabeza fornida de Jasper.

—Seguro que es un perro enorme. ¿De qué raza es?

—Ni idea —dijo Mary encogiéndose de hombros—. Lo teníamos de la casa de perros local. Nos dijeron que era una variedad Heinz cincuenta y siete. Ya sabes, un mestizo.

—Bueno, es tan alto como un gran danés, pero su pelaje es tan esponjoso... —Elizabeth se pasó la correa por la muñeca y dio un paso atrás—. No tardaremos mucho.

—Tómate el tiempo que quieras. —Mary sonrió y cerró la puerta principal.

—Vamos, muchacho —dijo Elizabeth—. Vamos a dar un agradable y tranquilo paseo.

El perro la miró y, si Elizabeth no estaba equivocada, juró que vio travesura en sus ojos.

Partieron a un ritmo suave, pero cuando Jasper vio la entrada al parque cercano, comenzó a forzar la correa.

"Cálmate, muchacho". Elizabeth trató de empujarlo hacia atrás, pero él era demasiado fuerte y, posteriormente, se encontró trotando ligeramente para seguirle el ritmo. El parque estaba lleno de gente: paseando perros, jugando al fútbol, sentados en el césped... En el extremo superior se levantaba un parque de atracciones itinerante; Elizabeth podía ver el zumbido de los autos giratorios y escuchar los gritos que emanaban de ellos. La luz del sol se sentía cálida en sus brazos desnudos, y la hacía suspirar de placer. Eso era mucho más divertido que las aburridas tareas domésticas.

Jasper se lanzó hacia una pelota que pasó rodando, lo que causó que apareciera una marca roja de fricción en la palma de Elizabeth.

"Ay. —Se frotó la mano, preguntándose si estaría bien dejar a Jasper sin correa—. Tienes que estirar las piernas, chico, ¿no?".

Jasper gimió de emoción.

Elizabeth se inclinó para desabrochar su correa.

"Pórtate bien". le susurró a una oreja levantada y esponjosa. Luego se fue, atravesando el campo como un relámpago.

"¡*Jasper*!". Elizabeth salió tras él, corriendo tan rápido como pudo. El animal se detuvo en un enorme roble, ladeó la pierna, se volvió para mirar a Elizabeth resoplando y jadeando por la hierba antes de volver a correr.

"¡Mierda!". Elizabeth se inclinó, agarrándose el costado mientras las punzadas dolorosas de un punto golpeaban su estómago. Jasper había encontrado un amigo, una pequeña cosa blanca y esponjosa que lo perseguía en círculos. Juntos, cargaron a través de las flores del borde perfectamente esculpidas, corrieron por los bancos de arena, cubriendo a los niños pequeños con matas de hierba y baba.

"Oh, no", murmuró Elizabeth, cuando vio hacia dónde se dirigían. La tranquila zona de picnic, donde decenas de personas tomaban el sol.

"*¡JAAASPPPEEER!*". Elizabeth reunió tanto poder en el grito como sus pulmones se lo permitieron. El perro se detuvo, miró a su alrededor, emitió un profundo ladrido y luego trotó alegremente alrededor de la gente que se relajaban. Ella se llevó las manos a la cara cuando lo vio deslizarse hasta el borde de una manta de picnic y comenzar a devorar la comida. La perrita blanca que lo acompañaba se unió y juntos olfatearon comida de recipientes abiertos y papel de aluminio.

Elizabeth se las arregló para agarrar a Jasper y abrocharle la correa mientras él masticaba un trozo carnoso de pastel de cerdo.

—Lo siento mucho. —Se sintió aliviada al encontrar a la joven pareja riéndose de las payasadas de los perros errantes.

—Está bien. —La joven se secó las lágrimas de la risa—. Mi perro habría hecho lo mismo si tuviera la oportunidad.

—Niño travieso —reprendió Elizabeth. Jasper la miró con ojos tristes y ella se sintió ablandarse. La perra blanca estaba de pie debajo de él, sacudiendo ferozmente un palito de pan con sus diminutas mandíbulas. Su dueño se acercó, la recogió y se fue sin intercambiar una palabra.

Elizabeth se secó la frente sudorosa con el brazo, diciéndose a sí misma: "Nunca más". El perro estaba fuera de control, pero era culpa de ella por dejarlo sin correa en primer lugar. Jasper, sin embargo, parecía haberse calmado. Caminó junto a ella, sentándose obedientemente a sus pies mientras ella se detenía en una camioneta de helados. Después de ordenar, se sentó en un banco cercano y disfrutó del Cornetto. El calor del sol hizo que se derritiera y pronto goteaba sobre sus dedos. Elizabeth estiró las piernas y mientras observaba a los niños pequeños en el castillo inflable adyacente, sonrió ante sus exuberantes brincos y gritos de alegría.

—Hola.

Elizabeth miró por encima de sus gafas de sol y se sorprendió al ver a Jason Brooke sosteniendo la mano de una niña.

Elizabeth luchó por salir de su posición encorvada.

—Hola.

—No te he visto aquí antes. —Jason le dedicó una sonrisa y ella sintió que la confusión se apoderaba de ella. El hombre era definitivamente voluble, no podía entenderlo en absoluto; en un momento era cálido, incluso amistoso, y al siguiente era distante y enérgico. Pero ese era un nuevo día y Elizabeth nunca había sido de las que guardan rencor.

Ella le devolvió la sonrisa.

—Estoy paseando al perro de mi vecina.
Hubo un breve silencio mientras se miraban, luego Jason se aclaró la garganta.
—Esta es Lily, mi hija.
Los ojos de Elizabeth se posaron en la niña que estaba de pie a su lado. Era menuda, con cabello rubio suelto y los ojos azules más grandes que Elizabeth había visto en su vida.
—Hola. —Elizabeth le dedicó una sonrisa radiante—. Tienes un nombre bonito.
—G-gracias. —Lily se miró los pies, dando la impresión de que era increíblemente tímida.
—¿Te gustaría un helado? —le preguntó Jason.
Lily negó con la cabeza; su cabello volaba hacia afuera.
—¿Qué tal ir al castillo inflable? —intervino Elizabeth—. Parece divertido.
La niña miró fijamente el hinchable que se tambaleaba.
—Bueno. —Soltó la mano de su padre, y se inclinó para quitarse las sandalias antes de caminar con delicadeza por la hierba. Jason se dejó caer en el banco y extendió la mano para agitar la cabeza de Jasper.

Elizabeth miró subrepticiamente su mano izquierda. No había señales de un anillo de bodas, pero sí notó una línea blanca que indicaba que pudo haber habido alguna vez. Se preguntó dónde estaría la madre de la niña y si serían una familia feliz; luego se reprendió a sí misma por ser tan curiosa. Elizabeth tenía una curiosidad natural por el mundo y las personas que lo habitaban, pero a veces su imaginación inventaba escenarios salvajes que la decepcionaban cuando se revelaba la realidad. Se encontró decidiendo que Jason Brooke era un donjuán y un rompecorazones, un hombre que tenía numerosas relaciones pero que tenía miedo al compromiso.

—Siento lo de ayer. —Sus palabras de contrición fueron tan inesperadas que Elizabeth lo miró con sorpresa—. He estado estresado por la gira y me preocupaba que fuera a ser un desastre.

Elizabeth frunció la boca.

—No crees que soy lo suficientemente buena, ¿verdad?
—¡Por supuesto que sí! Has trabajado duro y eres una cantante talentosa. No eres tú. —Se pasó la mano por el cabello salpicado de gris.

Elizabeth trató de no mirar. ¿Por qué a los hombres se les permitió abrazar sus años maduros sin ninguna de las presiones de la vanidad con las que las mujeres tenían que lidiar? Cremas faciales que desafían la edad, tintes para el cabello, incluso cirugía plástica. La sociedad parecía decidida a jugar con las vanidades e inseguridades de las mujeres. Pero Elizabeth estaba decidida a no sucumbir a la presión publicitaria. Había aceptado que su cuerpo estaba cambiando, pero ¿y qué? Estaba sana, feliz y satisfecha con los genes que le habían dado, y los últimos meses que había vivido en Londres le habían dado un nuevo propósito, una vitalidad de la que carecía en Cornualles. Elizabeth se dio cuenta de que Jason estaba esperando que ella hablara y se sacudió sus pensamientos.

—¿Qué ocurre? —preguntó—. ¿Puedo ayudar de alguna manera?

—Oh, solo estoy teniendo un mal día. —Estiró sus largas piernas—. Me pregunto por qué estoy persiguiendo a cinco jóvenes cuando podría estar viviendo en Mallorca, dirigiendo mi propio bar.

—Eres un buen representante —dijo Elizabeth—. Y los muchachos son solo... muchachos típicos de su edad, llenos de energía y opiniones.

Jason dejó escapar una risa seca.

—¡Oh, sí que son testarudos! A veces me siento como su papá aburrido, frenándolos, deteniendo su diversión. El mundo de la música puede ser un lugar oscuro... las drogas, el alcohol, las trampas de la fama, todos pueden afectar la salud física y mental de una persona. Lo he visto suceder... y créeme, puede tener repercusiones desagradables. Puede destruir vidas.

—¿Estás hablando de tu banda anterior? —indagó Elizabeth suavemente.

—Sí y la banda antes de eso. —Jason pateó una piedra—. No

quiero que eso le suceda a The Rebels. Son buenos muchachos. No quiero que se conviertan en víctimas de la fama.
—¿Has intentado hablar con ellos? —preguntó Elizabeth.
—Todo el tiempo, pero creen que los estoy sermoneando.
Elizabeth miró su perfil; él se había acercado, su muslo descansaba contra el de ella y desde donde ella estaba sentada podía ver la cicatriz que le recorría la mejilla izquierda.
Se preguntó qué le había pasado y se sintió abrumada por la simpatía por ese enigmático y apuesto hombre. No sabía qué podía decir para consolarlo. Tenía razón: ser parte del mundo de la música era una preocupación, así que cambió de tema.
—Entonces, ¿cuándo planeas jubilarte?
—Otros cinco años, tres si me lo puedo permitir.
—Vivía junto al mar —dijo Elizabeth— con mi esposo. Ha fallecido. Mi vida ahora es muy diferente. Era infeliz, estaba afligida y perdida, pero ahora me siento como cuando era más joven y feliz. Eso es lo que me ha dado ser parte de The Rebels.
—Eso es bueno escuchar. Estoy feliz de que estés feliz.
Se giraron para mirarse el uno al otro. El ritmo cardíaco de Elizabeth se aceleró un poco, separó los labios y lo escuchó murmurar con voz ronca: "Eres hermosa".
Entonces Lily estaba de regreso, lanzándose sobre el regazo de Jason, envolviendo sus brazos alrededor de su cuello, rogando por una oportunidad en los autos giratorios.
Jason se puso de pie.
—Debo ir. Su madre la recogerá pronto.
—Bueno. —Elizabeth sonrió.
Lily estaba acariciando a un Jasper adormecido.
—¿Puedo tener un perro, papá?
—Trabajo a tiempo completo, amor, no sería justo.
La boca de Lily se estiró en un puchero.
—Puedes venir y ver a Jasper —dijo Elizabeth suavemente—. Y tengo un gato al que le encanta que lo mimen. Eres bienvenida en cualquier momento.
—¿Podemos, papá? —Lily saltó de un pie a otro.

—Tal vez. —Jason le dedicó a Elizabeth la sonrisa más hermosa. Casi podía sentir las mariposas de atracción revoloteando dentro de ella.

—¿Nos vemos pronto?

—Absolutamente. Adiós, Lily, fue un placer conocerte.

Elizabeth los vio alejarse, sobre la hierba, hacia el parque de atracciones.

"Vamos. —Ella alborotó la cabeza de Jasper—. Vamos a llevarte a casa".

veintitrés

Durante el resto del día, Elizabeth se relajó; se recostó en el sofá leyendo revistas, se pintó las uñas de los pies de rosa y vio una película de Alfred Hitchcock. Para variar, era agradable tener el piso para ella sola; no había música a todo volumen ni juegos de computadora a todo volumen, solo los sonidos distantes del tráfico y la brisa que agitaba la malla protectora hacia arriba en la ventana abierta. Buscó en la nevera y se decidió por un chili con carne para la cena, con una buena botella de vino tinto para acompañarlo y un helado crujiente de panal de abeja como postre. Después de comer, se tiró de nuevo en el sofá. Tinkerbell dormitaba a sus pies mientras pasaba los canales de televisión para ver qué podía ver a continuación. Su teléfono hizo ping con un mensaje entrante. Era Melody, informándole que mañana por la tarde iba a hacer una parrillada y que Elizabeth estaba cordialmente invitada.

Elizabeth envió un mensaje de texto de inmediato diciendo que estaría encantada de asistir, con una cara sonriente y numerosos besos. Ella sonrió felizmente mientras escuchaba el informe meteorológico local. Al día siguiente iba a hacer calor, calor, calor. El día perfecto para sentarse afuera, socializar y comer. Sintiéndose emocionada, balanceó sus piernas sobre el suelo y se dirigió a su dormitorio temporal para revisar su guardarropa y decidir qué ponerse al día siguiente.

Ni Harry ni Josh llegaron a casa esa noche. Elizabeth se despertó con el sonido de un maullido. Tinkerbell tenía hambre y quería que la alimentaran. Elizabeth miró el reloj, sorprendida. Se dio cuenta de que había dormido hasta las nueve y treinta. Caminó hasta la cocina, con el gato siguiéndola. Después de encender la tetera, metió la mano en los armarios superiores y abrió una nueva lata de atún. El pensamiento fugaz cruzó por su mente que era el atún de Harry, una marca elegante también, empapado en agua de manantial, pero pensó que al gato le vendría bien una golosina. Se veía delgado, un poco sarnoso y sus ojos lagrimeaban constantemente.

Elizabeth quitó la tapa de un rotulador y garabateó en el tablón de anuncios que el gato necesitaba una visita al veterinario. Sintiéndose tonta, dibujó una cara sonriente y corazones debajo. Tinkerbell se abalanzó sobre el plato tan pronto como estuvo en el suelo. Elizabeth observó al gato lamiéndose los labios, luego se acercó a la nevera para extraer los ingredientes para una tortilla.

Cuando se había mudado, Elizabeth se había sorprendido al ver la nevera desnuda y los armarios vacíos. Parecía que sus hijos gastaban libras en comida para llevar y salir a cenar. Pero desde que se instaló, llegaba una entrega de comida cada sábado. Ahora la nevera estaba bien provista de comida sana y sustanciosa. Las latas de cerveza habían sido reemplazadas por frutas y verduras frescas, y se había dado cuenta de que Harry y Josh se habían esforzado por ser más ordenados. Su ropa interior ahora iba al cesto de la ropa en lugar de tirarla por todo el piso y las toallas se cambiaban regularmente en lugar de colgarlas allí, húmedas, durante una semana.

A pesar de sus reservas iniciales acerca de vivir con su descendencia, Elizabeth estaba feliz allí. Se tocó el relicario donde se encontraba una foto de Martin, pensando que, si él pudiera verla en ese momento, se asombraría. ¡Su seria esposa, a punto de embarcarse en una gira nacional con una banda dinámica! Le gustaba pensar que estaría orgulloso de ella. Elizabeth batió los huevos antes de agregarlos a la sartén, encendió la estación de radio local y tarareó la alegre música pop.

Más tarde esa tarde, Harry la dejó en la casa de Melody. Era una pequeña propiedad adosada, pintada de un amarillo brillante como el sol. La puerta principal estaba cubierta con banderas de países de todo el mundo.

—Me gusta tu puerta —dijo Elizabeth, mientras Melody la abrazaba.

—Los niños las hicieron. Es para que todos se sientan bienvenidos aquí. Somos un hogar inclusivo.

Elizabeth sonrió y la siguió por el pasillo. Así era Melody: una persona verdaderamente encantadora, amable, con un corazón de oro y un perverso sentido del humor. Elizabeth se sintió bendecida de ser su amiga.

En la cocina, encontró a Clay ocupado rociando muslos de pollo. Cuando vio a Elizabeth, se limpió las manos en el delantal y se acercó a besarla en la mejilla.

—Se te ve *foxy*, Roxy —dijo con un guiño descarado.

—Sí, Lizzie —añadió Melody—. Te ves sexy.

—¡Oh, esto! —Elizabeth se rio entre dientes y bajó la mirada hacia su mono corto y sus tacones de cuña—. Lo compré hace años en las rebajas y nunca me he atrevido a ponérmelo.

—¿Por qué no? —Melody chasqueó la lengua—. Tienes unas curvas fantásticas, digo que las enseñes, ¿no estás de acuerdo, Clay?

—Sí, hombre. —Clay volvió a su pollo.

—¿Llego demasiado temprano? —preguntó Elizabeth, mirando a través de la ventana. Parecía que ella era la primera en llegar.

—No —respondió Clay—. Eres la única que ha llegado a tiempo.

—Tengo un molesto hábito de puntualidad —dijo Elizabeth con una sonrisa—. ¿Puedo hacer algo para ayudar?'

—Absolutamente no —intervino Melody—. Ve y siéntate en el jardín y trabaja en tu bronceado.
—Bien. —Elizabeth cruzó la puerta hacia el jardín.
En la parte superior había un gran patio que estaba salpicado de sillas y una barbacoa sin encender. Elizabeth se acomodó en una de las tumbonas a rayas y, protegiéndose los ojos, miró a su alrededor. Era un jardín alargado, con una gran zona de césped bordeada de coloridas flores y arbustos. Al fondo, detrás de un manzano, había un área de juegos para niños; Elizabeth pudo distinguir un tobogán, un columpio, un escalador y un cajón de arena, y en medio de todo eso estaban los hijos de Melody y Clay. Un chico y una chica que eran absolutamente hermosos. Elizabeth recordó que Melody le había mostrado una fotografía de ellos, pero en la vida real eran aún más adorables. Se puso de pie y se dirigió hacia ellos.
—Hola, niños. —Elizabeth se apoyó en la cerca que separaba el área de juegos.
La niña, Chantelle, si recordaba correctamente, la saludó con la mano, pero el niño, Rueben, estaba más interesado en deslizarse por el tobogán.
Elizabeth se agachó para mirar un par de dibujos que habían sido pegados a la cerca.
—¿Hiciste esto? —preguntó a los niños con una sonrisa.
Chantelle asintió vigorosamente.
—Mami me compró crayones. Hicimos girasoles.
—Son hermosos. —Elizabeth abrió el pestillo de la puerta—. ¿Quieres que te empuje en el columpio?
—¡*Sí*! —Chantelle cargó hacia el columpio y se arrojó sobre el asiento—. Quiero ir alto para que mis dedos de los pies toquen el cielo.
—Agárrate fuerte, entonces. —Suavemente, Elizabeth la empujó. Chantelle echó la cabeza hacia atrás, de modo que sus tirabuzones se arrastraron casi hasta el suelo. Ella chilló de placer mientras se balanceaba más alto. Elizabeth sintió una sacudida de un recuerdo: Annabel haciendo exactamente lo mismo. Martin de

pie con los otros papás, viendo a sus tres hijos jugar en el parque local. Cerró los ojos brevemente, saboreando la imagen mental, pero demasiado rápido se estaba desvaneciendo y ella estaba de vuelta allí, en el presente. Chantelle la miraba al revés, sus ojos parecían profundos remolinos de chocolate.

—¿Estas triste? —preguntó.

—No. —Elizabeth sonrió ampliamente—. Estoy feliz, cariño.

—Miró a Reuben—. ¿Quieres jugar a atrapar?

Reuben la miró con la inocencia que solo poseen los niños.

—¿También podemos jugar al fútbol?

—Oh, debería pensar que sí. —Elizabeth se agachó para recoger la pelota de plástico y los dos niños la siguieron fuera del área de juegos y hacia el césped. Estaba tan absorta en lanzar y atrapar la pelota que no escuchó a Jason caminar por el césped hacia ella. Se dio vuelta cuando él la saludó, y la pelota rebotó a sus pies cuando la dejó caer.

—Oh, hola. —La sorpresa de Elizabeth era evidente en su rostro—. No sabía que vendrías.

—Casi no lo hago, pero Lily se fue a casa esta mañana y no había hecho ningún plan, así que... —Se detuvo cuando Chantelle cargó hacia él, envolviendo sus brazos alrededor de sus piernas.

—¡Jason!

—Hola, princesa. —Él la levantó, haciéndola chillar de risa. Entonces, su atención se centró en Reuben y le revolvió el pelo y le preguntó si quería jugar al fútbol. Los niños gritaron de emoción y corrieron tras la pelota.

—¿Te apetece ser el portero? —Jason la miró con ojos interrogantes. Estaba demasiado ocupada mirándolo para escuchar lo que había dicho hasta que lo repitió. Se veía bien: vestido con pantalones cortos y una camiseta blanca ajustada que enfatizaba sus brazos musculosos, y ella podía oler su loción para después del afeitado, almizclada y fuerte, haciéndola sentir mareada... ¿o era el calor del sol de la tarde?

—Eh... está bien. —Se paró entre dos abetos y se balanceó de un lado a otro mientras los niños le disparaban una andanada de tiros. Un par rebotó en sus espinillas, pero la mayoría de ellos navegaron hacia la red imaginaria.

—¿Tu hija disfrutó su día en el parque? —preguntó Elizabeth sin aliento.

—Oh, sí —respondió Jason—. Y no ha olvidado que la invitaste a conocer a tu gato.

Elizabeth sonrió.

—Es bienvenida en cualquier momento.

Reuben vitoreó cuando anotó una vez más.

—Lily es encantadora, es un orgullo para ti —continuó Elizabeth—. ¿Qué edad tiene ella?

—Ocho.

—Ella se parece a ti. Ella tiene tus, emmm... ojos.

—Gracias. —Jason cruzó los brazos sobre el pecho—. Ella fue una agradable sorpresa. Pensé que mis días de crianza de los hijos habían terminado.

—¿Así que tienes más hijos?

—Otra hija —confirmó Jason—. Cassidy tiene veinticuatro años.

Elizabeth lo miró.

—¿Ella también está en el negocio de la música?

—Algo así —respondió Jason—. Es periodista musical en una revista pop para adolescentes. Vive en el Oeste, con su madre.

"Así que debe ser separado", supuso Elizabeth. Se encontró preguntándose si tenía pareja.

—¿Qué pasa contigo? ¿Algún niño? —preguntó Jason, pateando la pelota en el aire.

—Tres —confirmó Elizabeth—. Todos en la veintena. La casa en la que me alojo actualmente está alquilada por mis dos hijos.

—¿Tienes tres hijos?

—No, mi hija, Annabel, acaba de terminar su formación para ser enfermera. Vive en Manchester.

—No tienes acento londinense —dijo Jason.

—Soy originaria de Cornualles, y tú tampoco pareces de por aquí.

—Eso es porque no lo soy —dijo Jason—. Nací en Alemania, de padres militares ingleses. Nos mudábamos mucho cuando era niño: Francia, Bélgica, de vuelta al Reino Unido. Mamá y papá finalmente se establecieron en Kent. Soy un poco nómada; todavía lo soy.

Su sonrisa hizo que el estómago de Elizabeth se revolviera. Abrió la boca para preguntar cuántos años tenía, cuando había actividad en lo alto del jardín. Reuben y Chantelle chillaron al ver a sus abuelos y se marcharon, olvidando todos sus pensamientos sobre el fútbol.

Elizabeth recogió la pelota.

—Supongo que deberíamos socializar.

Jason sostuvo su mirada.

—Supongo que deberíamos.

Juntos, caminaron hacia el patio para encontrarse con la sociable familia de Melody.

veinticuatro

La madre de Melody era como su hija, tanto física como personalmente. Su padre, en comparación, era un hombre amable y reservado, que se sentaba tranquilamente a beber ron con Coca-Cola, con el rostro curtido oculto por un sombrero de paja. Su llegada sentó el precedente para el resto de la familia: sus hermanos y su hermana y también la madre de Clay y la tía Cybil llegaron poco después. El patio estaba lleno de gente charlando y riendo. Elizabeth se involucró en las conversaciones y se conmovió por la amabilidad genuina y la hospitalidad de la familia de su amiga. Sus ojos buscaron a Jason y vio cómo hacía rebotar a los niños en sus rodillas y encantaba a las mujeres. No había notado su calidez antes; siempre había parecido tan cauteloso... Tal vez era la presión de su trabajo, pensó; tal vez tanto él como Carolyn tenían tendencia al estrés. Pero, en ese momento, parecía tan relajado y feliz como nunca lo había visto. Se sintió atraída por él y definitivamente lo encontró atractivo, pero ¿era unilateral? Era un hombre difícil de leer.

—Le gustas. —Melody se materializó a su lado, susurrándole al oído.

Elizabeth tragó un sorbo de vino frío.

—Él... ¿tiene pareja?

—No desde hace meses. —Melody guiñó un ojo antes de alejarse para llenar las copas de los invitados.

Finalmente, la comida estaba lista. Clay repartió hamburguesas, perritos calientes, bistecs y muslos. Llenó el plato de Elizabeth y, mientras ella comía, Melody se dejó caer en el asiento junto a ella.

—Solo faltan dos semanas para el festival. —Melody palmeó el muslo de Elizabeth—. ¿Estás emocionada?

Elizabeth se secó la boca con una servilleta.

—En realidad, estoy aterrorizada. Esperaba que lloviera, así todos se quedan en casa.

Melody negó con la cabeza.

—No saldrás de esto tan fácilmente. Una vez que la gente ha comprado los boletos, vienen sin importar el clima. ¿Has estado en Glastonbury?

—Ni siquiera lo he visto en la tele —reveló Elizabeth.

—Un año, la lluvia era tan fuerte que las camionetas de comida se estaban hundiendo en el barro y me quedé con mis botas de lluvia todo el fin de semana. Oh, pero ese fue un año memorable. ¿Recuerdas nuestro primer año en Glastonbury, Clay? —le gritó a su marido.

—¡Sí, bebé! —Su amplia sonrisa mostraba unos dientes de oro que brillaban entre su blanco nacarado. Elizabeth se sintió a sí misma sonriendo. Clay era un hombre de pocas palabras, pero siempre estaba feliz. Su conducta tranquila y relajada iba bien con la naturaleza burbujeante de Melody.

A Elizabeth se le ocurrió de repente preguntarle a su amiga si la acompañaría a la comida que había organizado con sus hijos. Todos llevarían a alguien, ella sería la única que estaría sola, una verdadera sujetavelas. Al principio, Melody dijo que le encantaría asistir, pero luego, después de hojear su diario, exclamó que era la misma noche del concierto de verano de Reuben y Chantelle.

—Lo siento, chica, los niños nunca me perdonarían si me perdiera su programa.

—Oh, está bien... de verdad. —Elizabeth tomó un sorbo de su

bebida. Estaba sudando, se sentía como si el día estuviera cada vez más caliente, a pesar de que el sol se hundía en el cielo.

—Pero oye... —Melody se bajó las gafas de sol por la nariz—. ¡Jason podría ir contigo!

—No, Melody —advirtió Elizabeth.

Fue muy tarde. Jason Brooke había oído mencionar su nombre y se dirigía hacia ellas.

—Jason. ¿Serías un caballero y acompañarías a Lizzie a una comida el próximo viernes? —Melody le dedicó una de sus radiantes sonrisas.

—Seguro. —Jason miró a Elizabeth.

—Eres un hombre encantador. —Melody luchó por ponerse de pie y lo besó en la mejilla—. Siéntate, el asiento todavía está caliente. —Se dejó caer en la tumbona vacía y Melody se alejó, con una sonrisa de satisfacción jugando en sus labios.

—No tienes por qué venir. —Elizabeth estaba completamente nerviosa—. Lamento que te hayan puesto en aprietos.

—Está bien —dijo con una sonrisa—. ¿Seremos solo nosotros dos?

—¡No! —Elizabeth podía sentir sus mejillas inundarse de calor—. Mi familia disfuncional estará allí. Es broma —añadió rápidamente—. Mis adorables hijos y sus parejas, a quienes aún no he conocido, irán.

—Suena grandioso. Envíame un mensaje de texto con los detalles.

—Emmm... no tengo tu número de móvil.

Jason le lanzó una mirada perpleja.

—Pensé que Carolyn te lo habría dado. —Sacó su teléfono del bolsillo y le mostró su número—. Elizabeth lo escribió en su lista de contactos. —Mientras hacía eso, apareció un mensaje en la pantalla, de Gary.

Hola, hermosa, ¿te apetece una tercera cita?

Elizabeth manipuló torpemente el teléfono, apartándolo de los ojos de Jason. Esperaba que él no lo hubiera visto, pero por la expresión de su rostro, podía decir que lo había hecho.

—Yo emmm... voy a tomar otro trago, ¿quieres uno?

—Estoy bien, gracias. —Señaló la botella llena de cerveza que tenía en la mano.

Elizabeth se puso de pie, captando la mirada persistente en sus piernas de Jason. Trató de caminar con gracia por el patio, pero al llegar a la puerta, tropezó con sus cuñas altas.

"Soy una torpe", susurró para sí misma, antes de lanzarse a la cocina.

—¡Lizzie! —llamó Clay—. ¿Te apetece un cóctel?

—Sí, por favor. —Se apoyó en un taburete de la barra de desayuno—. Tu familia es encantadora, y tus hijos son adorables.

—Son los buenos genes. —Clay golpeó sus dedos juntos—. Sí, hombre.

En ese momento sonó el timbre.

—Yo voy —dijo Elizabeth mientras Clay estaba ocupado vertiendo líquido rosa en copas de cóctel. Se quedó estupefacta al ver a toda la banda Rebels en el umbral.

—Escuchamos que había una fiesta —dijo Eduardo.

—Compramos Doritos. —Jack pasó su brazo sobre los hombros de Elizabeth.

Elizabeth dio un paso atrás mientras los chicos pisoteaban el pasillo. Podía oírlos saludar a Clay, el sonido de la música subiendo un poco y el grito de risa de Melody.

—¡Vamos a empezar esta fiesta!

～

A la mañana siguiente, todos llegaron tarde a los ensayos, incluida Elizabeth. Un dolor de cabeza y la boca seca la obligaron a levantarse de la cama a las nueve en punto. Mientras esperaba que la tetera hirviera, juró que nunca volvería a beber alcohol. Harry y Josh pensaron que ver a su madre con resaca era divertidísimo. El olor de los sándwiches de huevo frito que comieron la hizo sentir cien veces peor. Josh se ofreció a cocinarle uno, pero ella sacudió la cabeza con fervor.

—Tomaré un café —dijo débilmente.

—Nunca bebes café —se rio Josh—. Debes estar enferma.

—¿Qué estuviste bebiendo? —preguntó Harry, mientras se apoyaba contra el refrigerador y consumía su desayuno. La vista de la yema de huevo corriendo por su barbilla revolvió el ya frágil estómago de Elizabeth.

—Cócteles —murmuró ella. Abrió el grifo de agua fría y se echó agua en la cara sudorosa—. ¿Cómo haces esto todos los fines de semana?

—Hemos creado resistencia a lo largo de los años. —Josh se lamió la salsa de tomate del pulgar—. Me he vuelto inmune a los efectos del alcohol.

—¿Por qué no vuelves a la cama, mamá? —sugirió Harry—. Te ves como la m... horrible.

—No puedo. —Elizabeth apoyó la frente en la fría superficie de la mesada—. El festival es en menos de dos semanas. No estoy segura de algunas de las canciones. No me siento segura con los movimientos de baile. Necesito desesperadamente practicar. Ah, y me estoy cagando solo de pensar en cantarle a miles de personas.

—Estoy seguro de que todo estará bien —dijo Josh, tratando de ayudar—. La multitud se centrará en la banda, seguramente.

—Sí, pero estaremos allí en el escenario con ellos y habrá equipos de cámara. Aparentemente va a ser en vivo en uno de los canales de cable.

—Bueno, estaremos allí animándote —dijo Harry, con una sonrisa.

—Sí —agregó Josh—, y si alguien abuchea, tendrá que responder ante mí.

Elizabeth vertió agua caliente sobre los granos de café.

—Todavía no puedo creer que hayas conseguido entradas.

—No me voy a perder el debut de mi madre —dijo Harry—. Tuvimos suerte, sin embargo; el festival está casi lleno.

Elizabeth masculló una palabrota y luego tomó un sorbo de su bebida. Decidió cambiar de tema a algo menos aterrador.

—He reservado la mesa para nuestra comida familiar. Annabel ha confirmado que vendrá.

—¿Dónde dormirá? —preguntó Harry—. Ya estamos demasiado llenos.

—Se está quedando en un hotel —respondió Elizabeth—. Con su pareja y, por favor, haz un esfuerzo por ser amable, Harry. No quiero que se peleen.

—Sé cómo comportarme. —Harry sonaba herido—. Nunca antes te habías molestado si discutíamos.

—Bueno, si quieres saber, voy a llevar a alguien, una amistad.

—¿Masculina o femenina? —Josh mordió.

—Eh... masculina. —Vio que el rostro de Harry se oscurecía—. Él es el representante de la banda y es un buen tipo, así que, por favor, quiero que todos se comporten.

—No somos niños, por supuesto que nos comportaremos. —Harry arrojó su plato en el fregadero—. ¿Quieres que te deje en el café?

—No, llegarás tarde, amor, pero gracias. —Elizabeth sonrió, arrepintiéndose de haberle hablado mal. A veces se olvidaba de que los tres eran adultos.

—Bueno, será mejor que me vaya. —Harry se inclinó para besar la mejilla de Elizabeth—. Que tengas un buen día.

—Tú también —respondió Elizabeth.

—Que tengas un buen día gastando miles —bromeó Josh. Harry agarró su cabeza con un tornillo de banco bajo el brazo.

—Disfruta vendiendo autos de segunda mano, vendedor. ¿O debería llamarte Del Boy?

Los dos salieron del piso, discutiendo y bromeando.

Elizabeth apuró el resto del café, y luego se dirigió a prepararse para enfrentar otro día de música y caos.

veinticinco

El miércoles por la noche, mientras Elizabeth disfrutaba de un baño en la bañera de mármol, recibió otro mensaje de texto de Gary. Sintió una punzada de culpa. No había respondido a su último mensaje, donde la había invitado a otra cita. Había una combinación de razones por las que ella no quería otra reunión. En primer lugar, había decidido que, aunque era un hombre apuesto y bastante agradable, no había ninguna atracción real, al menos no de su parte. En segundo lugar, no quería iniciar una relación en ese momento, no cuando estaba ocupada con su papel de corista. En tercer lugar, y se atrevía a admitirlo, se dio cuenta de que estaba desarrollando sentimientos por otra persona. Finalmente, no quería inducir a Gary de ninguna manera. Ya había sido demasiado cariñoso en su encuentro de escalada y la idea de luchar contra más de sus avances amorosos era muy poco atractiva.

Antes de que llegara el domingo, había que lidiar con la comida familiar. Estaba deseando que sus hijos volvieran a estar juntos, aunque un poco nerviosa de que Jason estuviera allí. Una parte de ella estaba enojada con Melody por ponerlos a ambos en un aprieto como lo había hecho, pero también estaba feliz y emocionada de que él hubiera accedido a acompañarla como su cita. Se admitió a sí misma que lo encontraba muy atractivo tanto en su apariencia como en su personalidad. Era enigmático e interesante, y su inquietante buena apariencia hizo que su estómago crepitara y diera un vuelco. Se preguntó si sus sentimientos eran correspondidos, o si él solo la veía como una amiga.

Elizabeth quería impresionarlo, así que el viernes por la tarde, cuando regresaba del trabajo a casa, se detuvo en el mercado y compró un hermoso vestido largo. Ajustado y con un escote pronunciado en el corpiño, estaba ceñido en la cintura y luego se estrechaba en una falda de gasa vaporosa. Sintiéndose atrevida, Elizabeth también compró un conjunto de ropa interior de encaje brillante. En caso de que se encontrara en una posición íntima, se dijo con una risita.

Cuando llegó a casa, se sorprendió al encontrar a Annabel, sentada en el sofá, sollozando silenciosamente. Harry caminaba a lo largo de la alfombra, su rostro atronador.

—¿Cuál es el problema? —Elizabeth arrojó sus bolsas al suelo y corrió al lado de su hija.

—Voy a golpearlo —dijo Harry, con los dientes apretados.

—¡Harry! —protestó Elizabeth—. La violencia nunca es la respuesta. —Atrajo a Annabel en un abrazo reconfortante, acariciando la parte superior de su cabeza—. ¿Es tu novio, amor?

Annabel asintió y luego se alejó. Su hermoso rostro estaba rojo y manchado, sus ojos hinchados por el llanto. Elizabeth sintió una oleada de rabia protectora; como una leona cuidando a su cachorro.

—Solo dinos lo que ha hecho —murmuró Harry—, y luego dame la dirección del hotel, para que Josh y yo podamos ir a ocuparnos de la comadreja.

—Él no es una comadreja —hipó Annabel—. Todo es mi culpa.

—¿Te ha hecho daño? —Los ojos de Elizabeth se entrecerraron.

Annabel se secó los ojos.

—Acabamos de tener una pelea. Perdí su cartera porque estaba demasiado ocupada hablando por teléfono. Ha tenido que cancelar todas sus tarjetas, y no tengo suficiente en mi cuenta para pagar todo.

—Oh, amor —Elizabeth suspiró—. Suena como un accidente genuino para mí, que podría pasarle a cualquiera. Iré a buscarte algo de dinero.

—Gracias, mamá.

Elizabeth pasó rápidamente al dormitorio y, sacando el cajón de su ropa interior, buscó hasta que encontró el rollo de billetes de banco. Sus hijos se rieron de su insistencia en dejar dinero en efectivo en el apartamento, pero eso era una emergencia y ahora mismo Elizabeth se alegraba de ello. Annabel pareció aliviada cuando le entregaron trescientos en billetes de veinte libras.

—Gracias —resopló ella—. Te lo enviaré cuando esté de vuelta en Manchester.

En ese momento, sonó su móvil. Elizabeth vio que Annabel lo agarraba y empezaba a balbucear disculpas por el teléfono. Harry le indicó que lo siguiera a la cocina.

—La dejó en el metro. Sola. —Los ojos of Harry brillaron con ira—. Él le gritó frente a completos extraños. Esto no está bien, mamá.

Elizabeth colocó una mano apaciguadora en la parte superior de su brazo.

—Déjame hablar con ella, amor, estás empeorando la situación. Por favor. Cálmate.

—Él no es bueno para ella. —Harry se pasó una mano por el cabello rebelde—. Mira, tengo que ir a recoger a Josh, su auto está averiado. No dejes que su novio entre aquí, mamá. Cierra la puerta.

—¿No crees que estás exagerando un poco, amor? —argumentó Elizabeth—. Mucha gente tiene discusiones.

—No con mi hermana pequeña. —Harry tomó sus llaves del frutero vacío—. Te dije que no me gusta. Solo confía en mi juicio sobre esto.

—Bueno. —Elizabeth asintió—. Mantén la calma y conduce con cuidado.

¡Bang! La puerta se cerró cuando Harry salió del apartamento.

Elizabeth se giró para mirar a su hija y captó el final de la conversación.

—Yo también te quiero mucho... —El rostro de Annabel se iluminó con alivio y felicidad.

Con un suspiro de cansancio, Elizabeth encendió la tetera y deseó nuevamente la influencia calmante de su querido esposo fallecido. Siempre había sido capaz de difuminar los problemas familiares. En ese momento, se encontró dudando sobre qué decirle a su obviamente enamorada hija porque tenía la sensación escalofriante de que Harry tenía razón sobre su pareja y, si la tenía, ¿cómo iba a hacer que Annabel entrara en razón y lo abandonara?

∽

A pesar de los intentos de Elizabeth de iniciar una conversación sincera con su hija, Annabel desvió cualquier pregunta personal e insistió en que todo había sido una discusión trivial y que ahora todo estaba bien entre ella y Adam. Se fue antes de que Harry y Josh regresaran, quedando en encontrarse con ellos en el restaurante más tarde esa noche.

—¿Así que ella está de vuelta con el imbécil? —El hermoso rostro de Harry se torció en una mueca.

—Ella es una mujer adulta —respondió Elizabeth—. Es su elección, Harry.

—Bueno, no esperes que sea amigo de él. —Entró al baño, cerró de un golpe, lo que hizo resonar el marco.

—Se calmará —dijo Josh, con más convicción de la que sentía Elizabeth—. Cree que tiene que ser el gran protector ahora que papá no está aquí.

Elizabeth se mordió el labio inferior; la ansiedad crecía dentro de ella.

—¿Crees que debería cancelar la comida?

—¡Diablos, no! —Josh le dedicó una sonrisa—. Kelly estaría destrozada; está superemocionada de conocerlos a todos.

—Y yo también estoy emocionada de conocerla, amor. —Elizabeth sonrió—. Tal vez me asegure de que Harry no esté sentado al lado de Adam.

—Buena idea —coincidió Josh.

—Bueno, debería prepararme. —Elizabeth apretó el cinturón de su bata antes de volver sobre sus pasos al dormitorio. Corrió las cortinas y se sentó frente al espejo para maquillarse y secarse el cabello. Media hora después, estaba evaluando su reflejo.

—¡Vaya, mamá! —Josh pasaba junto a la puerta abierta y retrocedió, con una mirada de sorpresa en su rostro—. Estás guapa.

—Gracias. —Terminó con un poco de perfume caro—. Tú también.

—¿Qué hay de mí? —Harry se giró para mirarla, mientras ella caminaba hacia la sala de estar.

—Guapo como siempre.

Estaba jugueteando con un par de gemelos de oro, tratando sin éxito de engancharlos en el puño de su camisa blanca.

—Déjame —dijo Elizabeth con un suspiro. Miró las iniciales grabadas—. Tú los conservaste.

—Por supuesto —respondió Harry con una suave sonrisa—. Eran los favoritos de papá.

Las lágrimas brillaron en los ojos de Elizabeth.

—Estaba tan orgulloso de ti... De todos ustedes.

—No te pongas triste, mamá. —Harry le dio unas palmaditas en el hombro.

—Lo siento. —Elizabeth resopló—. Me recuerdas mucho a él.

El sonido de la bocina de un auto se escuchaba a través de la ventana abierta.

—Aquí está nuestro taxi —dijo Josh, mirando hacia la calle.

—¿Estás listo? —preguntó Harry.

—Casi. —Elizabeth tomó su bolso y apagó las luces mientras seguía a sus hijos fuera del apartamento y escaleras abajo.

Fueron los primeros en llegar al restaurante. Cataldo's era pequeño y romántico, con paredes rosa y manteles rojos. Había rosas artificiales que crecían en los enrejados de las paredes, e impresionantes imágenes de la costa italiana adornaban el muro. Harry pidió tres cervezas mientras esperaban sentados en el área de recepción. Llegaron grupos de personas, y el restaurante estaba lleno de risas y charlas.

—Esto es bonito. —Elizabeth pasó la mano por el sofá de terciopelo rojo—. ¿No es esto agradable?

Harry parecía tenso; revisaba continuamente su teléfono, y Josh seguía mirando a la puerta con una mirada de preocupación en su rostro. Acababa de abrir la boca para preguntar a sus hijos si estaban bien cuando la puerta se abrió y Jason Brooke entró en el restaurante. Elizabeth se levantó de un salto, se alisó el vestido, su corazón se aceleró al verlo. "Bueno, ¿no se veía guapo?", pensó Elizabeth con aprecio. Su lengua se lanzó sobre sus labios mientras lo miraba. Él ciertamente había hecho el esfuerzo, así que estaba contenta de haber comprado algo bonito y de haber rizado su cabello. Aunque las varillas de su nuevo sostén se le estaban clavando en el pecho, le daba un escote estupendo, por lo que podía hacer frente a una noche de dolor.

—Hola. —Ella se movió hacia él, con una sonrisa tentativa—. Viniste.

—Sí. —Jason sacudió finas gotas de lluvia de su cabello—. Estás preciosa.

—Gracias. —El estómago de Elizabeth se agitó ante el cumplido—. Estos son mis hijos: Harry y Josh.

Los hombres se dieron la mano, Josh le preguntó a Jason si quería un trago y luego le hizo señas a una de las camareras para que se acercara. Elizabeth notó que Harry estudiaba a Jason como si fuera un insecto bajo un microscopio; su escrutinio la irritó. Colocó una mano en el brazo de Jason y le pidió que se sentara a su lado.

—¿Así que eres el representante de la banda? —preguntó Harry mientras se acomodaban.

—Así es —respondió Jason.
—¿Cuánto tiempo has trabajado con ellos? —continuó Harry.
—Desde que eran adolescentes.
—Jason los descubrió tocando en la calle en un centro comercial —agregó Elizabeth.
—Genial —dijo Josh—, y ahora son famosos, y mi madre es su corista.
—Todavía no lo han logrado —dijo Jason, con una sonrisa triste—, pero estoy trabajando en ello.
—Mamá me dice que no tiene contrato. —Harry estiró sus largas piernas y entrelazó sus manos en la nuca—. ¿No es eso ilegal?
—¡Harry! —Elizabeth le dirigió una mirada severa.
—¿Carolyn no te ha preparado uno? —Las cejas de Jason se levantaron con sorpresa.
—Está bien. Honestamente —respondió Elizabeth—. Sé que esto no es como un trabajo estándar de nueve a cinco.
—Aun así deberías tener uno. —Las palabras de Harry estaban mezcladas con una obstinada justicia propia—. ¿Te ha contado mamá cómo la trató su último empleador?
—No, no lo he hecho. —Elizabeth hizo una mueca—. De todos modos, me he olvidado de Blooms, todo está en el pasado. He seguido adelante.
—Me gustaría saberlo —dijo Jason—. En realidad, sé muy poco sobre ti. ¿Qué hacías antes de trabajar para nosotros?
—Trabajé en una tienda por departamentos. —Elizabeth era muy consciente de lo aburrido que sonaba—. Toda mi vida.
—¿Era ese tu único trabajo? —La sorpresa elevó la voz de Jason.
—Sí, y yo era feliz allí hasta hace poco. Me degradaron y me transfirieron a un departamento que odiaba. Por suerte me ofrecieron el papel de corista, así que logré escapar.
Hubo un momento de silencio mientras el mesero depositaba más bebidas en la mesa.

—¿Qué hay de ti? —La pregunta de Harry estaba dirigida a Jason—. ¿Siempre has trabajado en la industria de la música?

—No. Me formé como arqueólogo, pero el único trabajo disponible estaba en el extranjero y, en ese momento, mi madre estaba enferma. No podía dejarla, así que conseguí un trabajo en una tienda de discos, aprendí a tocar la guitarra y progresé desde allí.

Elizabeth tosió en su bebida.

—¡No sabía que también tocabas música!

Él entrelazó los dedos.

—Yo estaba en una banda, en mis veintes. Nos llamaban Electric Heaven.

—Nunca escuché de ellos. —Harry se inclinó, bebiendo su pinta goteante.

—Nunca triunfamos en el Reino Unido. Sin embargo, tuvimos éxito en Asia. Viví en Singapur durante cuatro años.

Elizabeth estaba impresionada. Jason Brooke ciertamente había tenido un pasado colorido. ¿Un arqueólogo y luego un músico? El hombre era definitivamente interesante.

—¿Qué te hizo pasar a la gerencia? —preguntó ella.

—Esto. —Jason señaló una cicatriz en su rostro—. Me tiraron una copa mientras tocaba en un concierto. Un espectador descontento decidió que no le gustaba nuestra música, saltó al escenario y me atacó.

—¡Maldita sea! —Josh se limpió la espuma del labio superior—. Siempre pensé que tocar en una banda era *el* trabajo soñado.

Jasón negó con la cabeza.

—No es tan glamoroso como la gente piensa. Hay un lado oscuro de la fama del que la mayoría de la gente no es consciente.

—¿Mi mamá va a estar a salvo? —Harry apuró su bebida.

—Por supuesto —respondió Jason—. Estamos contratando seguridad, ella estará bien.

—Por supuesto que lo estaré —estuvo de acuerdo Elizabeth—. Tengo muchas ganas de empezar los conciertos.

—Dijiste que lo estabas bloqueando el otro día —dijo Harry, con un resoplido.

Elizabeth apretó los dientes; su hijo mayor estaba actuando como un idiota, pensó con molestia.

—Tal vez estoy un poco nerviosa —accedió ella.

—Eso es perfectamente comprensible. —Jason sonrió—. Incluso las grandes celebridades tienen miedo escénico.

—¿Ah, sí? —Elizabeth se sonrojó cuando sus ojos recorrieron su rostro. Ella captó su mirada y la sostuvo con la suya. Pero luego fueron interrumpidos por un sonido metálico.

Harry alcanzó su teléfono y su rostro se torció en un ceño agitado mientras leía el mensaje entrante.

—Laura llega tarde —dijo secamente.

—Oh, bueno, no importa, amor, podemos esperar aquí un poco más. —Elizabeth miró a Josh—. ¿Qué hay de Kelly?

Una enorme sonrisa apareció en el rostro de su hijo menor.

—Aquí está ella.

Elizabeth se giró para mirar la puerta abierta, luego la sonrisa de bienvenida se congeló en su rostro cuando la escurridiza y misteriosa novia de Josh se pavoneó hacia ella.

veintiséis

Elizabeth esperaba una bomba rubia; alguien joven y brillante que era similar a las novias anteriores de Josh. Sin embargo, la mujer parada frente a ella no era así en absoluto. Kelly era atractiva, no se podía negar; alta, con masas de tirabuzones oscuros que enmarcaban un hermoso rostro ovalado, exudaba confianza y sensualidad. La sorpresa residía en las líneas que cruzaban su frente y arrugaban sus ojos. La piel arrugada en sus manos mientras se apartaba el cabello de la frente. Era obvio que era una mujer madura; aparentaba unos cuarenta años, no mucho más joven que Elizabeth, y Josh apenas rondaba los veinte. Elizabeth se apoyó en una silla para sostenerse, parpadeando rápidamente para tratar de ocultar su verdadera sorpresa.

Hubo un silencio incómodo, que se rompió cuando Kelly dio un paso hacia ella, envolviendo a Elizabeth en un abrazo.

—Estoy muy contenta de conocer a la madre de Josh. —Su voz era melodiosa, dulce como la miel—. Finalmente.

Los buenos modales finalmente entraron en acción cuando Elizabeth sonrió brillantemente y correspondió al abrazo. Sus ojos se posaron en Josh, que se veía lleno de orgullo. Deseaba que él la hubiera advertido, entonces ella habría estado preparada; descubrir que su hijo estaba saliendo con una mujer lo suficientemente mayor para ser su madre no era divertido.

Kelly, sin embargo, parecía completamente a gusto con la situación. Se sacudió el cabello y luego se dirigió a saludar a Harry y Jason.

—¿No es hermosa? —Josh le susurró al oído.

Elizabeth estuvo de acuerdo en que ciertamente lo era.

Harry estaba sonriendo como un maníaco, como si estuviera a punto de estallar en carcajadas en cualquier momento. Su teléfono volvió a sonar y respiró aliviado y dijo: "Laura ya casi está aquí".

Elizabeth tragó y le preguntó a Kelly si le apetecía un trago.

—Sí, por favor —fue la respuesta—. ¿Compartimos una botella de vino?

Josh asintió con la cabeza. Se alejó en dirección al bar, y Kelly se quedó hundida en el sofá.

—¡Cielos!, ha sido un día largo —se quejó—. Mis pies me están matando.

—¿A qué te dedicas? —preguntó Elizabeth cortésmente.

Kelly palmeó el espacio vacío a su lado.

—Ven y siéntate más cerca y te lo contaré todo.

Elizabeth trató valientemente de no parecer aún más sorprendida cuando Kelly le informó que administraba una tienda de lencería y juguetes sexuales para adultos en Soho, pero el vino que estaba bebiendo casi se le salió de la boca cuando estalló en un ataque de tos. Las lágrimas corrían por sus mejillas y estaba muy consciente de que debía verse ridícula.

—¿Estás bien, mamá? —preguntó Josh con preocupación.

—Bien —balbuceó Elizabeth—. Solo un poco de vino se fue por el camino equivocado.

Luego llegó Laura, por lo que se abandonó la conversación.

Elizabeth miró a la novia de Harry, que se veía deslumbrante con un ceñido vestido de encaje negro. La foto que Harry le había mostrado era una toma lejana y no le hacía justicia a su belleza en absoluto. En la vida real, ella era aún más hermosa.

Elizabeth se deslizó a lo largo del sofá, dejando espacio para que Laura se sentara e inmediatamente se vio envuelta en una nueva ronda de presentaciones. El mesero se les acercó y les informó en tono nervioso que ya no podían guardar más su mesa.

—¿Dónde diablos está Annabel? —se preguntó Elizabeth en voz alta.

—Tendremos que empezar sin ella —decidió Harry por el grupo.

Elizabeth tomó su bebida y se siguió los demás hasta la mesa cubierta con lino blanco. Jason estaba envuelto en una conversación con Josh sobre fútbol, pero Elizabeth se alegró cuando se quedó atrás y se ubicó junto a ella en la mesa. Se relajaron en una conversación fácil sobre cuál era el mejor plato italiano del menú. Jason había cenado allí antes y estaba describiendo los ravioles caseros cuando apareció Annabel, con la cara roja y nerviosa.

—Sé que llego tarde. Lo siento mucho. —Se inclinó para besar la mejilla de Elizabeth.

—Hola, amor. —Elizabeth miró alrededor de su hija—. ¿Está Adam contigo?

—Ha ido al baño. ¿Podemos sentarnos aquí? —Annabel se dejó caer y saludó a todos alrededor de la mesa—. Necesito un buen trago. —Cogió el vino, vertió una generosa cantidad en una copa y luego se lo bebió todo de un trago.

—¿Todo está bien? —Elizabeth observó consternada mientras la volvía a llenar.

—Ahora sí. —Annabel lanzó una mirada a la novia de Josh y articuló un silencioso: "¿Qué demonios...?" a su madre.

Elizabeth se encogió de hombros y susurró: "Mientras él sea feliz, amor".

Luego, Adam se acercó a la mesa, estrechó la mano de los hombres y besó las mejillas de las mujeres. Elizabeth lo observó atentamente. Sin duda, era un tipo hábil, sabiendo exactamente cómo hacer cumplidos para congraciarse con los demás. Josh parecía lo suficientemente feliz con la camaradería masculina y las palmadas en la espalda, pero Harry permaneció con los labios apretados, con los brazos cruzados sobre el pecho, la vibra de su lenguaje corporal gritando: "No me gustas".

Adam finalmente llegó a su lado de la mesa y abrazó a Elizabeth. El pensamiento de las lágrimas de su hija antes y las preocupaciones de Harry la tenían rígida en sus brazos y rápidamente se alejó.

—No puedo decir cuál es la madre de ustedes dos bellezas. —Adam sonrió, mostrando un conjunto de dientes sorprendentemente blancos, que parecían haber sido blanqueados profesionalmente.

La boca de Elizabeth se abrió en una sonrisa tensa.

—¿Así que Annabel me ha dicho que eres médico?

—Eso es correcto. Estoy en Urgencias en este momento, pero mi objetivo es administrar mi propia cirugía comunitaria.

—Debes tener un trabajo muy estresante —dijo Elizabeth.

—Lo es —estuvo de acuerdo Adam—, pero también es gratificante y estimulante.

Annabel le tocó el brazo y le dedicó una sonrisa amorosa.

—Adam se las arregla muy bien con la presión.

—Eso es bueno. —Elizabeth miró a Jason—. ¿Deseas ordenar?

Jason llamó al camarero y se hizo silencio mientras recorría la mesa anotando los pedidos de comida. Annabel estaba dudando sobre qué comer como plato principal, pero Adam la anuló y ordenó sin problemas por ella. Él la reprendió por ordenar paté para comenzar, diciéndole a ella y a todos los demás en la mesa que la llenaría y arruinaría su plato principal. El rostro de Annabel se arrugó ante sus palabras. Elizabeth abrió la boca para saltar en su defensa, pero la distrajo la cálida mano de Jason debajo de la mesa, apretando sus dedos.

—¿Otro trago? —Sirvió más vino en la copa de Elizabeth y entabló una conversación con Adam sobre viajar.

—Entonces, ¿qué sucede con Josh? —Annabel se inclinó más cerca y susurró—: ¿Por qué no le dijo a nadie que estaba saliendo con una mujer mayor? ¿Está avergonzado?

—No creo que sea por eso —respondió Elizabeth—. Parece muy protector con Kelly. He hablado con ella y es realmente encantadora.

—Aja, aunque no puedo verlo duradero, ¿y tú?

Elizabeth decidió no responder a esa pregunta.

—Y hay algo sospechoso con la novia de Harry.

—¿Qué te hace decir eso? —Elizabeth miró hacia abajo de la mesa.

—No sé... parece nerviosa, y casi no habla.

—¿Tal vez es tímida? —Elizabeth se encogió de hombros y retrocedió de nuevo, mientras se servía el primer plato.

Después de que se hubieron comido el entrante y lo hubieron retirado, Harry entabló una conversación con Annabel.

—Mamá me dijo que te vas a Nueva York. —Su voz se extendió por la mesa—. ¿Puedo ir y quedarme? Siempre he querido visitar la Gran Manzana.

Annabel sonrió y abrió la boca para hablar, pero Adam la interrumpió.

—No es definitivo. Estábamos pensando en hacer un largo viaje a Tailandia, ¿verdad, cariño? —Él le dio unas palmaditas en la mano, y Elizabeth se enojó por su flagrante condescendencia.

—Pero, amor —comenzó—, has estado tan emocionada de ir a vivir allí.

—¿*Vivir* allí? —Adam dejó escapar una risa hueca—. Annabel va a trabajar aquí en el Reino Unido, como enfermera, junto a uno de los mejores médicos de Manchester.

Los ojos de Elizabeth se entrecerraron mientras miraba a su hija.

—Es tu sueño, amor. Tú misma dijiste que es solo por un año y luego puedes comenzar tu carrera de enfermería cuando regreses.

—No me parece. —Adam se limpió la boca con fuerza con una servilleta.

—¿Mi hermana ha perdido la voz? —Harry se levantó de

repente, su cara estaba enojada—. Me parece que ella puede tomar sus propias decisiones.

Adam también se puso de pie de un salto y Elizabeth se agarró la garganta cuando la tensión alrededor de la mesa se intensificó. Pero luego, de repente, se escuchó una voz diferente gritando. Todos los ojos se volvieron hacia la puerta, donde un hombre forcejeaba con uno de los camareros.

—¡Esa es mi esposa! —gritó. Soltándose, cruzó el restaurante y agarró el brazo de Laura—. Te vienes a casa conmigo.

—¿Qué está pasando? —Elizabeth dijo con desconcierto. Ella jadeó cuando Harry lanzó un gancho de derecha y golpeó al extraño en su mejilla—. ¡Harry!

Jason estaba allí antes que ella, empujando a Harry hacia atrás mientras el otro hombre gruñía:

—Ella no me dejará por ti. ¡Ella es *mi esposa*!

—Está bien, Harry —dijo Laura—, no debería haber venido aquí; todo esto es mi culpa.

Con una disculpa susurrada a Elizabeth, salió del restaurante, y dejó a los demás mirándola con inquietud.

veintisiete

—Lo siento mucho. —Elizabeth estaba de pie en la puerta del restaurante, resguardándose bajo el dosel de un diluvio de lluvia que había estallado en un cielo gris pizarra.
—Está bien... de verdad. —Jason sonrió—. He disfrutado de tu compañía y fue agradable conocer a tu familia.
—Mi familia me ha avergonzado —dijo Elizabeth, con un movimiento de cabeza.
—Nada de esto es culpa tuya —insistió Jason—. Y todas las familias tienen peleas.
El taxista tocó la bocina, en un alarde de impaciencia.
—Debería irme —dijo Jason—. ¿Tal vez podríamos hacer esto de nuevo? ¿Solo nosotros dos?
—Me gustaría eso —respondió Elizabeth.
Se inclinó más cerca y la besó en la mejilla.
—Te veré la próxima semana.
La decepción recorrió a Elizabeth. Tenía que admitir que esperaba algo más que un simple beso en la mejilla, pero probablemente él se asustó por todo el drama que había ocurrido. Deseó poder dar marcha atrás al reloj y deshacer esa estúpida comida familiar. Qué ingenuo de su parte pensar que sus hijos eran adultos y se comportarían como adultos responsables. La

noche había sido un desastre e iba a dejar que Harry, Josh y Annabel supieran exactamente cómo se sentía. Volvió al restaurante.

Kelly se había ido poco antes que Jason. Solo Adam seguía dando vueltas, como un mal olor.

—¿Puedo hablar con mis hijos? —se dirigió a Adam—. ¿En privado?

—Bien. —Adam puso los ojos en blanco—. Iré a buscar el auto.

Elizabeth cerró la puerta cuando él se fue y se giró para mirar a Harry, Josh y Annabel, quienes parecían culpables y evitaban su mirada.

—Me han echado a perder la noche —empezó a decir en voz baja—. Me avergonzaron delante de mi amigo y colega.

—Espera —protestó Josh—. ¡No he hecho nada malo!

—Deberías haberme hablado de Kelly —espetó ella—. Has cambiado, Josh, y no para mejor. Solías ser tan abierto, pero ahora eres tan reservado.

—Pensé que lo desaprobarías —murmuró.

—¡Cómo puedes pensar eso! ¿No te he dicho, una y otra vez, que siempre te amaré y te apoyaré? Deberías haberme confiado la verdad, Josh, pero todo este tiempo me mentiste a mí y a tu hermano también.

—Sí, deberías habernos dicho que estabas en pareja con una MILF —se rio Harry.

—¡Y *tú*! —Elizabeth despotricó contra su hijo mayor—. Cuestionar a Jason y darle actitud, ¿de qué se trataba? Discutiendo con Adam al otro lado de la mesa como un niño de cinco años. Y luego casi te involucras en una pelea. ¿Qué te pasa, Harry?

—No olvides que se está metiendo con una mujer casada —resopló Annabel.

—Y tú le diste cuerda —le dijo Elizabeth a su hija—. Es como si ustedes dos fueran niños pequeños otra vez.

—Tu novio es un idiota —dijo Harry, sus ojos brillando con ira—. ¿Por qué no te haces un favor y te deshaces de él?

—¡No tiene nada que ver contigo! —gritó Annabel—. Y no estás en posición de juzgar a la gente. Mira tu propia vida.

—¡Basta! —gritó Elizabeth.

—Disculpen.

Los cuatro miembros de la familia Ryan se giraron ante las palabras del camarero.

—¿Qué? —dijeron al unísono.

—Nosotros, emmm... tenemos que cerrar ahora. —Levantó las manos en señal de súplica.

—En otras palabras —dijo Josh con una sonrisa irónica—, nos están echando.

~

El sábado por la mañana, Annabel regresó a Manchester, con solo un mensaje de texto como despedida. El piso estaba inquietantemente silencioso. Harry y Josh caminaban de puntillas alrededor de su madre como si tuvieran miedo de que volviera a estallar contra ellos, pero la ira se había disipado. Elizabeth simplemente se sentía triste porque no podía disfrutar de una comida con sus propios hijos sin que se convirtiera en una pelea. Le preocupaba lo que pensara Jason de todos ellos; posteriormente, ella le envió un mensaje, disculpándose nuevamente y esperando que mantuviera su oferta y la invitara a una comida para dos esa vez. Estaba ansiosa por conocerlo mejor, pero él no respondió y la sensación de mal humor la acompañó todo el día. Sin embargo, durmió mejor y se despertó el domingo sintiéndose renovada y con una mentalidad más positiva.

Durante el desayuno, Josh preguntó qué iban a cenar.

—Lo que sea que cocines tú mismo —respondió Elizabeth, metiendo la mano en la alacena para guardar la mermelada—. Salgo con un amigo.

—Muy bien —asintió Josh—. Le enviaré un mensaje de texto a Kelly para ver si está libre.

De repente se le ocurrió la idea de que Kelly podría tener

hijos, lo que significaba que, si Josh se casaba con ella, sería padrastro.

—¿Kelly tiene hijos? —le preguntó.

—No —respondió Josh—, ella es una mujer de carrera, dijo que nunca los quiso.

—Oh... —Elizabeth personalmente pensó que era triste, pero se abstuvo de decir algo.

—Sé lo que estás pensando. —Josh se tragó una tostada—. Yo tampoco quiero hijos, mamá, el mundo está superpoblado como está.

Elizabeth asintió, argumentando en silencio que él podría cambiar de opinión cuando fuera mayor, pero le dijo que era su elección personal. Terminó de desayunar, echó agua caliente en el cuenco y le pasó a Josh el paño de cocina a modo de pista.

Harry entró en la cocina, bostezando y estirándose. Todavía parecía medio dormido. Encendió la tetera y la miró fijamente mientras el agua formaba burbujas.

—¿Estás bien? —preguntó Elizabeth, vacilante.

—Sí. —Se pasó una mano por el pelo alborotado.

—¿Cómo está Laura?

—No sé. —Se encogió de hombros como un adolescente despreocupado—. Ella no está respondiendo a mis mensajes de texto.

Elizabeth tragó saliva.

—Tal vez eso es para mejor.

—No para mí. —Harry exhaló teatralmente.

—Hombre, no puedo creer que hayas estado saliendo con una mujer casada —resopló Josh—. Pensé que tú eras el sensato.

—Se va a divorciar.

—¿Estás seguro? —Elizabeth miró a su hijo con simpatía—. Debe ser muy complicado.

—Su esposo es un idiota —espetó Harry—. Un fanático del control y un matón. Él no la merece, y sé que ella me ama.

—Bueno. —Elizabeth retrocedió un poco—. ¿Dónde la conociste?

—Trabajamos juntos —Los ojos de Harry se iluminaron—. Ella es increíble, mamá. Fuerte y amable y apasionada. Nunca he conocido a nadie como ella.

—¿Ella te hace feliz?

—Mucho. —Harry golpeó con su puño cerrado la barra del desayuno—. Aunque quiero estar con ella como es debido.

—Entiendo. —Elizabeth le dio una sonrisa cansada—. Pero tienes que tener cuidado, amor. Podría volverse realmente complicado.

—No me importa —respondió Harry—. Ella lo vale.

Sacó la tapa de margarina.

—¿Qué pensabas de ella?

—Es muy hermosa —dijo Elizabeth con cautela—, pero no tuve la oportunidad de hablar con ella por mucho tiempo. Quizá, cuando todo esté arreglado con su marido, podrías traerla aquí y podría conocerla mejor.

—A ella le gustaría eso. —Harry sonrió y Elizabeth sintió una oleada de amor maternal por él y por Josh. Aunque eran hombres adultos, todavía se preocupaba por ellos, y también por Annabel. Ahora apreciaba todo lo que su propia madre había hecho por ella.

—Bueno, debería prepararme. —Elizabeth se limpió las manos enjabonadas en la toalla—. Voy a quedar con Gary para tomar un café.

—¿Gary con el Capri? —Harry se rio—. Pensé que lo había asustado.

—Solo somos amigos —se rio Elizabeth—. Que tengan un buen día, muchachos.

Salió de la cocina con desenfado, y dejó a sus hijos discutiendo sobre lo que podían pedir para la cena.

Cuando llegó a la cafetería, se alegró de ver a Gary ya allí. Empujó su silla hacia atrás y se puso de pie mientras ella entraba por la puerta.

—¡Lizzie! —Él la abrazó fuerte y besó la parte superior de su cabeza—. Te ves diferente... pero en el buen sentido.

—He perdido peso —dijo, con una sonrisa—. ¿Cómo estás?

—Estoy muy bien —respondió, indicándole que se sentara—. ¿Qué puedo conseguirte?

—Solo un capuchino, por favor —respondió ella.

—¿Sin pastel?

Los ojos de ella se detuvieron en la vitrina de dulces.

—Adelante, entonces, una porción de pie de limón, por favor.

Mientras Gary esperaba a que lo sirvieran, Elizabeth miró alrededor de la tienda. Estaba impecablemente limpio y sorprendentemente tranquilo. Solo el zumbido y el chisporroteo de la máquina de café impregnaban el aire. Apoyó la barbilla en la mano y miró a los demás comensales: un hombre de traje que leía un periódico, una mujer que cargaba a un niño en la cadera y un par de adolescentes que se miraban a los ojos. Solo otro domingo perezoso. Su mente se dirigió a Jason y se preguntó qué estaba haciendo. Últimamente había estado pensando mucho en él; durante las noches largas y calurosas, cuando su mente debería estar en su canto. La idea de ver más de él una vez que comenzara la gira hizo que su estómago se revolviera de emoción. Sabía que se estaba enamorando de él, pero ¿él sentía lo mismo?

Su tren de pensamientos fue interrumpido por el regreso de Gary con una bandeja de bebidas y pastel.

—¿Cómo están Sunil y Phillipa? —preguntó ella, mientras él se acomodaba en la silla opuesta.

—Muy bien. De hecho, accedió a casarse con él.

—¿Qué? —Elizabeth se enderezó.

—¡Vaya! —Gary se llevó la mano a la boca—. Pensé que te lo habría dicho.

—No, no lo ha hecho —Elizabeth sopló en su café caliente—. Me alegro por ella. Hacen una pareja encantadora.

—Ajá. —Gary asintió con la cabeza.

—Entonces, ¿qué te trae a Londres?

—Visitando a la familia. Intento venir cada dos meses. ¿Cómo lo encuentras en la gran ciudad?

—Lo estoy disfrutando, ahora me he acostumbrado al ajetreo

y al bullicio. Sin embargo, echo de menos la paz de Cornualles, mis amigos y papá, por supuesto, *pero* me encanta mi nuevo papel como corista.

Gary arrugó un paquete de azúcar vacío en una bola.

—Te ves feliz, de hecho, estás radiante.

—Gracias. —Elizabeth agachó la cabeza—. Tú también te ves bien... y es bueno verte de nuevo.

Gary se acercó más.

—Quería preguntarte algo, Lizzie.

—¿Oh?

—Algo importante y cercano a mi corazón.

Elizabeth tragó saliva; recordó haberle dicho que quería que solo fueran amigos, esperaba que no la presionara por nada más.

Sacó un folleto de su bolsillo y lo golpeó frente a ella.

Elizabeth miró fijamente una imagen en color de un hombre que saltaba de un puente, con las palabras *Bungee Jump For Charity* estampadas en la parte superior.

—Esto. Tienes que hacer esto conmigo, Lizzie.

—¿*Yo*? —Elizabeth chilló con asombro—. ¿Caída libre con solo una banda elástica como soporte? ¿Estás loco?

—Sí, tú, hablo muy en serio. Puedes hacer esto, Lizzie —La cara de Gary estalló en una sonrisa más grande—. Y no acepto un no por respuesta.

veintiocho

Después de una semana de ensayos agotadores y llena de pánico, Elizabeth estaba más lista que nunca para el festival. El viernes por la tarde, vació todo el contenido de su guardarropa sobre la cama, tratando de decidir qué atuendos serían los más adecuados para usar en su primera aparición pública como corista. La mayoría de su ropa parecía totalmente inadecuada: pasada de moda, anticuada y maternal. Necesitaba algo moderno y a la moda, pero no tenía idea exactamente qué.

Finalmente, decidió contar con la ayuda de Melody. Las dos recorrieron las tiendas comprando pantalones de cuero, una falda lápiz ajustada y un top a juego, jeans rasgados de moda y un vestido ceñido a la figura. Y cuando Elizabeth estaba distraída, Melody deslizó un par de sujetadores y bragas sexys en la canasta también. Cuando sugirió un viaje al departamento de calzado, Elizabeth se mantuvo firme y dijo que no, que tenía docenas, algunos que solo se habían usado unas pocas veces. Su tarjeta de crédito ya había recibido una paliza y todavía tenía que pagar el hotel en Bath durante el fin de semana.

En el viaje en metro a casa, Elizabeth revisó la aplicación meteorológica en su teléfono. Pronosticaba un sol glorioso para el sábado y el domingo, con temperaturas cálidas. La emoción se estaba acumulando dentro de ella; sintió ganas de gritar en voz alta que iba a ser la corista de Rebels, pero logró controlarse. Los otros viajeros le dieron miradas divertidas, una reacción a la amplia sonrisa que estaba fijada permanentemente en su rostro, pero Elizabeth estaba demasiado feliz como para preocuparse por las opiniones de otras personas. Cuando regresó al departamento, rápidamente empacó su ropa nueva y se sentó encima de la maleta, esperando la llegada de Clay y Melody. Josh y Harry todavía estaban en el trabajo, así que les dejó una breve nota diciendo que los vería el domingo. Tinkerbell había sido alimentado y estaba tumbado en el alféizar de la ventana, tomando el sol. El piso estaba limpio y ordenado. Elizabeth estaba lista y con muchas ganas de ir.

Tres horas más tarde, estaban atrapados en la M4 en un embotellamiento de tráfico estacionario causado por kilómetros de obras viales. Clay estaba pensando si bajar de la autopista y seguir por la carretera, pero Melody insistió en que se quedaran donde estaban. Elizabeth pasó su bolsa de malvaviscos y, tomando un sorbo de su botella de agua, miró por el parabrisas delantero las filas de furgonetas y camiones.

—¿Cómo pueden hacer esto todos los días? —dijo con tristeza—. Odiaría conducir para ganarme la vida.

—No te estreses, Lizzie, ya casi llegamos. —Clay le dedicó una amplia sonrisa y movió la cabeza al ritmo del reggae que emitía la radio.

—Apuesto a que la banda ya está en el hotel. —Melody agitó su lima de uñas en el aire—. Probablemente en el bar emborrachándose.

Elizabeth se removió en su asiento.

—¿Estarán... emmm... Carolyn y Jason van a estar allí?'

—Supongo que sí. —Melody asintió—. Jason querrá asegurarse de que están recibiendo la publicidad adecuada y Carolyn... bueno, ella seguramente estará organizando todo.

Elizabeth trató de reprimir la sonrisa, pero ya era demasiado tarde, Melody lo había visto en el espejo retrovisor.

—Así que será divertido quedarse en Bath por dos noches,

¿no? Sin embargo, apuesto a que estás destrozada por compartir una habitación conmigo, ¿eh?

—¡Por supuesto que no! —Elizabeth rio nerviosamente y rápidamente cambió de tema—. Aunque echarás de menos a tus hijos, ¿verdad?

—Podría mentir y estar de acuerdo contigo, chica, pero para ser honesta, tengo muchas ganas de tener un fin de semana sola. Chantelle y Reuben se divertirán mucho con su papá y los veré después del espectáculo el domingo, de todos modos.

—Parece que nos estamos moviendo. —Clay pisó el acelerador, y el tráfico empezó a pasar zumbando. Más adelante estaba la señal de cruce de Bath. Melody subió el volumen de la radio y los tres comenzaron a cantar *Red, Red Wine* de UB40.

El hotel estaba situado en el centro de la ciudad; un edificio de aspecto elegante con columnas de mármol y banderas de países europeos ondeando en la suave brisa. Clay sacó las maletas del auto y las depositó a los pies de Elizabeth. Estaba contemplando una luna plateada llena y cientos de estrellas pulsantes. Le recordó a Cornualles y la asaltó una repentina sensación de nostalgia. Echaba de menos a su padre, a sus amigos, a su apartamento de diseño minimalista, a la belleza salvaje del campo y al olor omnipresente del majestuoso mar.

—Hola, la tierra a Lizzie. —Melody sacudió suavemente su brazo—. ¿Estás lista?

—Sí. —Elizabeth parpadeó y se concentró en la puerta giratoria. Eso fue todo, no había vuelta atrás. Al día siguiente, estaría cantando en un escenario frente a miles. Realmente era el material de los sueños, así que, con una respiración profunda, recogió su maleta y caminó con confianza hacia el hotel. La vista de Jason de pie en el mostrador de facturación la hizo sonreír; Dios, era hermoso. Cuando él se volvió para mirarla, se dio cuenta de que realmente se había enamorado de él; solo esperaba con todo su corazón que él sintiera lo mismo.

Elizabeth estaba sorprendida al descubrir que la banda se había retirado a sus habitaciones para acostarse temprano. Se sorprendió aún más al saber que la compañía discográfica estaba pagando la habitación de hotel de ella y Melody. Con felices sonrisas, depositaron su ligero equipaje en una hermosa y espaciosa habitación antes de regresar a la planta baja. Jason estaba sentado en la barra, bebiendo lo que parecía whisky.

—¿Qué puedo conseguirte? —preguntó, con una sonrisa que hizo revolotear el estómago de Elizabeth.

—Dos ron con coca cola, por favor —pidió Melody para los dos.

Elizabeth había descubierto ron en la barbacoa de Clay y Melody. Era su nueva bebida favorita; sin embargo, se había enterado de que también era potente, así que animó al barman a que lo diluyera con mucha cola.

—No puedo creer que los muchachos estén dormidos. —La voz de Melody sonó fuerte en la tranquila área de bebidas—. Pensé que estarían explorando los pubs de Bath.

—Necesitan descansar sus voces. —Jason parecía complacido con esto—. Subiré pronto.

Una imagen deliciosa de un Jason desnudo envuelto en un edredón apareció en la cabeza de Elizabeth.

—Emmm... ¿Carolyn ya está aquí? —Podía sentir el calor subiendo por sus mejillas y tomó un largo trago de su bebida.

—Viene mañana —respondió él, con las cejas enarcadas al ver su semblante sonrojado—. ¿Estás bien?

—Sí —asintió rápidamente—. Solo un poco emocionada por mañana.

—Trata de calmar tus nervios —dijo Jason—. Espero que duermas bien.

—Yo también —chilló Elizabeth, fantaseando por dentro con no poder dormir en absoluto con Jason Brooke.

Melody se deslizó de su taburete y, envolviendo sus brazos alrededor de Jason, ella lo cubrió de besos. Elizabeth envidió su relajada y familiar relación y, cuando Melody finalmente lo soltó, se lanzó frente a él y una locura espontánea la hizo ponerse de puntillas para presionar sus labios contra los de él.

—Buenas noches —dijo con voz ronca.

—Te veo en la mañana. —Él miró su boca durante unos segundos antes de retroceder.

Elizabeth lo vio irse, todo su cuerpo lleno de anhelo. Se imaginó siguiéndolo hasta su habitación, desnudándose provocativamente delante de él y luego...

—Por Dios, Lizzie, tienes que decirle a ese tipo que te gusta.

—¿Es tan obvio? —Elizabeth se dejó caer contra la barra.

—¡Sí! Toda tu cara estaba iluminada por la lujuria.

—No es solo una cosa sexual. —La boca de Elizabeth se abrió—. Él realmente me gusta.

—Entonces, haz algo al respecto. —Melody se metió un maní en la boca.

—¿Quieres decir dar el primer paso? —Elizabeth la miró con recelo.

—Sí, por supuesto —suspiró Melody—. A las mujeres se les *permite* hacer eso en estos días.

—No quiero parecer desesperada. —Elizabeth se mordió el labio.

—Pero lo estás. —La risa de Melody retumbó por la habitación—. ¡Desesperada por algo de acción de las caderas!

—¡Silencio! —Elizabeth recogió su mochila y se rio con buen humor—. Me voy a la cama... ¿vienes?

—Seguro. Muestra el camino. —Melody enlazó su brazo con el de Elizabeth y regresaron a la habitación, charlando y riendo.

∼

La alarma del teléfono de Elizabeth sonó exactamente a las siete de la mañana. Instantáneamente, ella estaba completamente despierta. Apartó las sábanas y fue a sacudir a Melody, cuya cabeza estaba enterrada debajo de una almohada.

—Ufff, ¿qué hora es? —Melody rodó sobre su espalda y miró a Elizabeth con los ojos entrecerrados.

—Hora de levantarse. —Elizabeth sonrió—. Voy a darme una ducha.

—¿Eres siempre así de enérgica por la mañana?

Elizabeth se quedó mirándola.

—Por supuesto. Soy una persona mañanera. —Silbó mientras rebuscaba en su estuche, sacando artículos de tocador y maquillaje, y luego se dirigió rápidamente al baño.

Cuando terminó, Melody se lanzó al baño detrás de ella. Había una taza de té descansando en el armario. Melody se había olvidado y le había puesto leche, así que Elizabeth hizo una mueca y se la bebió rápidamente. Descorrió las cortinas y un glorioso sol inundó la habitación. La vista desde el sexto piso era espectacular. Frente a ella había un lago, brillando a la luz de la mañana y más allá había cientos de árboles, muy juntos, una masa de follaje verde esmeralda. El sol estaba saliendo justo por encima de ellos, en un cielo azul brillante y sin nubes, la promesa de un hermoso día de verano. La idea de cantar esa tarde en un escenario hizo que a Elizabeth se le revolviera el estómago de emoción. Su teléfono sonaba, bombardeándola con mensajes de buena suerte de sus amigos y familiares. Se sentó en la cama y los hojeó.

Una media hora después, paseaba por la habitación mientras Melody se vestía y maquillaba.

—Cálmate, Lizzie —dijo Melody, girando en el taburete—. Si no tienes cuidado, tendrás un ataque de pánico.

—Oh, estoy bien —respondió Elizabeth—. Solo ansiosa por ponerme en marcha.

—Bueno, estoy lista. —Melody arrojó su máscara de pestañas—. Vamos.

Se dirigieron al ascensor que las llevó a la planta baja. El área de recepción estaba ocupada, repleta de turistas chinos que tomaban fotos con sus cámaras. Elizabeth siguió el olor de la comida cocinada, a través de un vestíbulo de mármol salpicado de sofás y macetas hasta una habitación que estaba señalada como comedor. Toda la banda ya estaba allí, comiendo desayunos cocinados. Cuando vieron a Elizabeth y Melody, las saludaron con la mano y les gritaron saludos. Elizabeth se deslizó en un asiento, mirando a su alrededor en busca de Jason. Lo vio en la estación de servicio, sirviendo jugo de naranja.

Una camarera les llevó bebidas calientes y les dijo que se sirvieran el desayuno estilo buffet. Melodía estaba con su móvil, charlando con Reuben y Chantelle, así que Elizabeth fue sola a buscar su comida.

—¿Dormiste bien? —Los ojos de Jason se arrugaron al verla y quedó impresionada por su color inusual.

—Si, gracias. La cama era muy... emmm... cómoda.

—Bien. —Jason asintió e hizo un gesto con el pulgar hacia los miembros de la banda—. Ese lote está lleno de adrenalina. ¿Estás bien?

—Entusiasmada. Nerviosa. —Elizabeth se tocó el estómago—. Me siento un poco enferma, para ser honesta.

—Estarás bien una vez que empiece la música.

Elizabeth se quedó mirando la variedad de comida.

—No tengo nada de hambre.

—Deberías comer —aconsejó Jason—. Va a ser un largo día. —Puso su cálida mano sobre su brazo desnudo, y Elizabeth sintió que una chispa corría entre ellos.

—Estarás bien —dijo, y se alejó de ella.

Elizabeth asintió y recogió las tenazas.

—¿Te veré después del espectáculo?

—Sí. Hay una fiesta cuando termine. ¿Irás?

Elizabeth sonrió y confirmó que le encantaría, luego Jason fue a sentarse con la banda y Elizabeth regresó a su mesa con un sándwich de tocino y un plato de frutas.

veintinueve

Elizabeth estaba parada entre bastidores, viendo a un dúo terminar de realizar su acto. Sus rodillas literalmente chocaban entre sí, y su frente estaba cubierta de sudor.

—No creo que pueda hacer esto —le dijo a Melody, agarrándola del brazo—. ¿Es demasiado tarde para echarse atrás?

—¡No te atrevas! —Melody chasqueó la lengua con exasperación—. Estarás bien, Lizzie.

—¿No tienes miedo? —Los ojos de Elizabeth se agrandaron cuando vio a la audiencia.

—No, lo amo. —Melody suspiró ante la mirada de incredulidad en el rostro de Elizabeth—. Me sentí nerviosa en mi primer concierto, pero pronto me acostumbré, así que estarás bien. ¿Cómo crees que se sienten esos tipos? —Señaló a The Rebels, que estaban saltando en el lugar.

—Tienes razón. —Elizabeth exhaló temblorosamente—. De todos modos, nadie me mirará.

—Bueno, yo no iría tan lejos —se rio Melody, y antes de que Elizabeth pudiera protestar, se tomó una selfi de ambas—. Esto está apareciendo en todas mis redes sociales, tomas antes y después.

—Por favor, no me etiquetes...

—¡Demasiado tarde! —Melody cerró la funda de su teléfono—. Oye, parece que es nuestro turno.

Había un hombre en el escenario que parecía haber entrado allí por error. Estaba vestido de manera extremadamente informal y estaba charlando con la audiencia como si fueran amigos cercanos. Elizabeth lo escuchó anunciar a la banda y luego la multitud estalló en un estruendoso aplauso. Observó con gran expectación cómo The Rebels se pavoneaba en el escenario. Jack, el cantante principal, comenzó a gritar en el micrófono, alentando a los espectadores en un frenesí. Todo el espectáculo era surrealista, y Elizabeth deseó poder filmarlo para verlo más tarde. Sus ojos revolotearon, absorbiendo las vistas. Entonces, Melody la empujó por detrás y se salió de bastidores al resplandor de las luces.

Con piernas temblorosas, logró llegar a los micrófonos estáticos y se aferró a uno, parpadeando con incredulidad. Había miles de personas allí, agitando los brazos, silbando y gritando, pero su atención estaba puesta en Jack y en el resto de la banda. Elizabeth sintió una bienvenida oleada de alivio.

—Sigue a los chicos —aconsejó Melody—. Y disfrútalo.

El súbito sonido de un címbalo y el estruendo del tambor de Eduardo hicieron que Elizabeth casi se saliera de su piel. Empezó a balancearse al ritmo de la música y, mirando a Jack y escuchando la música, abrió la boca y empezó a cantar.

Los organizadores del lugar los habían contratado para tocar tres de sus canciones, pero después de que terminó la última, la multitud se volvió absolutamente loca y gritaba por más. Entonces, cantaron otra y después de ese una más, antes de que el presentador interrumpiera y pronunciara: "Eso es todo, amigos".

Elizabeth sintió como si recién se estuviera poniendo en marcha y estaba tan decepcionada como los demás por tener que terminar. Después de un comienzo inestable, pronto entró en el ritmo de las cosas; su canto había sido un éxito, no había perdido la voz, no se había derrumbado por los nervios, se había quedado en su lugar y había cantado con todo su corazón, y los chicos eran absolutamente brillantes. Mientras se inclinaban ante la audiencia, ella había renovado su respeto por ellos; todos eran tan jóvenes, pero al mismo tiempo maduros para su edad... Elizabeth no podía recordar haber sido tan enfocada o ambiciosa como ellos a su edad. Miró hacia sus pies. Había flores en el escenario y un par de peluches, pero al menos las mujeres no tiraban las bragas, pensó con alivio.

Otra banda estaba esperando entre bastidores, así que de mala gana abandonaron el escenario. Elizabeth estaba zumbando, la adrenalina fluía por sus venas, se sentía fantástica. Ella siguió a una alegre Melody por un tramo de escaleras de metal, donde Carolyn esperaba con una caja de agua embotellada.

—¡Estuvieron fantásticos! —El elogio de Carolyn estaba dirigido a los chicos, pero a Elizabeth no le importó. Eran el centro de atención después de todo. Tragó grandes bocanadas de agua; tenía la garganta reseca. La banda se alejó para hablar con un grupo de periodistas musicales. Elizabeth los vio charlar tranquilamente, posar para fotografías y autógrafos.

—Estuvieron maravillosos —dijo sin aliento.

—¿Verdad? —Carolyn estuvo de acuerdo—. Estos muchachos van a ser el próximo Take That, y conmigo y Jase detrás de ellos, están destinados a ser grandes estrellas.

—¿Dónde está Jasón? —Melody se estaba secando la cara sudorosa con una toalla—. ¿Él vio el espectáculo?

—Sí —confirmó Carolyn—, él estaba entre el público. Ah, aquí está.

Elizabeth se giró para ver a Jason Brooke caminar hacia ellos. Estaba comiendo un perrito caliente y se veía completamente a gusto detrás del escenario, mezclándose con las otras estrellas.

Carolyn lo miraba expectante, pero él la pasó por alto y se acercó a Elizabeth.

—Estuviste fantástica —dijo, cogiendo un trozo de cebolla fibrosa.

—Gracias. —Elizabeth podía sentir la sonrisa literalmente radiante en su rostro. Cualquier cumplido de Jason seguramente la debilitaría, pero no podía atribuirse el mérito de su presentación. La magia se debió a los muchachos, ella se sintió privilegiada de apoyarlos.

—¿Cómo estaban los nervios? —preguntó, con una sonrisa cautivadora.

—Bien. —Elizabeth tragó saliva—. Quiero decir, estaba más asustado que nunca en toda mi vida, pero toda la experiencia fue increíble. Quiero hacerlo otra vez.

Jason se rio.

—Tendrás tu oportunidad. El segundo festival es pronto y luego la gira por el Reino Unido comienza en octubre; entonces, es posible que desees poder volver a la vida normal.

—No lo creo —argumentó Elizabeth—. Me encanta el estilo de vida del rock and roll.

Jason levantó una ceja.

—Ven conmigo.

Se sorprendió cuando su mano se envolvió alrededor de la suya.

—¿A dónde vamos? —preguntó ella, mientras él tiraba de ella más allá de una flota de vehículos de carretera.

—A disfrutar del espectáculo. —Jason se abrió paso entre la audiencia hasta que estuvieron de pie frente al escenario—. Esta es música apropiada: real y cruda.

Elizabeth miró a las mujeres en el escenario, que agitaban sus instrumentos con entusiasmo.

—¿Quiénes son? —preguntó ella—. Son maravillosas.

—¡Strawberry Sunrise, por supuesto! Actualmente están en las listas de éxitos con tres de sus canciones.

—Oh. —Elizabeth asintió, prometiendo interiormente escuchar música más actualizada.

—¿Cuál es el último concierto al que fuiste? —gritó, por encima de la música.

Elizabeth hizo una mueca; esperaba que Jason no se echara a reír.

—Michael Jackson... a finales de los ochenta. Mi papá me compró boletos para mi cumpleaños, tomamos el tren a Liverpool, Anfield Stadium. Estábamos justo al frente y Michael... voló sobre mi cabeza en una grúa.

—¿Cómo te hizo sentir?

Elizabeth hizo una pausa mientras los recuerdos inundaban su mente.

—Regocijada. Extática. Viva.

Jason asintió y la miró fijamente.

—Ese es el poder de la música. Ahora te tiene a ti, Elizabeth, y nunca volverás a ser la misma.

Luego inclinó la cabeza y la besó en la boca, la atrajo contra su pecho. Mientras sonaba la música y los empujaban por todos lados, Elizabeth se aferró a él, abrumada por el deseo. Su primer beso se prolongó una y otra vez, y el puro placer hizo que sus entrañas burbujearan y se revolvieran. Realmente fue mágico. Elizabeth cerró los ojos y se perdió en la calidez y la fuerza de ese hermoso y enigmático hombre.

La fiesta posterior al espectáculo se llevó a cabo en un elegante hotel de cinco estrellas lejos de las multitudes, en las afueras de Bath. Elizabeth y Melody regresaron rápidamente a su propio hotel para darse una ducha rápida y cambiarse de ropa antes de tomar un taxi. Al llegar, se sorprendieron al ver un gran grupo de personas arremolinándose alrededor de la entrada.

—¿Qué está sucediendo? —jadeó Elizabeth.

—Parecen fans —respondió Melody—. O grupis.

El taxista se giró para quedar frente a ellos.

—¿Me dan su autógrafo? —preguntó, con ojos ansiosos.

—Solo somos coristas —explicó Elizabeth.

—No importa. —Se encogió de hombros y les ofreció un bolígrafo y un recibo arrugado de McDonald's.

Melody estaba feliz de complacer. Garabateó su nombre antes de pasarlo, pero a Elizabeth no le pareció bien. No le gustaba estar en el centro de atención, prefería quedarse en las sombras del fondo. No era por eso que había tomado el puesto de corista; no por fama o atención, era solo porque quería cantar. Sin embargo, garabateó su nombre y se lo devolvió con una brillante sonrisa.

—¿Cuánto le debemos?

—Nada, amor, llámalo un obsequio. Ha sido un placer conocerlas a los dos, no es frecuente que gente famosa se suba a mi taxi.

—Oh, realmente no lo somos. —Elizabeth negó con la cabeza—. Deberíamos pagarle.

El corpulento taxista levantó las manos.

—Una recomendación suya sería fabulosa. Tomen una tarjeta cuando salgan.

Melody empujó a Elizabeth a través de la puerta abierta, lanzándole una mirada de advertencia mientras lo hacía.

—Será mejor que te acostumbres a esto, Lizzie —murmuró—. Son las ventajas del trabajo, disfrútalo.

—No me parece justo —argumentó Elizabeth—. Soy una mujer ordinaria de clase trabajadora. No soy mejor que nadie.

Melody se ajustó los tirantes de la camiseta.

—Al público le encanta todo lo que tenga que ver con la fama y el entretenimiento. Ahora estás incluida en eso, te guste o no. Estás impresionante, por cierto.

—Gracias.

Elizabeth se alisó el vestido ceñido y subieron un tramo de escalones de piedra curvos. La entrada estaba brillantemente iluminada, y un miembro del personal con un elegante traje de pantalón azul marino les indicó la dirección correcta. Subieron otro tramo de escaleras y entraron en un impresionante salón de baile, completo con un candelabro de cristal. Elizabeth se quedó sin aliento al ver las caras famosas en la habitación.

—¿Ese es Leo Donovan? —Le dio un codazo a Melody, que estaba ocupada sirviéndoles champán de una bandeja.

—¿Quién?

—El viejo, sentado junto a la ventana. Tuvo muchos éxitos en los años setenta, mi papá lo amaba. ¿No has oído hablar de él?

—No. —Melody se tragó la bebida efervescente—, pero reconozco a Peter McCauley, el DJ. Ahora, *él* es famoso. Ha trabajado con Rihanna y con Lady Gaga. Aparentemente, es detestable y un drogadicto.

—¿De verdad? —Elizabeth tosió—. Quiero decir, debe ser común en la industria de la música tomar drogas. Aunque sigue dando miedo.

—Sí —asintió Melody—. Hay algo de mierda desagradable volando por ahí. Por suerte, The Rebels están muy en contra de las drogas, son tipos sensatos. —Melody hizo una pausa—. ¿Alguna vez has fumado marihuana?

—¡No! —Elizabeth estaba horrorizada por la sugerencia. Recordó cuando era más joven, cuando le inculcaron que las drogas arruinarían su vida—. ¿Tú? —Miró a su amiga.

—Yo no, pero Clay sí, de vez en cuando. Todo está relacionado con la cultura rastafari, pero personalmente nunca he visto el atractivo.

—Bien. He oído que puede causar problemas de salud mental. —Elizabeth resopló con desaprobación—. ¿Crees que no sería apropiado de mi parte pedir autógrafos?

—Adelante —dijo Melody con una sonrisa—. Aunque creo que me quedaré aquí y me serviré el champán. Toma. —Le pasó a Elizabeth otra copa y le hizo un gesto con la mano—. Ve y mézclate.

Leo Donovan estaba feliz de darle un autógrafo a Elizabeth.

—No creo que nadie se acuerde de mí —dijo, con un guiño y un tono melancólico.

—Pero sus discos son clásicos. —Elizabeth sonrió al hombre de cabello blanco—. Crecí escuchando su música.

—Ah, querida. —Él le dio unas palmaditas en la mano—. Es agradable escuchar eso. Voy a tocar mañana si puedes venir.

—¿Está tocando en el festival? —Elizabeth estaba sorprendida; el hombre tenía que tener la edad de su padre.

—¿Por qué no? —Él se rio—. No estoy muerto aún. Ahora, ¿cómo te llamas, amor?

—Elizabeth —respondió ella—. Elizabeth Ryan.

—Es un buen nombre. —Leo garabateó su nombre con una floritura—. Ahora, ¿harías feliz a un viejo loco bailando conmigo?

Elizabeth miró la pista de baile vacía. La música Motown

sonaba a través de los parlantes de la pared, alegre y pegadiza. Por un momento vaciló, ella nunca era la primera en la pista de baile en las fiestas, pero luego se dio cuenta: acababa de cantar y girar sus caderas frente a miles, ¿seguramente podría manejar esto? Se inclinó para quitarse los tacones altos y, con una sonrisa, pasó la mano por el hueco del brazo de Leo Donovan.

Ella se quedó en la pista de baile durante más de una hora. Primero se besuqueó con Leo, luego Melody se unió a ellos para un enérgico jive, y finalmente la gente comenzó a bailar, incluidos The Rebels. El ritmo de la música se estaba volviendo más rápido, por lo que Elizabeth se escabulló entre las canciones de baile y se dirigió al bar para saciar su sed furiosa. Mientras rodeaba las sillas dispersas, vio a Jason apoyado en un almohadón con los brazos cruzados, tan guapo como siempre. Elizabeth tropezó al verlo, atrapada en su mirada abrasadora, estaba hipnotizada por sus ojos grises ahumados. Como un imán, se sintió gravitando hacia él.

—Hola —dijo ella, sonriéndole—. Bailé con Leo Donovan.

—Hola. —La diversión bailaba en sus ojos—. Eres afortunada.

—Este champán está delicioso —dijo Elizabeth, mientras tomaba una copa.

—Soy más del tipo de whisky escocés con hielo. —Sacó una silla para ella.

—Entonces, amarías a mi papá —dijo Elizabeth, con una sonrisa irónica.

Jason se inclinó hacia ella.

—Entonces, ¿cuándo voy a conocerlo? He conocido a tus hijos.

Elizabeth tragó saliva ante su proximidad. Su brazo rozó el de ella, y ella sintió una descarga eléctrica recorrerla.

—¿Cuándo puedo conocer a tu otra hija? —Elizabeth hábilmente desvió la pregunta.

—¿Cassidy? Ella está parada justo ahí.

Cassidy Brooke era absolutamente encantadora. Se sentó con Elizabeth y Melody y las obsequió con hazañas de su tiempo trabajando en la industria de la música. Había viajado mucho y era confiada y alegre. Elizabeth supuso que debía ser como su madre, ya que Jason era callado y reservado, pero ciertamente tenía su carisma y su buena apariencia.

Antes de la medianoche, cuando la fiesta estaba en pleno apogeo, Cassidy se fue con su amigo reportero y le reveló que tenía una entrevista ultra secreta sobre el mundo del espectáculo programada para el día siguiente.

—No puedo beber más champán —hipó—. Incluso si es gratis.

Elizabeth se levantó para abrazarla.

—Fue un placer conocerte.

—Ídem. —Cassidy guiñó un ojo—. Ojalá pueda volver a verte.

—Emmm... tal vez. —Elizabeth miró a su alrededor en busca de Jason y lo vio charlando con Carolyn. Una punzada de celos partió el corazón de Elizabeth.

—Son solo amigos. —Cassidy la miró con ojos astutos—. Eso nunca va a ser nada más.

—Realmente no es asunto mío. —Los dedos de Elizabeth revolotearon hacia su garganta.

—Lo es si realmente te gusta. —Cassidy se colocó su chaqueta de punto con un movimiento de hombros—. Deberías decírselo. A veces, mi querido padre no puede ver lo que tiene justo delante de las narices.

Elizabeth soltó una risa nerviosa. ¿Tenía el coraje para dar el primer paso?

Tal vez fue el champán y los ánimos de Melody y Cassidy. Tal vez era la canción lenta y sensual que sonaba. Tal vez era el sentimiento de emoción que crecía en Elizabeth cada vez que miraba a Jason. Una combinación de todos. Esos factores hicieron que Elizabeth marchara hacia él y lo invitara a bailar. Al principio, pareció sorprendido. Después, parecía feliz. Lo condujo a la pista de baile abarrotada y, cuando deslizó sus brazos alrededor de su cuello, lo escuchó gemir cuando se presionó contra él. Inclinó la cabeza, rozando sus labios contra la parte superior de su cabeza.

—Hueles delicioso —dijo con voz ronca.

—Me gustas —soltó ella, incitada por la pasión en sus ojos—. Quiero decir, no como amigos, sino románticamente.

Jason le apartó un mechón de pelo de la frente.

—Siento lo mismo. —Se quedaron en silencio por un momento. Elizabeth podía sentir que los latidos de su corazón se aceleraban.

—Entonces, ¿qué quieres hacer? —preguntó Jasón—. ¿Quieres tener una cita cuando termine el festival?

—No. —Elizabeth lo besó suavemente en los labios—. Quiero que vengas a la cama conmigo... Ahora.

treinta

La luz del sol que entraba por los huecos de las cortinas apresuradamente corridas y el bocinazo del tráfico matutino despertaron a Elizabeth el domingo por la mañana. Se estiró lánguidamente, como un gato, rodó sobre su costado, sus ojos se abrieron mientras palpaba la otra almohada. La decepción la atravesó cuando se dio cuenta de que estaba sola en la cama, la cama de Jason, para ser precisos. Los recuerdos de la noche anterior pasaron por su mente; besándose en el ascensor, desvistiéndose lentamente, cayendo sobre la cama en una maraña de extremidades, agarrando las sábanas mientras el puro placer la recorría, una y otra vez. Elizabeth sonrió al recordar envolverse contra su pecho, su cuerpo dolorido por horas de hacer el amor. Había sido una noche reveladora. Se sonrojó ante los recuerdos de lo que habían hecho juntos.

    Un silbido la hizo levantarse de golpe, pero provenía del exterior, probablemente un trabajador del hotel, supuso. Su ropa estaba tirada en un montón desechado. Con renuencia, pensó en regresar a su propia habitación. Las lenguas estarían moviéndose y ella no estaba lista para que nadie supiera sobre su cambio en la relación; no todavía, de todos modos. Mientras se vestía rápidamente y se pasaba los dedos por el cabello revuelto, se preguntó dónde estaba Jason. ¿Tal vez había bajado a desayunar? Si ese era el caso, estaba molesta porque no la había despertado. Enderezó el edredón, acomodó las almohadas y luego salió silenciosamente de la habitación y se dirigió a la suya.

Melody iba saliendo del baño envuelta en una toalla de baño blanca y esponjosa, exudando vibraciones matutinas felices.

—¡Lizzie! —Una enorme sonrisa iluminó su rostro—. Alguien tuvo suerte anoche, ¿eh?

Elizabeth se dejó caer en la cama.

—Por favor, no se lo digas a nadie.

—Tu secreto está a salvo conmigo —respondió Melody—. ¿Supongo que estabas con Jason?

—De hecho, pasé la noche con Leo Donovan. —Elizabeth se echó a reír de su propio sarcasmo.

—Bueno, me alegro por ti —dijo Melody, mientras se pasaba un cepillo por el pelo largo—. Ya era hora de que ese tipo se estableciera con alguien agradable.

Elizabeth se mordió el labio inferior.

—¿Ha tenido muchas relaciones?

—Algunas. —Melody la miró—. Todas ellas eran totalmente inadecuadas, por supuesto. Su última novia, una modelo jubilada, estaba desequilibrada y eso es ser amable.

—Oh. —Elizabeth suspiró—. Bueno, es temprano. No estamos oficialmente juntos, así que...

—Pero ¿quieres estarlo?

—Sí. —Elizabeth se frotó los ojos cansados y luego luchó por ponerse de pie.

—¿Adónde vas? —preguntó Melody, enchufando el secador de pelo.

—A ducharme. —Elizabeth recogió su neceser—. ¿Y luego el desayuno?

—Gran idea —coincidió Melody—. Necesito una gran fritura después de todo el champán de anoche.

—Lo sé, todavía puedo saborearlo, ufff. Aunque sí creo que es cierto lo que dicen de que es afrodisíaco. —Se tambaleó hasta el baño y se dispuso a ponerse presentable para un nuevo día.

El ambiente en el comedor era tenue, ya que casi todos parecían tener resaca, excepto Melody, que estaba llena de energía y emocionada porque sus hijos y Clay llegarían más tarde esa mañana. Elizabeth escaneó el restaurante en busca de Jason, pero no había señales de él.

—Tal vez se ha ido a dar un paseo —sugirió Melody.

—¿Un paseo? —Elizabeth untó generosamente mermelada de fresa en su tostada—. ¿Por su cuenta?

Fue en ese momento que pasó un miembro del personal que llevaba una cafetera.

—Disculpe. —Elizabeth levantó la mano—. ¿Ha estado aquí esta mañana el caballero de la habitación 236?

La joven la miró sin comprender.

—Alto, de pelo oscuro con algunas canas —explicó Melody—. Hermoso.

—No lo creo. —La chica tenía un acento que sonaba europeo del este—. Le preguntaré a mi colega.

—Gracias. —Elizabeth mordió su tostada.

Unos minutos más tarde, la linda camarera regresó.

—Sí. Llegó temprano, desayunó y se fue.

Elizabeth frunció el ceño.

—¿Estás segura de que era el hombre de la 236?

—Ajá. Dejó una propina muy generosa. ¿Le gustaría café?

—Té, por favor —respondió Elizabeth, con el rostro y el ánimo hundidos. Había estado deseando que se sentaran y comieran juntos, pero tal vez lo habían llamado por un asunto urgente.

—Bueno. —Melody empujó su asiento hacia atrás y se puso de pie—. Iré y averiguaré si la banda lo ha visto. Espera.

Elizabeth la vio caminar hacia el otro lado del restaurante. Una conmoción repentina la hizo mirar por la ventana; observó distraídamente cómo dos hombres comenzaban a discutir sobre un espacio de estacionamiento. Elizabeth jugueteó con su servilleta, revisó su teléfono nuevamente en busca de mensajes y luego miró esperanzada mientras Melody regresaba lentamente. Tenía una mirada extraña en su rostro, como si hubiera recibido malas noticias.

Elizabeth se agarró al borde de la mesa.

—¿Qué ocurre? ¿Él está bien?

—Él está bien, chica —suspiró Melody—. Él, emmm... se ha ido.

—¿Desaparecido? ¿Qué quieres decir? Iba a venir al festival, íbamos a tener una cita...

—Lizzie, no está en Bath. Ni siquiera está en el país.

Los ojos de Elizabeth se agrandaron.

—Dime, Melody.

—Tomó un vuelo a Los Ángeles esta mañana. —Melody miró al suelo—. Se fue por varios meses... con Carolyn.

∽

El rocío del mar golpeó a Elizabeth en la cara y le empapó la ropa y el cabello. Se abrazó a sí misma, mirando el orbe dorado del sol poniente hundirse en el horizonte. El mar era una vista maravillosa, especialmente al anochecer. Majestuoso e imponente, se hinchó en olas cubiertas de espuma que se estrellaron contra rocas escarpadas. Una sensación de paz había descendido sobre Elizabeth. Estaba de regreso en casa, donde estaba su verdadero corazón, inhalando los aromas del mundo natural, tan diferente a la contaminación acumulada de Londres.

Desde su punto de vista, podía ver a una familia corriendo por la playa con su perro. Uno de los niños estaba volando una cometa. Se abalanzó y serpenteó contra un impresionante cielo escarlata, iluminado con tonos melocotón y dorado y la dispersión blanca de las nubes de algodón. Una foto instantánea del cielo allí mismo, frente a ella.

"Cielo rojo por la noche, delicia del pastor", masculló Elizabeth el viejo dicho. ¿Quizás mañana pasaría un día en la playa? Tal vez el calor del sol le broncearían las extremidades y erradicaría el sentimiento de melancolía que la había perseguido de regreso a casa. Qué tonta había sido, pensó Elizabeth. Qué tonta, vieja tonta romántica. En una sola noche, ella había entregado su corazón, pero la realidad era que, para él, ella no había sido más que una aventura de una noche, una muesca en el pilar de su cama, otra mujer para agregar a su lista de conquistas.

Su opinión inicial sobre Jason Brooke había sido acertada. Era un mujeriego, un hombre al que no se le podían confiar las emociones, un jugador de la peor calaña y, para la gentil y sencilla Elizabeth, era incomprensible que se hubiera enamorado de él y de su falso encanto. Ahora era obvio que nunca habría funcionado. Eran como el agua y el aceite. Ella tenía los pies en la tierra, era simple y sin complicaciones, mientras que él estaba allá arriba con las estrellas; atractivo, poderoso y peligroso. Un enigma que la encandilaba pero, al mismo tiempo, la desconcertaba. El quid de la cuestión era que él no era su tipo y ella ciertamente no era el suyo. ¿Cómo podría haber pensado lo contrario? Sus sueños de romance quedaron destrozados, y con ellos la posibilidad de una vida como corista. Ya no lo quería, nada de eso. En ese momento, ella quería familiaridad, paz y la estabilidad del hogar. Al día siguiente, haría nuevos planes. El mañana traería consigo un nuevo comienzo.

Elizabeth se inclinó para recoger una piedra y la arrojó con todas sus fuerzas al agua que se arremolinaba debajo de ella.

"Adiós, Jason Brooke", susurró. Con el viento azotando su cabello y su ropa, se alejó hacia el calor del hogar.

—¡Lizzie! ¿Qué haces de vuelta aquí?

Era la mañana siguiente y Brian había entrado en su apartamento para regar las plantas de la casa y recoger el correo. Su rostro palideció al verla de pie en la cocina, esperando a que hirviera la tetera. Todavía estaba en bata y era casi mediodía. Un sentimiento de letargo la había mantenido en la cama leyendo, con la comprensión de que no tenía nada por lo que levantarse y nadie esperándola. Sería mejor que se quedase acurrucada bajo el edredón, pensó, especialmente cuando la lluvia azotaba el cristal de la ventana. Era un día completamente miserable, y definitivamente no era uno para descansar en la playa. ¡Hasta aquí los cuentos de viejas! Parecía que había llevado la tristeza con ella en forma de un clima miserable.

Elizabeth se dio cuenta de que Brian estaba esperando una respuesta y parpadeó.

—No funcionó —dijo simplemente.

—Oh. ¿El trabajo de corista, o Londres?

—Todo. —Elizabeth suspiró—. Todo fue un sueño tonto.

—¿Así que has vuelto corriendo aquí? —Brian miró asombrado por sus palabras—. Te vi cantando en la tele. Estuviste brillante. ¿Qué ha pasado?

—Nada —espetó ella—. Solo quería volver a casa.

—Te ves cansada. —Brian le dedicó una sonrisa amable—. Siéntate y te haré un trago. ¿Has comido? —Sintiéndose entumecida, Elizabeth negó con la cabeza. Brian rebuscó en los armarios en busca de cereal, murmurando sobre los beneficios de comprar leche de larga duración—. Tengo noticias para ti —dijo por encima del hombro—. Me han ascendido y estoy en una relación seria.

El interés de Elizabeth se despertó, más aún por la noticia romántica.

—Eso es fantástico —dijo—. ¿Alguien que yo conozca?

—Bueno, sí... en realidad, la conoces bastante bien. Es tu mejor amiga, Lizzie.

—¿Gloria? — La conmoción en el tono de Elizabeth era evidente—. ¿Gloria y tú?

Se arrepintió de sus palabras cuando Brian se irritó visiblemente.

—La amo. —Pronunció las palabras con firmeza—. A ninguno de nosotros le importa la diferencia de edad y tampoco nos molesta si alguien más lo hace.

—Oye, lo siento. —Elizabeth se puso de pie y le tocó el brazo

—. Estoy sorprendida. Todos hemos sido buenos amigos durante años.

—Sí, bueno, creo que siempre la he amado, en el fondo. Ella es perfecta para mí. —Le pasó el cuenco que rebosaba de leche.

Los ojos de Elizabeth se llenaron de lágrimas.

—Eso es tan romántico —dijo con un resoplido.

Brian la miró con preocupación.

—¿Estás bien? ¿No me dirás qué ha pasado?

—He hecho el ridículo —respondió Elizabeth—. He actuado como una adolescente tonta persiguiendo un sueño, pero ya no. No quiero volver a Londres nunca más. Estoy de vuelta aquí para quedarme. Para siempre.

treinta y uno

Después de haberle asegurado a Elizabeth que su amiga estaba bien, Brian se fue al trabajo con la promesa de que los tres se encontrarían en el pub muy pronto. Elizabeth masticó su desayuno, sin saborear realmente el cereal afrutado. Mientras estaba en la ducha, Harry llamó por cuarta vez y dejó otro mensaje en el contestador automático. Podía escuchar su voz, aguda por la preocupación, preguntándole si estaba bien y cuándo regresaría a Londres. Elizabeth les había dicho a sus hijos que necesitaba un tiempo sola en casa y había desviado sus preguntas, citando la excusa de que no se sentía muy bien debido a los síntomas de la menopausia, pero sabía que Harry no le había creído. No quería que supieran lo que había hecho Jason. Una parte de ella todavía quería protegerlo, aunque claramente no se lo merecía, y su hijo mayor tenía un temperamento tan feroz...

Elizabeth salió de la ducha y se vistió. Había decidido que ya se había revolcado en suficiente autocompasión. Iba a salir, a ver a su papá y luego esa noche iba a acostarse en el sofá con un tazón de palomitas de maíz a ver una película divertida. Tal vez se pusiera una mascarilla y sumergiera los dedos de los pies en la máquina de pedicura que Gloria le había comprado hacía dos Navidades. Se puso los zapatos, recogió las llaves, salió de su apartamento y se dirigió a la parada del autobús.

Cuando llegó a la residencia de ancianos, los cielos se habían abierto de nuevo, bañándola con lluvia que la empapó. Le castañetearon los dientes mientras esperaba que Lynn abriera la puerta.

—¡Buen señor! —exclamó la asistente de cuidado principal—. Te vas a resfriar. ¿Por qué demonios has salido con este tiempo?

Elizabeth se encogió de hombros y la siguió a la cocina del personal, donde le entregaron una toalla.

—Acaban de terminar un juego de bingo —divulgó Lynn, con un guiño—. Tu papá ganó dos líneas.

—¿Cuál fue su premio? —preguntó Elizabeth, mientras limpiaba las puntas de su cabello.

—Un pastel de roca y un trozo de chocolate. Estaba más que feliz, cualquiera pensaría que había ganado dinero. —Lynn se rio entre dientes—. Pasa cuando estés lista, está en la sala de estar.

Bob dormitaba en una silla. Parecía elegante, vestido con un par de pantalones grises y un suéter de lana a juego, con un blanco pañuelo sobresaliendo del bolsillo del pecho. Se sintió abrumada de amor al verlo.

—Papá —susurró, arrodillándose a sus pies.

Los ojos de Bob se abrieron.

—¿Estoy soñando?

—Soy yo. —Elizabeth tomó su fría mano entre las suyas—. Ya estoy de vuelta.

Una sonrisa se extendió por su rostro, formando hoyuelos en sus mejillas.

—¿Mi hija está en casa? Pero ¿qué hay de tu canto?

—Se acabó —susurró ella.

Bob frunció el ceño y se incorporó en la silla.

—Algo malo ha pasado, ¿no es así, amor?

—No, no —ella lo hizo callar—. Estoy absolutamente bien, papá. Simplemente... no funcionó.

—¿Has vuelto a tu piso?

—Sí. —Elizabeth sonrió—. Te he extrañado mucho, papá,

pero ahora estoy en casa y te prometo que te visitaré más a menudo.

Bob chasqueó la lengua.

—Tienes tu propia vida que llevar. No me mimes ahora.

Elizabeth metió la mano en su bolso para sacar una novela de detectives.

—¿Quieres que te lea? Compré esto en el nuevo stand de lanzamiento. Los críticos han estado entusiasmados con él.

—Ven entonces. —Bob se puso de pie y cojeó hacia su habitación con la ayuda de un bastón. Mientras Elizabeth lo seguía, se secó una lágrima disimuladamente y esbozó una sonrisa brillante, sofocando los pensamientos sobre canto y hombres enigmáticos. Ella estaba en casa, donde pertenecía, así que ¿por qué se sentía tan vacía por dentro?

La tarde pasó rápidamente. Elizabeth sintió que apenas se había quitado el abrigo cuando sonó la campana para la hora del té de los residentes.

—Debería irme. —Cerró el libro y miró por la ventana. Las nubes grises se habían movido, la luz del sol se asomaba, bañando el jardín de la casa de cuidado con una luz brillante—. Al menos ha dejado de llover para mi viaje a casa.

—Gracias por visitarme, amor —dijo Bob—. Tengo algo para ti.

Se levantó de la silla y se acercó a la cómoda.

—Tu madre, que Dios la tenga en su gloria, escribía poesía. Creo que ya es hora de que te lo transmita.

—¿Mamá escribía poesía? —La boca de Elizabeth se abrió con sorpresa.

—Era una mujer muy apasionada y creativa —explicó Bob—. Solo que ella no se creía lo bastante buena para enseñárselo a alguien. —Apretó un cuaderno con estampado floral contra su pecho—. Puso su corazón y alma en estos poemas. Léelos con la mente abierta, pueden inspirarte.

Elizabeth tomó el libro ofrecido.

—Lo haré, absolutamente. —Pasó las páginas, sus ojos devorando con avidez los remolinos de la pluma. Nada noche de cine, estaría leyendo eso con una copa o dos de vino rosado—. Adiós, papá, volveré pronto.

Elizabeth se inclinó para besar su mejilla; la cálida barba le hizo cosquillas en la boca.

Cuando salía, Lynn la llamó a su oficina.

—Entonces, ¿qué le ha pasado a nuestro pequeño pájaro cantor? —preguntó, mientras engrapaba pedazos de papel juntos—. ¿Has tenido suficiente de la vida de la gran ciudad?

—Echaba de menos Cornualles —respondió Elizabeth—. Londres es emocionante y divertido, pero no hay lugar como el hogar.

—Ahora hablas como Dorothy. —Lynn se rio entre dientes—. ¿También golpeaste tus zapatillas de rubí tres veces?

Elizabeth sonrió ante la referencia a *El mago de Oz*.

—Algo como eso.

—Entonces, ¿cuáles son tus planes? —Lynn había cruzado la habitación y estaba buscando un sobre en su armario—. ¿Vas a volver a Blooms?

Elizabeth tosió.

—Definitivamente, no. Prefiero vender productos en las calles. Pero necesito conseguir un trabajo.

—¿Qué tipo de cosa estás buscando? —Lynn regresó a su escritorio con un sobre blanco A4 en la mano.

—No tengo ni idea —respondió Elizabeth—. Algo local y libre de estrés, si es posible.

—Mmm... —Lynn la miró desde debajo de su flequillo gris plumoso—. Aquí hay trabajo, si lo quieres.

—¿Aquí? —Elizabeth se sentó un poco más derecha—. ¿Haciendo qué?

—Trabajando en las cocinas, ayudando al cocinero. No necesitas ninguna experiencia en catering, solo estamos buscando un trabajador confiable y duro.

Elizabeth sonrió.

—¡Eso suena maravilloso! —La idea de poder ver a su querido papá todos los días era muy atractiva.

Lynn le dio unas palmaditas en la mano.

—Entonces, ¿cuándo puedes empezar?

∽

—¿Estás trabajando en un hogar de ancianos? —Gloria tomó un sorbo de su bebida—. ¿Estás segura de que eso es lo que quieres hacer?

—¿Por qué no? —Elizabeth se encogió de hombros—. Es un trabajo bueno y honesto y realmente no puedo darme el lujo de ser quisquillosa.

—Aun así, es un poco un descenso de ser corista. —Gloria saludó a Brian, que estaba en el bar, trayendo más bebidas.

El Jolly Rambler estaba ocupado para un miércoles por la noche. Los tres acababan de conseguir una mesa debajo de las escaleras. Elizabeth apuró su vino y apoyó la copa con fuerza.

—Ese papel nunca iba a ser permanente.

—Pero solo tocaste en un festival. ¿No te contrataron para una gira por el Reino Unido?

—Así fue... pero ya no. —Elizabeth tragó un nudo nervioso. Gloria tenía razón: se suponía que iba a cantar en el festival de Southend-On-Sea en el parque y luego en una gira relámpago de tres meses por Gran Bretaña, pero estaba allí, sin intención de cumplir con su acuerdo contractual. Hasta el momento, la única persona de la que había tenido noticias era Melody, cuyos mensajes de texto había borrado firmemente. Sabía que debía hablar con su amiga, pero debía ser consciente de la manera cruel en que la habían dejado. ¿Cómo podía seguir trabajando para un hombre que la había tratado tan mal? Tal vez fue poco profesional de su parte levantarse e irse como lo había hecho, pero Elizabeth ya no se sentía feliz trabajando con la banda. Quería volver al mundo real; el mundo del espectáculo ya no le atraía—. Ya basta de mí —empezó a decir Elizabeth, en un intento de quitarse el foco de atención—. Dime cómo van las cosas con Brian.

Una tímida sonrisa se dibujó en el rostro de Gloria.

—Bien. Excelente. Es tan atento, Lizzie, y en cuanto al lado sexual de las cosas, ¡uf! Nunca supe que un hombre pudiera darme tanto placer. —Elizabeth sintió que sus mejillas se sonrojaban, mientras los pensamientos sobre la experiencia de Jason en ese departamento invadían su mente—. Apuesto a que te sorprendiste —parloteó Gloria, ajena al desconcierto de su amiga—. Quiero decir, Brian y yo juntos como pareja... ¿quién hubiera pensado que *eso* sucedería?

Elizabeth palmeó su mano.

—Creo que es encantador y tenía alguna idea. Parecían muy unidos en la víspera de Año Nuevo.

Gloria bebió los restos de su cóctel con la pajilla.

—Ese es uno de los beneficios de ser amigos de antemano. Siento que conozco todos sus rasgos, incluso los molestos y no me molesta porque yo... lo amo.

Elizabeth sonrió.

—Deberías escribir un libro con Brian como el héroe gallardo.

—En realidad —Gloria le dirigió a su amiga una mirada tímida—, estaba pensando en escribir una novela contigo como la heroína. Obviamente, cambiaría su nombre y apariencia, pero sería sobre una corista que encuentra el amor con un guitarrista súper famoso y extremadamente sexy. ¿Qué opinas?

Elizabeth tragó saliva.

—Creo que suena muy descabellado, pero es una gran historia.

—Eso es lo bueno de la ficción romántica. —Los ojos de Gloria brillaban de entusiasmo—. Puedes escribir sobre lo increíble y a los lectores les encanta el escape que les ofrece. Puedo transportarlos a un mundo ficticio donde suceden cosas maravillosas.

—¿También tendrá cachorros y pastel? —bromeó Elizabeth.

Gloria se rio.

—Tal vez un gato sarnoso. Entonces, ¿das tu consentimiento?

—Por supuesto —respondió Elizabeth—. Escribe y estoy segura de que será tan brillante como tus otros libros.

—Emmm... —Gloria se frotó la barbilla—. Este va a ser especial. Con suerte, me dará un éxito de ventas.

Brian apareció de nuevo en la mesa, trayendo una nueva ronda de bebidas. Elizabeth tomó la suya ansiosamente. Estaba de humor para emborracharse esa noche. Con un poco de suerte, eso anularía los pensamientos de Jason y Carolyn juntos, que la atormentaban continuamente. ¿Estaba él también en la cama con ella, allá en Los Ángeles?

—Entonces, Lizzie, cuéntanos todo sobre el apasionante mundo del espectáculo.

Elizabeth negó con la cabeza, tratando de disipar los pensamientos desgarradores de él con ella.

—No hay mucho que contar —respondió ella, sonriendo al bigote cervecero sobre el labio superior de Brian—. Trabajé duro, como lo hice en Blooms. Era un trabajo al final del día.

—Eso suena increíblemente aburrido. —La decepción era evidente en el rostro de Brian—. Esperaba que te codearas con las estrellas y pudieras contarnos algún chisme jugoso.

Lentamente, Elizabeth negó con la cabeza.

—Bailé con Leo Donovan.

Brian le dio una mirada en blanco.

—Nunca escuché de él. ¿Es un nuevo cantante?

—Emmm... no, él era famoso en los años sesenta y setenta.

—Oh, espera. —Gloria chasqueó los dedos—. He oído hablar de él. Mi abuelo lo amaba. Era muy cursi. Como ese hombre que salía en la tele cantando y siempre con chaquetas de punto. Un cantante melódico. Val como se llame.

—¿Te refieres a Val Doonican? —Elizabeth recordaba haberlo visto con su propio padre.

—¡Sí! —Gloria lanzó sus brazos al cielo—. ¿Tú también lo conociste?

—Creo que Val Doonican está muerto, Gloria —respondió

Elizabeth—. Pero sí, Leo Donovan era encantador, un verdadero caballero.

—Y ahora estás de vuelta aquí, con nosotros. —Brian le dio un guiño descarado—. Te hemos echado de menos, Lizzie. ¿Definitivamente regresaste para quedarte, o es solo algo temporal?

—Ya estoy de vuelta. —Elizabeth levantó su copa y la hizo tintinear contra las demás—. Brindo por St-Leonards-On-Sea, el mejor lugar del mundo para estar.

—Por tenerte en casa —arrulló Gloria.

—Por casa —repitió Brian.

treinta y dos

A medida que pasaban las semanas, el verano llegó con toda su fuerza abrasadora al pináculo del sur del Reino Unido. Elizabeth se había adaptado bien a su nuevo papel de ayudante de cocina; trabajaba veinticuatro horas a la semana, lo que le sentaba muy bien. El resto de su tiempo lo pasaba caminando y tomando el sol en la gloriosa playa de arena. Con la ayuda del factor treinta, estaba desarrollando un impresionante bronceado dorado. Su cabello, naturalmente aclarado por los rayos del sol, era aún más largo y se rizaba suavemente en su cintura. Según todas las apariencias externas, no había duda de que estaba feliz de estar en casa, pero Elizabeth se sentía insensible por dentro, como si le faltara algo en la vida.

Una mañana, impulsada por la curiosidad, se encontró buscando a The Rebels en las redes sociales. Sus cuentas de Twitter, Facebook e Instagram tenían miles de seguidores y estaban llenas de fotos de su actuación en el Festival de Bath. Las revisó, sonriendo ante los recuerdos que invocaban de estar en el escenario con los chicos, cantando con todo su corazón.

El dedo de Elizabeth se cernió sobre la barra de búsqueda. Por un momento vaciló, pero luego, vencida por el anhelo, escribió el nombre de Jason en Facebook.

Le tomó un tiempo encontrarlo, ya que su nombre aparentemente era popular, pero solo había un Jason Brooke de Londres, con una guitarra eléctrica como foto de perfil. Ese tenía que ser él. Su muro estaba configurado como privado y no había otras fotos públicas para examinar, pero después de mirar a través de su sección "Acerca de", descubrió que él era un gerente musical.

"Definitivamente", dijo en voz alta, haciendo que una pareja en la playa a su lado se volviera a mirar.

Estaba haciendo zoom en la foto de perfil cuando su dedo se resbaló y presionó el botón azul de solicitud de amistad sin querer.

"¡Mierda!". Elizabeth saltó como si la hubieran quemado. La pareja la miraba de nuevo.

—Arena caliente —murmuró con una sonrisa de disculpa. Después de asegurarse de que la solicitud había sido cancelada, Elizabeth se recostó en su toalla y miró hacia un brillante cielo azul celeste. Mientras contaba las diminutas nubes que salpicaban arriba, lentamente se quedó dormida. Se sentía como si hubiera estado dormida durante horas. Elizabeth había caído en ese reino profundo y surrealista donde se forman los sueños.

Iba corriendo por el camino costero, detrás de ella la perseguía un grupo de hombres, con cámaras colgadas al cuello. Estaban gritando su nombre, sus rostros contorsionados y resbaladizos por el sudor, exigiendo saber cómo era cantar con The Rebels. Entonces, la vecina de Harry se unió a la persecución; Mary le estaba gritando que volviera a Londres. Elizabeth les gritó que la dejaran en paz, pero no la escuchaban, se acercaban a ella. Sus piernas se habían vuelto más lentas, se sentían como gelatina: tambaleantes y ardiendo por el esfuerzo de correr cuesta arriba. En la distancia, pudo ver una figura de pie al borde del acantilado. Parecía familiar, y cuando se acercó, vio que era Jason. Él le estaba implorando que volviera, los brazos extendidos y ella corrió a agarrarse a él, pero antes de que pudiera alcanzarlo, el suelo debajo de ella comenzó a temblar y deslizarse hacia el mar. Elizabeth vio horrorizada cómo Jason desaparecía entre las olas. Cayendo de rodillas, agarró montones de tierra y, llorando desconsoladamente, gimió que lo amaba. Una y otra vez sollozaba, gritando al cielo tormentoso, rogando por su regreso a salvo.

Elizabeth se despertó sobresaltada, sin aliento, con la sangre latiéndole en los oídos. Había una sombra por encima de ella, cubriendo la luz del sol. Por un momento desesperado, pensó que era Jason, que regresaba corriendo de Los Ángeles para reunirse con ella, pero cuando su visión se enfocó, reconoció el rostro de Gary, que le sonreía.

—¡Gary! —Luchó por erguirse, agarrando los hilos de su bikini desatado juntos—. ¿Qué estás haciendo aquí?

—¿Has olvidado tu promesa, Lizzie? —Se dejó caer en la arena junto a ella y abrió una lata de limonada—. ¿Quién es Jason, por cierto? Estabas murmurando su nombre en sueños.

—Nadie —chilló Elizabeth—. ¿Cómo supiste que estaba aquí y de qué promesas estás hablando?

—Tu vecino me lo dijo, ¿y seguramente no te has olvidado de tu próxima dosis de adrenalina? —Señaló hacia el cielo.

Oh Señor, pensó Elizabeth, mientras se aclaraba su confusión: el puentismo benéfico que se suponía que iba a hacer ese mes. El pánico creció dentro de ella; no había forma de que tuviera el coraje de saltar de un puente o de una grúa, lo que sea que usaran. ¿Cómo podía haber dejado que él la convenciera?

—No creo que sea una buena idea, Gary —comenzó. Solo de pensarlo le temblaba la voz.

—¿Por qué no? —Gary le dirigió una mirada traviesa—. Te las arreglaste bien para escalar la pared.

—Es un poco diferente. —Elizabeth negó con la cabeza—. No estaba a miles de pies en el cielo, sin nada a lo que agarrarme.

Gary suspiró.

—Pensé que querías hacerlo para la organización benéfica de investigación del cáncer. ¿En memoria de tu marido?

—Sé lo que dije —espetó Elizabeth—. Simplemente no creo que pueda hacerlo...

—Estaré contigo. —Gary le dio unas palmaditas en la mano —. Por favor, Lizzie. Está todo reservado y te garantizo que te encantará la experiencia. La sensación está fuera de este mundo, increíblemente asombrosa.

—Mmm... —A pesar de sus reservas, Elizabeth sonrió—. Eres muy persuasivo. ¡Adelante entonces!

—¡Vaya, vaya! —Gary golpeó sus pies arriba y abajo, creando una mini tormenta de arena que cubrió las piernas de Elizabeth —. No te arrepentirás, Lizzie.

—Espero que no. Ahora, ¿te apetece ir a por un helado? Hay una cafetería encantadora a solo cinco minutos a pie que hace increíbles banana splits.

Gary se puso en pie de un salto y volvió a bañarla con arena.

—¡Acepto! —Él la agarró de la mano y la arrastró para que se pusiera de pie y, charlando amigablemente, se dirigieron hacia los escalones de salida.

Cuando Elizabeth regresó a su apartamento, el contestador automático parpadeaba con nuevos mensajes. Pulsó el botón "Reproducir" mientras se desabrochaba las sandalias y se sacudía la arena del pelo. No fue una sorpresa que hubiera dos nuevos mensajes de Harry, uno de Josh y uno Annabel que sonaba preocupada preguntando si estaba bien. El mensaje más reciente era de Phillipa, contándole sobre su boda inminente con Sunil.

Elizabeth tomó el teléfono inalámbrico y buscó en su libreta de direcciones el número de su cuñada. Phillipa respondió al segundo timbre y procedió a obsequiar a Elizabeth con información sobre sus próximas nupcias.

—¡Finalmente accediste a casarte con él! —Los labios de Elizabeth se curvaron hacia arriba—. Estoy tan feliz por ti... Sunil es un gran tipo.

—Quién tiene mucha suerte de haberme conocido —bromeó Phillipa—. Y, por favor, dime que estoy haciendo lo correcto, Lizzie. Estoy tan acostumbrada a estar sola y a ser independiente... una parte de mí está muerta de miedo de estar tomando la peor decisión...

—Definitivamente estás haciendo lo correcto. El matrimonio es... maravilloso. —Elizabeth tragó un nudo que se le había formado en la garganta mientras miraba la foto de su amado esposo.

—Eso espero... —Phillipa sonaba insegura—. Si es un desastre, lo anularé y me iré con el dinero de Sunil. Quizá vaya a vivir a St-Leonards-By-Sea con mi adorable cuñada.

—No hables tonterías. —Elizabeth chasqueó la lengua—. No es diferente de vivir juntos. Es solo un trozo de papel, Phillipa.

—Sí, pero es tan final.

—Entonces, ¿por qué aceptaste casarte con él? —Elizabeth suspiró; estaba empezando a perder la paciencia con la fobia de su futura cuñada al matrimonio.

—Oh, eventualmente me desgastó. Me propuso matrimonio por séptima vez en un teleférico subiendo una montaña galesa. Había organizado pétalos de rosa en la cama del hotel y una comida de cinco platos en un restaurante a la carta, con nuestro propio violinista —reveló Phillipa—. Y lo quiero muchísimo.

—¡Ahí tienes entonces! —Elizabeth sonrió. *¿Quién dijo que el amor estaba muerto?* Sunil había restaurado su fe en los hombres románticos—. Estoy segura de que los dos serán delirantemente felices juntos. Sé positiva por una vez en tu vida.

Phillipa tenía la molesta costumbre de mirar el lado sombrío de las cosas. Se llamaba a sí misma "pragmática", pero Elizabeth la veía en secreto como una María Pesimista.

Después de que Phillipa le había contado todo sobre los arreglos de la boda, Elizabeth terminó la llamada con una promesa entusiasta de verla dentro de dos semanas. Luego envió un mensaje a sus hijos, implorándoles que asistieran a la boda con ella. Gary había insinuado que podían ir juntos, pero Elizabeth se sintió incómoda con su sugerencia. Mientras tomaban banana split antes, se había alarmado cuando él le había tomado la mano y le había dicho lo hermosa que era. Obviamente, no había dejado lo suficientemente claro que quería que solo fueran amigos. Gary era una persona bastante agradable, pero ella no tenía sentimientos románticos por él, mientras que Jason Brooke, por otro lado... mmm...

Elizabeth negó con la cabeza, tratando de disipar los recuerdos de él. Su relación nunca había sido seria, ni siquiera eran amigos; estaba alimentada por la pasión, la buena lujuria pasada de moda, y Elizabeth no estaba preparada para conformarse con eso. Quería un compañero serio; un amante y un mejor amigo. Alguien confiable, que no desaparecería sin aviso, dejándola llorosa y desconsolada. ¿Era demasiado anhelar el paquete completo? Tal vez debería unirse a una agencia de citas y dejar que un extraño la empareje con un hombre adecuado. Sí, eso es lo que ella haría; cualquier cosa para olvidar a ese maldito hombre.

Estaba claro para ella que Jason Brooke había despertado algo en su interior: una necesidad primordial de afecto y sexo, y se dio cuenta de que, por mucho que extrañara a Martin, la idea de estar sola por el resto de su vida era deprimente y aleccionadora. Ahora sabía que estaba lista para encontrar el amor nuevamente. Elizabeth caminó por el dormitorio hacia el baño, y abrió la ducha mientras los pensamientos intrusivos de la boca de Jason Brooke, derramando una lluvia de besos entre sus senos, avanzando poco a poco hasta que... Elizabeth negó con la cabeza; definitivamente necesitaba una ducha fría.

∼

Unos días antes de la boda, Elizabeth tomó el autobús al centro de la ciudad de Dulster con la intención de comprar un nuevo atuendo para la ocasión. Estaba encantada de que todos sus hijos asistieran a la ceremonia; tal vez no estaba tan contenta de que Adam fuera, pero no podía decirle a Annabel que no era bienvenido, ya que eso podría aislar a su única hija y no quería más peleas familiares. En cambio, llamó a Harry y le advirtió que no provocara escenas ni discusiones. Él le prometió que se comportaría lo mejor posible y sonó extremadamente alegre cuando le dio la noticia de que Laura finalmente había dejado a su esposo y que sería su invitada a la boda. Elizabeth estaba complacida de que

Josh también llevaría a Kelly. Iba a ser un asunto familiar íntimo y ella estaba deseando que llegara. ¿Qué podría salir mal?

Elizabeth se detuvo afuera de los grandes almacenes Blooms. Mientras miraba el edificio arcaico, le resultó difícil creer que había pasado toda su vida adulta trabajando allí. Se sentía como hace una vida. Durante un rato, conversó con los comerciantes del mercado, luego, con una respiración profunda, entró por la puerta de su antiguo empleador.

Elizabeth se dirigió directamente a la lencería femenina. Caminando a paso ligero, miró a su alrededor. Aparte de la nueva gama de ropa de otoño, no parecía diferente. El departamento de calzado y joyería estaba vacío, pero una multitud se demoraba en la sección de rebajas de verano; mujeres rebuscando entre los bañadores y los shorts en oferta con descuento. June, en el departamento de alimentos, la había visto y la estaba saludando enérgicamente. Elizabeth se desvió de su curso y se detuvo para saludar rápidamente.

—Vaya, te ves fantástica, Lizzie —dijo June con una amplia sonrisa—. Apuesto a que no echas de menos este lugar.

—He echado de menos a mis amigos. —Elizabeth se apoyó en la caja y señaló a un par de estanterías—. Entonces, ¿cómo están las cosas aquí? ¿Algún chisme para mí?

Los ojos de June se abrieron.

—¿Quieres decir que no te has enterado lo de Damon? —Elizabeth negó con la cabeza y se inclinó más cerca para poder escuchar el susurro emocionado de June—. Fue despedido hace dos semanas. Aparentemente, lo intentó con una de las limpiadoras. La pobre señora estaba en el armario buscando la aspiradora, cuando unas manos toquetonas le palparon el trasero accidentalmente a propósito.

—¡No! —Elizabeth jadeó.

June asintió con ferviente alegría.

—Sin embargo, eligió a la persona equivocada, porque ella le dio un rodillazo en las pelotas y fue directamente a la oficina central. Fue despedido con efecto inmediato, perdió el salario de un mes y su bono del año.

—Siempre supe que era un sórdido. —Elizabeth chasqueó la lengua y se cruzó de brazos—. El karma finalmente lo alcanzó.

June soltó una carcajada.

—No seas tan educada, Lizzie. Damon Hill era como un perro con dos pollas que se lo merecía. Ha sido completamente humillado. Alguien le avisó a un reportero y fue noticia de primera plana del periódico local —continuó June—. Pero supongo que no tienen chismes de Cornualles en Londres.

—No. —Elizabeth se rio—. Están más preocupados por los tejemanejes de los políticos y de las estrellas del pop. —Se estaba formando una cola en la caja, donde una pareja de ancianos miraba expectante a June, esperando su ayuda—. Debería irme —dijo Elizabeth—. Fue agradable verte de nuevo, cuídate. —Se inclinó para darle a June un rápido abrazo.

—Saluda a la Reina —trinó June mientras se alejaba.

Elizabeth no tuvo tiempo ni ganas de explicar que ya no estaba allí. Londres era como un sueño lejano y ese capítulo de su vida estaba firmemente cerrado.

treinta y tres

En la víspera de la boda de Phillipa y Sunil, Annabel y Adam se dirigieron a Cornualles. Por cortesía, Elizabeth los había invitado a pasar la noche en su casa y se sorprendió cuando aceptaron la oferta. Después de todo, Adam era médico y provenía de una familia rica; él debía estar nadando en dinero, calculó. Seguramente podría permitirse el lujo de pagarles para que pasaran algunas noches en el único hotel de cuatro estrellas de St-Leonards-By-Sea. Pero había sido testigo de la última comida que habían compartido, cuando él había protestado sobre el pago de su parte de la cuenta y se había negado a darle propina al camarero. Cuando Harry había bromeado sobre que él era un norteño tacaño, Annabel había saltado en su defensa y había insistido en que era ahorrativo.

Elizabeth estaba mirando por la ventana cuando se detuvieron en su reluciente Mercedes. Observó cómo Adam dejaba que su hija llevara el equipaje por el camino de entrada y una llama de ira se encendió dentro de ella. Por mucho que odiara admitirlo, ella sabía que Harry tenía razón sobre Adam. Sus observaciones dieron en el clavo y Elizabeth estaba cada vez más angustiada por el bienestar mental de su hija. Estaba claro que Adam era un matón y un fanático del control, pero Annabel parecía no darse cuenta de sus defectos. Normalmente tan confiada y atrevida, parecía una sombra de su antiguo yo astuto. Elizabeth estaba decidida a hablar con su hija y a expresarle sus preocupaciones y, si se presentaba la oportunidad, también planeaba tener unas palabras severas con Adam.

Un golpe fuerte en la puerta sacó a Elizabeth de sus pensamientos. Sacó la leche hirviendo del fuego antes de salir corriendo de la cocina.

—Hola, mamá. —Annabel saludó con la mano antes de pasar junto a ella.

Elizabeth se sorprendió cuando Adam la levantó y le plantó un beso húmedo en la mejilla.

—Elizabeth, te ves bien.

—Eh... gracias. —Elizabeth se escapó de su agarre. Podía sentir sus mejillas sonrojarse y encogerse ante la idea de que su hija estuviera involucrada románticamente con ese asqueroso—. ¿Quieres un chocolate caliente? —le preguntó a su hija, que estaba en la sala.

—Nos encantaría uno —dijo Adam suavemente, dándole una sonrisa zalamera. Para su disgusto, él la siguió a la cocina y vio cómo vertía chocolate en polvo en tres tazas.

—Mamá, no tenía ni idea de qué comprarle a la tía Phillipa. —Annabel se subió a la barra del desayuno y balanceó las piernas como solía hacer cuando era adolescente—. ¿Qué le compras a alguien rico y excéntrico?

—Estoy segura de que estará feliz con tu compañía y tus buenos deseos, amor. —Elizabeth vertió cuidadosamente la leche hirviendo y revolvió cada bebida.

—Baja de ahí —masculló Adam—. Tienes un aspecto ridículo.

Elizabeth dejó de moverse y lo miró fijamente.

—¿Estás bien, Annabel? —preguntó.

—Sí. —El rostro de Annabel palideció cuando saltó y se hundió en un taburete—. De todos modos, Adam tuvo esta increíble idea de ir a una subasta de antigüedades. Como nunca había estado en una, no tenía idea de qué esperar. Quiero decir, crees que ese tipo de lugares están llenos de cosas viejas, ¿verdad?

—Elizabeth abrió la boca para hablar, pero su hija siguió parloteando—: Pero, en realidad, había de todas las pocas, y las antigüedades eran increíbles. Así que pujamos por un escritorio eduardiano de roble auténtico y...

—Me las arreglé para regatear al subastador hasta cuarenta libras. —Adam inspeccionó sus uñas perfectas—. Una ganga, ¿no crees?

—¿Eso fue solo por los bolígrafos? —Elizabeth dijo con picardía—. No me había dado cuenta de que el dinero escaseaba.

—Oh, no. —Adam soltó una carcajada—. Ciertamente no me va mal en el aspecto financiero de las cosas.

—Adam solo tiene cuidado.

A Elizabeth no le sorprendió que Annabel saltara en su defensa. Se mordió el labio para contener cualquier otro comentario sarcástico que se le escapara.

—De hecho —una sonrisa autocomplaciente se dibujó en el rostro de él—, no me importa gastar dinero en ocasiones especiales.

—¿Puedo decírselo? —chilló Annabel, literalmente saltando arriba y debajo de la emoción.

—Por supuesto.

—Mamá. —Annabel tomó las manos de Elizabeth y la alejó de la cocina—. Yo... nosotros tenemos noticias.

Elizabeth fue presa de una sensación de náusea.

Oh, por favor no. Mi hija no puede quedar embarazada de este asqueroso.

—¿Qué es? —susurró, apretando los dedos de Annabel.

—¡Nada malo! —La boca de Annabel se abrió—. Mamá, te ves horrorizada.

—Lo siento. —Elizabeth sonrió en un esfuerzo por recuperar la compostura, pero podía sentir que su corazón latía con fuerza—. Entonces, ¿vas a decírmelo y sacarme de mi miseria?

—¡Estamos comprometidos! —Las palabras salieron de los labios de Annabel en un grito emocionado.

—¿Están qué? —Por un momento de confusión, Elizabeth pensó que se trataba de una broma.

Annabel respiró hondo.

—Adam me pidió que me casara con él y, por supuesto, le dije que sí.

—¿Te vas a casar? —Elizabeth tuvo el repentino impulso de sacudir a su hija—. Pero... pero ¿cuándo?

—El próximo verano. —Los hermosos ojos azul topacio de Annabel brillaron de felicidad—. La iglesia y la recepción ya están reservadas. ¿No es maravilloso?

~

Elizabeth nunca antes había asistido a una boda en una oficina del Registro Civil. Ella y Martin habían hecho sus votos en una iglesia local; no era que ella fuese especialmente religiosa, simplemente era lo que se hacía en esos días. Phillipa se veía hermosa en satén rosa oscuro con un tocado color marfil y zapatos a juego. Sunil lucía apuesto con un traje a rayas azul marino, su cabello largo asegurado con una banda elástica. Parecía inquietante y guapo, definitivamente había un toque de macho alfa en él y por un momento fugaz pensó en Jason. Los dos le recordaban a Elizabeth esas estatuas de dioses griegos masculinos que se ven en las galerías de arte, con su buena apariencia cincelada en mármol y sus bien definidas y musculosas extremidades dispuestas en posiciones lascivas. Elizabeth se sonrojó al recordar el cuerpo desnudo de Jason Brooke arqueado sobre ella. *Basta, ese hombre pertenece al pasado.*

El servicio fue simple y agradable y terminó en quince minutos. Todos vitorearon cuando Sunil cogió a Phillipa en sus brazos y la llevó afuera para tomar fotografías. Elizabeth la siguió con los demás invitados. Josh, Harry y sus parejas los habían esperado en el Registro; todos se veían encantadores, y Elizabeth sintió una cálida sensación de satisfacción al tener a sus tres hijos allí con ella. Sin embargo, el anterior anuncio sorpresivo de Annabel había opacado un poco su felicidad. Estaba ansiosa ante la perspectiva de contarles a sus hijos las noticias de Annabel; especialmente a Harry, que era tan sobreprotector con su hermana.

Mientras pensaba en decirles cuando estuvieran de regreso en Londres, Annabel enganchó su brazo en el hueco de Elizabeth y susurró: "Ahora será mi turno".

Elizabeth deslizó una mirada nerviosa a Harry, quien afortunadamente estaba charlando con su hermano y hasta el momento ignoraba el nuevo estatus de su hermana como prometida.

—¿Estás absolutamente segura de que es lo que quieres? —susurró Elizabeth a su vez, cuidando de asegurarse de que Adam estuviera distraído, hablando con la encantadora Laura.

—¡Por supuesto, mamá! —Annabel parecía herida de muerte y lamentó su franqueza.

—Lo siento, amor. —Elizabeth mostró una sonrisa tensa—. Es que estabas tan decidida a ir a Nueva York con tu amiga...

—Ya no la veo. —Los labios of Annabel se fruncieron—. Tuvimos una pelea, y a Adam no le gusta ella.

—¿Desde cuándo dejas que un hombre te diga de quién puedes y quién no puedes ser amiga? —Elizabeth dijo, con un resoplido.

Annabel dejó de caminar para volverse hacia Elizabeth.

—Mamá, sé que no te gusta Adam, pero ¿puedes intentar ser feliz por mí? Lo amo y me voy a casar con él, te guste o no.

—Lo siento. —Elizabeth estaba consumida por la culpa—. Solo quiero que seas feliz, amor.

Un silencio tenso pasó entre ellas.

—Entonces —Elizabeth comenzó alegremente—, háblame de la boda. ¿Dónde va a ser?

Annabel suspiró.

—Te dije esto anoche, pero obviamente no estabas escuchando.

Elizabeth quería gritar.

¡No! ¡Porque me aterra que estés cometiendo el mayor error de tu vida y quiero protegerte!

—Solo estaba un poco despistada en ese momento. He tenido muchas cosas en la cabeza, amor.

—Me doy cuenta de eso, y todavía no me has explicado por qué te fuiste de Londres. ¿Pensé que te encantaba ser corista?

—Echaba de menos Cornualles. —Elizabeth le palmeó el brazo—. No estoy hecha para la vida de la gran ciudad.

—Me parece bien. —Annabel la miró con recelo—. Entonces, por segunda vez, nos casaremos en Escocia, en un castillo. Data del siglo XVI y es absolutamente precioso.

—¿Adam es escocés? —Elizabeth se esforzó por inyectar interés en su tono de voz.

—No, pero algunos de sus parientes lejanos lo son y su madre está enamorada del lugar. Pasa sus vacaciones allí todos los años.

—Mantener feliz a la futura suegra, ¿eh? —Elizabeth guiñó un ojo.

Annabel se irritó visiblemente.

—Adam y yo llegamos a una decisión conjunta sobre el lugar.

—¿Qué pasa con el anillo? No puedes estar oficialmente comprometido sin un anillo.

—Me siento honrada de tener el de su abuela. Ha estado en la familia durante décadas, pero era demasiado grande, así que tuvimos que modificarlo. Tengo una foto de eso en mi teléfono en alguna parte. —Annabel buscó en su bolso, sacó su móvil y comenzó a desplazarse por sus fotos—. Aquí lo tienes.

Un enorme anillo con incrustaciones de diamantes y rubíes llenó la pantalla.

—¡Guau! —Elizabeth se inclinó más cerca—. Eso es hermoso y parece muy caro.

—¿No es así? —Annabel suspiró—. Podré pasárselo a mi propia hija.

—¿Quieres hijos? —chilló Elizabeth—. Pensé... bueno, supuse... que primero querrías establecer tu carrera.

Annabel cerró la funda de su teléfono.

—Adam quiere una familia numerosa, y yo quiero ser una madre joven, así que probablemente comencemos a intentarlo después de la boda.

—Oh. —Antes de que Elizabeth pudiera expresar su opinión sobre el asunto, Annabel se había marchado con una caja de papel picado en la mano. Con un sentimiento de preocupación, Elizabeth salió con ligereza del Registro Civil y bajó los escalones hacia la feliz pareja que posaba. Hubo una ovación cuando Phillipa arrojó su ramo al aire y, para su total sorpresa, aterrizó en las manos de Elizabeth, y todos los ojos se giraron para mirarla.

—¡Qué absolutamente maravilloso! —gritó Phillipa—. Otra boda en la familia.

Elizabeth trató de ocultar su vergüenza con una risa, pero por el rabillo del ojo notó que Gary la miraba fijamente. Se precipitó entre la multitud, abriéndose camino hacia Josh.

—¿Estás bien, mamá? Te ves un poco pálida.

—Oh, Josh —respondió ella—. Ojalá volvieran a ser bebés. La vida era mucho más sencilla cuando yo tomaba todas las decisiones por ustedes.

Ella se apoyó contra el costado de él, amoldándose a su calidez. Debería sentirse feliz allí, en la boda de su cuñada, pero la consumía un sentimiento de melancolía y la abrumadora sensación de soledad. Estaba allí de nuevo, siguiéndola como una sombra, y esa vez Elizabeth no estaba segura de tener la mentalidad positiva o la fuerza mental para combatirla de nuevo.

treinta y cuatro

El grupo de la boda salió del Registro Civil en una flota de autos con destino a la casa de Phillipa y Sunil. Su gigantesco jardín trasero se había transformado en una escena de cuento de hadas con globos en forma de corazón que se balanceaban y exhibiciones florales exquisitas. El centenar de invitados se mezclaban con sus atuendos más elegantes, bebían champán, y los tacones de las mujeres se hundían en la tierra húmeda de verano.

Por encima de las risas y la charla se elevó un crescendo de sonidos de animales que competían con un cuarteto de cuerdas en vivo. Los caballos y las cabras del campo vecino relinchaban y balaban de emoción. El disparo de la escopeta del granjero mientras cazaba faisanes, resonó en el aire. Elizabeth resopló al ver al galgo de Phillipa ladeando la pata en la puerta de entrada a la sorprendente carpa blanca. Cuando un camarero trató de espantarlo, salió corriendo con un trozo de cinta que estaba sujeta a una planta decorativa en una maceta.

Una oleada de insultos brotó de la boca del nervioso camarero. Persiguió al perro a lo largo del jardín, bajó dando tumbos por una pendiente y aterrizó en un arbusto de espino. La gente empezó a reírse; el ambiente era relajado, feliz. Las inquietudes y preocupaciones habían sido dejadas de lado en la celebración del compromiso y el amor.

—Bueno, ¿no es esto una verdadera boda en el campo? —Harry hizo una mueca al ver el dobladillo de los pantalones de su traje cubierto de barro—. Ahora recuerdo por qué prefiero Londres.

Elizabeth respiró hondo.

—¿Pero no has echado de menos el aire fresco y tonificante?

—Claro —dijo secamente su hijo mayor—. He echado mucho de menos el estiércol, los campos interminables, los animales agresivos...

—Oh, cállate —interrumpió Elizabeth—. Toma otro trago y trata de divertirte. —Se alejó, pasó junto a una jaula de palomas que revoloteaban y entró en la carpa, donde la feliz pareja recibía a sus invitados. Estaba deslumbrada por el mobiliario: las copas de cristal reluciente, los tonos rosa y blanco de los manteles que cubrían las mesas, el brillo y la ostentación. El aroma embriagador de rosas frescas llenaba el aire—. Tan bonita. —Elizabeth señaló una mesa cercana—. ¿Cómo te las arreglaste para organizarlo en tan poco tiempo?

—Oh, hubo una cancelación. Aparentemente, la carpa fue reservada por una novia que fue abandonada dos semanas antes de su boda. Realmente es una pena, pero supongo que fue una suerte para mí. —Phillipa se encogió de hombros—. Y con las conexiones de Sunil en el mundo de la horticultura, no tuvimos problemas para organizar las decoraciones florales.

—Ambos se ven hermosos. —Elizabeth besó la mejilla de su cuñada—. Felicitaciones, te deseo todo lo mejor para el futuro. No es que lo necesites; tú y Sunil están hechos el uno para el otro.

—Gracias. Allí hay un plano de asientos. —Asintió con la cabeza hacia un trozo de papel de elaborado diseño sujetado a un caballete. —Espero que no te importe, pero he puesto a Gary en tu mesa. Había un asiento libre y, como tú, está solo.

Elizabeth sonrió.

—Por supuesto que no, pero si tiene más ideas románticas

sobre él y yo, puede que tenga que lanzarle un panecillo con mantequilla.

Phillipa se rio entre dientes.

—Tienes mi permiso.

Elizabeth se metió el bolso debajo del brazo y se acercó al plano de asientos. Se sintió aliviada al ver que estaba en la misma mesa que sus hijos. Recogiendo una copa de champán de un plato cercano, se sentó y observé entrar al resto de los invitados. Inicialmente se había sentado entre Josh y Harry, pero cuando llegaron Laura y Kelly, riendo como dos adolescentes aturdidas, los carteles con los nombres se intercambiaron furtivamente, por lo que las mujeres estaban sentadas juntas. Una vez que todos estuvieron sentados, los camareros comenzaron a servir eficientemente el primer plato. Elizabeth estaba complacida de que la reunión familiar que había estado temiendo, hasta ahora parecía civilizada. Pero como era de esperar, cuando sus hijos estaban todos juntos, la conversación pronto pasó de una formalidad cortés a una broma alegre.

Elizabeth escuchó con interés mientras Kelly le contaba a la mesa sobre algunos de los clientes más divertidos que visitaban su tienda de juguetes sexuales solo para adultos. Subrepticiamente, miró a Adam, cuyo rostro estaba torcido en el ceño más desaprobador. Elizabeth encontró su flagrante desconcierto divertido y se rio por lo bajo cuando la conversación de Kelly giró hacia las ayudas sexuales.

—Gracias a Dios que no estudié Ginecología. —El intento de broma de Adam hizo callar a la mesa.

Los ojos de Kelly se entrecerraron mientras lo examinaba.

—Desafortunadamente, todavía hay sectores de la sociedad que se avergüenzan de todo lo sexual. Los vemos pasar por delante de la tienda con su santurrona desaprobación, pero son esos mojigatos los que más se beneficiarían de nuestros servicios. Como médico, seguramente está de acuerdo en que el sexo entre dos adultos que consienten es perfectamente natural.

Adam se aclaró la garganta.

—Nunca he sentido la necesidad de visitar tu tipo de tienda. —Apuntó su cuchillo de mantequilla a Kelly—. Algunos hombres saben instintivamente cómo satisfacer a su pareja sin el uso de artilugios tontos.

Los ojos de Kelly brillaron con picardía.

—Oh, no sé, Adam, ¡creo que un anillo de pene rosa definitivamente aumentaría y prolongaría el placer de Annabel!

Elizabeth casi se atragantó con el paté y lanzó una mirada a su hija, que estaba estudiando su plato, pero cuyos hombros temblaban por la risa.

Adam separó el panecillo con fuerza. Afortunadamente, Josh estaba disponible para distraerlo con tacto hablando de autos deportivos.

Los platos de la entrada fueron retirados, reemplazados por un delicioso solomillo Wellington. Cuando hubo una pausa en la conversación, Elizabeth aprovechó la oportunidad para preguntarle a Laura sobre sí misma. La ahora pareja oficial de Harry había trabajado en el mismo banco que su hijo desde que ella había dejado la escuela. Era una londinense nacida y criada; su madre era flebotomista, y su padre, gerente de una casa de apuestas. Mientras hablaba, a Elizabeth le llamó la atención lo cálida y amistosa que era. Junto con su atractivo de modelo glamorosa, podía entender por qué su hijo estaba tan enamorado.

—Entonces, Laura —gritó Adam desde el otro lado de la mesa—, escuché que ya no estás con tu esposo.

Laura se sonrojó ante sus palabras, y su boca formó una mueca tensa.

Harry saltó en su defensa.

—Ese es su asunto personal, *compañero*.

Pero Adam estaba en racha y disfrutando su tiempo en el centro de atención.

—Debe haber sido un trabajo duro tener dos hombres en movimiento. Esperemos que Harry pueda *satisfacerte*, ¿eh?

Harry se puso de pie de un salto.

—Esperemos que mi hermana recupere pronto la cordura.

—¡Oye, oye! —Josh colocó una mano tranquilizadora en el brazo de su hermano, empujándolo hacia atrás en su asiento—. Mantén la calma, hermano.

—¿Te gustaría un poco más de vino, Harry? —preguntó Elizabeth, lanzando a Adam una mirada iracunda—. El tinto es delicioso...

—Lo lamento. —Adam levantó las manos, una estúpida sonrisa cubriendo su rostro—. En realidad, tu hermana *ha* entrado en razón. —Se limpió la boca con una servilleta—. Se ha dado cuenta de lo buen partido que soy y de que no puede vivir sin mí. —Annabel miraba a Adam con ojos muy abiertos y llenos de adoración—. Así que... ella accedió a casarse conmigo. —Adam sostuvo su copa en alto—. Salud por eso.

Un "Salud" murmurado resonó alrededor de la mesa. Sin embargo, se escuchó claramente murmurar a Harry: "¿Qué diablos?" antes de que se quitaran los platos principales, justo a tiempo para los discursos.

Sunil y Phillipa tenían su primer baile con los dulces acordes de Adele. Elizabeth cantó en voz baja, golpeando el pie al ritmo. Cuando la novia y el novio terminaron de besarse, otras parejas se dirigieron a la pista de baile. Adam hizo una demostración de hacer piruetas con Annabel en sus brazos. Un pensamiento poco caritativo cruzó por la mente de Elizabeth de que Adam, el asqueroso, estaba tratando de acaparar la atención, y por el giro de los ojos de Harry, parecía que él era de la misma opinión.

Harry hizo una buena imitación de las sillas musicales, moviéndose a lo largo de los asientos hasta que llegó al que estaba vacío al lado de Elizabeth.

—No puedo creer que mi hermana se case con ese... idiota.

—Bueno, dicen que el amor es ciego. —Elizabeth se encogió de hombros y le dio unas palmaditas en la mano.

—¿Por qué estás tan relajada con todo esto? —Harry se pasó una mano furiosa por el cabello despeinado—. Tenemos que detener esta boda, mamá, Anna está cometiendo un gran error.

—He intentado. —Elizabeth dejó escapar un suspiro de resignación—. Tu hermana insiste en que él es el indicado para ella.

—Claramente no —se burló Harry—. Puede que sea un médico de altos vuelos, pero el hombre ciertamente no tiene buenos modales... ¡con nadie!

—¿Qué sugieres que hagamos entonces? —Elizabeth se volvió hacia él—. ¿Aparte de mantenerla como rehén durante los próximos doce meses?

Harry dejó escapar un gruñido.

—Ya se me ocurrirá algo.

Elizabeth estaba distraída por la aparición de Gary a su lado. Extendiendo su mano, preguntó si podía sacarla a bailar. Dejó que Gary la condujera a la pista de baile, que estaba llena de parejas en abrazos amorosos.

—Lizzie, Lizzie... —Gary inhaló profundamente—. Hueles divino.

Elizabeth ladeó una cabeza divertida hacia él, notando la mirada vidriosa en sus ojos y la sonrisa tonta que cubría su rostro.

—¡Y tú estás borracho!

—¿No puedo convencerte de que te arriesgues conmigo? —Gary la acercó más—. Tú y yo... mmm... seríamos tan buenos juntos...

—Lo siento, Gary. —Ella entrecerró los ojos hacia él. Sus pensamientos traicioneros se volvieron hacia el delicioso Jason Brooke. ¡Si ella estuviera en *sus* brazos!—. Eres un chico realmente encantador —se aclaró la garganta—, pero mis sentimientos por ti son puramente platónicos.

—Está bien, lo entiendo. —Gary sonrió—. ¿Simplemente no puedes hacer frente a mi robusta masculinidad? ¿Te dije que saqué un diez en la tabla de conteo de orgasmos de mi última novia?

—¡Estoy buscando algo más que sexo! —Elizabeth se rio—. Y en serio, encontrarás el amor. Tu alma gemela te está esperando, solo tienes que tener paciencia.

—Ufff, amor... bueno, eso espero. —Gary apoyó la barbilla en la parte superior de su cabeza—. Por ti y por mí, Lizzie, por ti y por mí. —Luego, con un *estallido* repentino, la red superior explotó, bañando a todos los invitados con globos multicolores y confeti de amor verdadero.

~

Dos semanas después, Elizabeth se encontró dentro de una jaula de metal, siendo levantada a ciento sesenta pies hacia el cielo. En el suelo, pudo ver a Gary saludando y sonriendo como un maníaco y sintió una oleada de animosidad por la persona que la había convencido para participar en esa experiencia aterradora.

Era un día fresco y tranquilo, el rocío todavía era visible en la hierba y, cuando levantaron a Elizabeth más alto, tuvo una vista impresionante de la campiña de Cornualles. Eran los primeros saltadores de la mañana, pero había una pequeña multitud reunida, mirándola con la boca abierta. Observó el arnés de seguridad y la correa para el tobillo atados a su cuerpo. Una sensación de terror la envolvió. Quería bajar, quería volver a poner los pies firmemente en el suelo, pero la grúa seguía ascendiendo lentamente.

—Esta cosa. —Ella levantó el pie—. ¿Definitivamente es lo suficientemente fuerte como para sostenerme?

El instructor le dirigió una sonrisa beatífica.

—Absolutamente. La pesamos dos veces, para que sea el ajuste perfecto.

Elizabeth apretó los puños, en un intento por detener los temblores.

—¿Ha hecho muchos saltos? —preguntó, castañeteando los dientes.

—Cientos.

—¿De verdad?

—Sí. En todo el mundo: Tailandia, Sudáfrica, Australia. Este es un salto de bebé en comparación con algunos de los que he hecho.

—No se siente como un pequeño salto. —Elizabeth cerró los ojos con fuerza, esperando que toda la experiencia desapareciera. Un pensamiento repentino la golpeó—. No me golpearé la cabeza, ¿verdad?

—Señora, ¿no estaba escuchando la sesión informativa? —El instructor negó con la cabeza—. Va a estar bien. Confíe en mí, es una gran experiencia, simplemente relájese y disfrútelo.

Elizabeth logró esbozar una débil sonrisa.

—Lo hago por caridad. Mi esposo... tenía cáncer. No creería que estoy haciendo esto.

—Es muy valiente e inspiradora. ¿Ha ganado mucho dinero? ¿Por la caridad?

—Cinco mil. —Elizabeth tragó saliva, mientras la grúa se estremecía al detenerse.

—Eso es maravilloso. Venga aquí ahora, la tengo.

Elizabeth se movió con piernas pesadas hacia el instructor.

—Estoy realmente asustada.

—Estará bien. Extienda los brazos y, a la cuenta de tres, salte.

—¿Es fácil? —Ella se adelantó.

—Sí —respondió él. Ella podía sentir el silbido del viento y se sintió aliviada de haberse recogido el pelo hacia atrás—. ¿Está lista? —El instructor la miró con ojos esperanzadores.

—S-supongo que sí. —El estómago de Elizabeth dio un vuelco cuando vio nada más que un espacio abierto. Era vagamente consciente de que el instructor contaba, inhaló profundamente, avanzó, y de repente el mundo estaba patas arriba y ella estaba volando.

~

—Fue absolutamente aterrador, pero al mismo tiempo estimulante y emocionante más allá de lo creíble. —Elizabeth hizo girar la pajilla en su vaso de limonada, antes de chuparla frenéticamente. Al otro lado de la mesa estaban sentados Gloria y Brian, con las manos entrelazadas, mirándola con ojos desorbitados. Era la hora del almuerzo en The Jolly Rambler y los tres estaban esperando su comida, sentados debajo de un televisor montado en la pared, que emitía música comercial cursi. Elizabeth levantó la vista y cantó—: *Las lavadoras viven más tiempo con Calgon.*

—¡En serio, no puedo creer que realmente saltaste! —chilló Gloria.

—Eres una valiente. —Brian asintió con la cabeza, con una mirada aturdida en su rostro—. ¿Lo harías otra vez?

—No. —Elizabeth sacudió la cabeza con fervor—. Quiero decir, puedo entender que la gente sea adicta a la emoción, pero una vez es suficiente para mí.

—Por Dios, saltarás de los aviones la próxima. —Los ojos de Gloria se iluminaron—. Puedo poner esto en mi novela en progreso. La heroína testaruda hace puentismo, el héroe apuesto se enamora aún más de ella.

—Tal vez podrías darle un giro —sugirió un cariñoso Brian—. El elástico se corta, el héroe la salva de una muerte espeluznante.

Gloria lo miró por encima del borde de sus gafas.

—Estoy escribiendo un romance dulce, no terror sangriento.

Elizabeth se rio.

—Tal vez debas guardar la idea para ese cambio de género que siempre has querido escribir.

—Mmm... puede ser.

Fueron interrumpidos por la llegada de la camarera, trayendo platos de comida humeante. Elizabeth tomó el pimentero y sacudió el contenido abundantemente sobre su bistec.

—Entonces, ¿en qué actividad de adrenalina planeas participar a continuación, Lizzie? —Gloria se metió un tenedor lleno de puré en la boca.

—Absolutamente nada —respondió Elizabeth—. A partir de ahora, mantendré los pies bien puestos en el suelo. Me toca volver al trabajo mañana, volver a la normalidad y la rutina.

—Eso esperas —dijo Brian, con un resoplido y un brillo en los ojos—. Tengo la extraña sensación de que va a haber un poco más de emoción en la vida de Lizzie Ryan y estoy deseando presenciarlo.

—¡No es esa la verdad! —Gloria asintió vigorosamente en acuerdo.

Elizabeth solo sonrió.

treinta y cinco

El autobús estaba incómodamente caluroso el lunes por la mañana. A las diez en punto, la temperatura había subido a mediados de los veinte y, con la mayoría de las ventanas cerradas con tornillos en un intento de combatir el vandalismo, la atmósfera parecía húmeda y opresiva. Elizabeth tuvo la desgracia de sentarse al lado de un hombre con un niño pequeño fuera de control que estaba disparando a todo el autobús con una pistola de agua. Se sintió aliviada de apearse en su parada. El corpiño de su vestido de verano estaba completamente empapado y la vista desaliñada de ella provocó las burlas de un grupo de trabajadores cercanos. Cruzó los brazos sobre el pecho, con el rostro ardiendo de vergüenza, y caminó por la avenida bordeada de árboles hasta la residencia.
—Buenos días —gorjeó Lynn, como un gorrión feliz que acaba de encontrar un montón de nueces.
—Buenos días. —Elizabeth forzó su boca en una pequeña sonrisa y exprimió el exceso de humedad de su cola de caballo.
—¡Estás mojada! ¿Me perdí la lluvia?
—No —respondió Elizabeth malhumorada—. No preguntes.
—Me parece bien. —Lynn levantó las manos, y Elizabeth siguió caminando.

La mañana transcurrió en un borrón de preparación de comidas y deberes de lavado. Elaine, la cocinera de toda la vida, que originalmente provenía de las Highlands escocesas, había preparado un estofado de pollo con verduras de primavera. Le ofreció a Elizabeth la cuchara para que probara un poco y sonrió con orgullo cuando Elizabeth declaró que era el guiso más delicioso que jamás había probado.

—Esto es para ti. —Elaine apoyó con fuerza bolsas de harina leudante y frutos secos mixtos. Elizabeth miró perpleja la nube de harina que se había escapado—. Hoy vas a hacer pasteles de roca.

—¿Pasteles de roca? —El número de ingredientes estaba creciendo. Ahora había mantequilla y más cositas tipo pasas—. Pero no sé cocinar.

—No existe el "no". —Elaine se cruzó de brazos y miró desafiante a Elizabeth—. Estas son las cosas más simples de hacer en el mundo. Incluso mis pequeños niños podían producir un lote, antes de que hablaran por completo. —Le entregó un trozo de papel manchado de té y mordido por un perro, con la receta—. Sigue esto y no podrás equivocarte.

Se acercó a la radio, subió el volumen de la música y comenzó a rotar las caderas.

—Muy bien entonces. —Con un movimiento de cabeza desconcertado, Elizabeth se arremangó y alcanzó la balanza.

Una hora más tarde, se estaba mordiendo el labio, la tensión emanaba de ella cuando Elaine mordió un pastel de roca tibio. La cocinera parecía tardar una cantidad increíble de tiempo en masticar y tragar, mientras murmuraba con los ojos cerrados. Elizabeth la miró con ojos torvos. Por alguna razón, la aprobación de Elaine era importante. Con todo lo que había sucedido últimamente, le vendría bien alguna confirmación de que al menos era capaz de seguir una receta simple, y se veían muy bien; no demasiado marrones, pero firmes y redondos, como la foto en color. Elizabeth deslizó su brazo para tomar uno, pero Elaine lo apartó de un manotazo.

—Espera un momento.

—¿Están bien? —Una risita nerviosa salió de la boca de Elizabeth—. Quiero decir, ¿son comestibles al menos?

—Servirán. —Elaine asintió, limpiándose las migas de los labios con el dorso de una mano—. No está mal para un primer intento. La próxima vez, no seas tan tacaña con el azúcar.

Elizabeth abrió la boca para discutir, pero Elaine la interrumpió con un asentimiento hacia el trapeador y el balde.

—Todo lo que mi cocina necesita ahora es una trapeada en el piso y estaremos listos para la hora del almuerzo.

Elizabeth se dirigió a tomar el cubo de metal, lo que le recordaba sus propios días de escuela y estaba vertiendo lejía cuando Lynn asomó la cabeza por la puerta.

—Elizabeth —trinó, su rostro era una imagen de emoción—, hay alguien aquí para verte.

—¿A mí?

—Sí. —Lynn tomó uno de los pasteles de roca antes de que Elaine tuviera la oportunidad de moverlos—. También parece importante. Dijo que es de Londres.

El pánico se elevó dentro de Elizabeth; pensó en Jason Brooke.

—¿Qué es lo q-quiere ella? —Tosió y tartamudeó al mismo tiempo.

—Em, espera un momento mientras uso mis poderes de telepatía para responder esa pregunta. —Lynn puso los ojos en blanco—. ¿Quieres que la traiga hasta aquí?

—¡No! —Elaine y Lynn miraron a Elizabeth con sorpresa—. No quiero verla. Solo dile que estoy ocupada y que por favor se vaya.

Lynn le dirigió una mirada divertida.

—Bien entonces. —Desapareció por la puerta.

Elizabeth se puso a trabajar con el trapeador mojado.

—¡Sube el volumen de la música! —le gritó a Elaine, que la miraba como si le hubiera crecido otra cabeza.

—No puedes esconderte aquí por el resto de tu vida —dijo Elaine con severidad—. Ve y resuélvelo, pase lo que pase.

—No ha pasado nada. —Elizabeth tragó saliva—. Solo quiero que me dejen en paz.

—¿Estás segura de que eso es lo que quieres?

Elizabeth no tuvo oportunidad de responder porque la puerta se abrió con fuerza repentina, y Melody Cabana irrumpió con un "¡Lizzie! Gracias a Dios te he encontrado", antes de deslizarse por el suelo mojado y aterrizar en un montón arrugado a sus pies.

∽

—¿Estás segura de que estás bien? —Elizabeth miró con preocupación a su amiga—. Tuviste una verdadera caída.

—Estoy bien. —Melody agitó una mano desdeñosa, y las pulseras en su muñeca tintinearon juntas—. Eres tú quien me preocupa. Demonios, todos hemos estado preocupados por ti.

Las dos estaban sentadas en un rincón del comedor en frías sillas de plástico.

—¿Cómo me encontraste? —preguntó Elizabeth.

—¿Tu vecino, el enfermero? Lo soborné con un par de boletos de Rebels. Me dijo que echabas de menos cantar y la banda.

—¿Lo hizo? —dijo Elizabeth con los dientes apretados—. Estoy bien, Melody, no necesitabas venir hasta aquí.

—Bueno, no estabas respondiendo mis mensajes, así que sí, tuve que venir aquí.

Elizabeth suspiró.

—No sé qué decir...

Melody se movió en su asiento.

—Por Dios, estas sillas son incómodas, pero de todos modos, por favor dime que vas a volver a Londres. Te necesitamos a ti, chica; los muchachos y yo. No es lo mismo sin ti. Odio cantar sola.

Los ojos de Elizabeth se agrandaron.

—¿Quieres decir que no me han reemplazado?

—Por supuesto que no lo han hecho. —Melody chasqueó la

lengua—. Les dije que solo estabas en unas largas vacaciones, problemas familiares.

—Oh. —Elizabeth tragó un bulto de emoción.

—Por favor, regresa. —Melody agarró sus manos—. Jase sigue en Los Ángeles, y corre el rumor de que no volverá hasta después de Navidad. El recorrido habrá terminado entonces y podrás regresar aquí, con una buena cantidad de dinero y una experiencia emocionante. Puede que te abra puertas, Lizzie... en el mundo del entretenimiento.

—Estoy trabajando aquí ahora. —Elizabeth se apartó—. Me gusta, Melody. Tengo amigos aquí y mi papá. Londres era... bueno, era un sueño. Sabía que no duraría. Fui una tonta al pensar que podría tener éxito como corista. Esto... —estiró el brazo alrededor de la habitación—, esto es la vida real.

—No tiene por qué ser así —dijo Melody en voz baja—. Eres una cantante talentosa, Lizzie, todo el mundo te quiere. Los muchachos quieren que continúes apoyándolos, estaban muy contentos con tu desempeño.

—No —dijo Elizabeth con firmeza—. La respuesta es no, Melody.

Melody cerró los ojos por un momento.

—Está bien, pero le dije a Carolyn que estabas pensando en irte, y ella se volvió loca y dijo que te demandaría por incumplimiento de contrato.

—Entonces, tendrá que llevarme a juicio. —Elizabeth se encogió de hombros, pero su boca temblaba de miedo.

—Bien. —Melody se puso de pie de repente, arrastrando la silla por el suelo—. Sabes, nunca te tuve como una desertora. Pensé que eras fuerte, Lizzie, pero me equivoqué. Sé la verdadera razón por la que te vas y apesta que sea por un hombre.

—No es por eso.

Elizabeth se sonrojó.

—Sí, lo es —dijo Melody con firmeza—. Sé que lo que hizo fue una mierda, y sé que te enamoraste de él, pero no puedo creer que estés desperdiciando esta increíble oportunidad por culpa de un tipo. —Sus ojos brillaban de ira, lo que hizo que Elizabeth se estremeciera.

—Está bien, está bien, tal vez sea en parte por eso. —Elizabeth suspiró—. Pero también me faltaba seguridad y confianza en mí misma, en mis habilidades para el canto, y no me gusta la fama, Melody. No soy como tú, no me gusta ser el centro de atención.

—¿Qué quieres decir? Somos coristas, querida, no vas a ser el centro de atención. —Elizabeth apartó la mirada de sus ojos burlones. Se limpió la harina de su delantal y la vio caer al suelo—. Mira, Lizzie —dijo Melody en voz baja—, entiendo cómo te sientes. Cuando comencé, estaba constantemente estresada: ¿soy lo suficientemente buena como cantante? ¿Me veo bien? Constantemente cuestionaba mis habilidades, como lo estás haciendo ahora. Si pudieras verte a ti misma a través de mis ojos... —El tono de Melody se elevó un poco—. Eres una cantante maravillosa y talentosa. Una persona encantadora y cálida y te ves natural en el escenario. Por favor. Vuelve a Londres conmigo. Dale una oportunidad más. ¿Por favor?

Elizabeth se mordió el labio inferior.

—No vas a aceptar un no por respuesta, ¿verdad?

Una sonrisa se extendió por el rostro de Melody.

—¿Me vas a hacer rogar?

—No. No. —Elizabeth se rio—. Bueno. Lo intentaré de nuevo, pero no prometo nada y, si no funciona esta vez, me iré a casa... permanentemente.

—¡Sí! —Melody se puso de pie de un salto y se arrastró hacia atrás con los brazos levantados hacia el techo—. Clay está esperando afuera, nos llevará ahora mismo.

—Pero... mi trabajo, mi papá, mi departamento. No puedo simplemente levantarme e irme.

—Sí, puedes, Elizabeth. —La voz severa de su padre llenó la habitación. Elizabeth se giró para mirarlo y vio que estaba parado junto a Lynn y ambos asentían y sonreían.

—Ve y ten éxito —exclamó Lynn—, no te preocupes por este

lugar. De todos modos, siempre fuiste demasiado buena para nosotros.

—Papá —susurró Elizabeth; sus ojos se llenaron de lágrimas repentinas.

—Ve y enorgulléceme, Elizabeth. ¡Ve, ve!

Ella corrió a través de la habitación, hacia sus brazos abiertos.

—Te amo. —Ella resopló contra su hombro—. Volveré, papá, te lo prometo. —Él la empujó con suavidad, y luego Melody tiró de ella hacia las puertas de salida.

Con una última y persistente mirada que grabó la cara feliz de su querido padre en su memoria para siempre, Elizabeth salió corriendo, riéndose bajo el glorioso sol. Rumbo a luces brillantes y emoción, rumbo a gloriosas posibilidades, rumbo a lo desconocido.

treinta y seis

La semana siguiente pasó como un borrón frenético. Los días eran largos, llenos de ensayos de canto y baile, Elizabeth caía exhausta en la cama y luego todo empezaba de nuevo. Harry y Josh estaban encantados de tener a su madre de vuelta; la atiborraban de tazas de té, preparaban la cena e incluso le planchaban la ropa. Laura y Kelly ahora pasaban la noche en el piso con regularidad. Elizabeth estaba encantada de ver a sus hijos tan felices. La única preocupación persistente era Annabel, pero Harry parecía convencido de que ella volvería en sí y se desharía de Adam, y no podía suceder lo suficientemente pronto.

El fin de semana del festival pronto llegó y una emocionada Elizabeth viajó a Southend-On-Sea con Melody y la banda. Estaban tocando en un hermoso parque, lleno de vegetación y miles de personas. Como The Rebels debía cantar por la tarde, Melody y Elizabeth pasaron la mañana deambulando por los senderos del parque. Había un ambiente feliz y relajado en el aire. Gente de todas las edades tirada en el césped y en los bancos, parejas paseando de la mano, familias con cestas de picnic, resguardándose del sol bajo enormes robles.

Se detuvieron para comprar helados antes de dirigirse al lago.

Melody convenció a Elizabeth de ir a un bote de pedales y pedalearon alrededor del lago circular, evitando los patos y los gansos.

—Así es la vida —dijo Melody con un suspiro.

Elizabeth dejó que su mano se hundiera en el agua fría, volvió la cara hacia el sol y cerró los ojos.

—Mmm.

—Estoy muy contenta de que hayas decidido volver, Lizzie.

—Yo también.

—Pareces diferente. —Melody se bajó un poco las gafas de sol para inspeccionar a Elizabeth—. Más relajada.

—¿Yo? —Elizabeth sonrió—. Supongo que sé qué esperar esta vez.

—Eso es bueno —dijo Melody—. El miedo escénico puede ser un infierno.

Elizabeth asintió con la cabeza.

—Tengo muchas ganas de que comience la gira.

—Yo también —respondió Melody—. Viajar por el Reino Unido en un autobús turístico con un montón de tipos sudorosos es una experiencia que nunca olvidarás. Estoy tan contenta de que vayas a estar conmigo... —Se inclinó y tomó la mano de Elizabeth—. Prométeme que no volverás corriendo a Cornualles.

—No, no lo haré. —Elizabeth sacudió el agua fría entre sus dedos—. Estoy decidida a llevar a cabo esta gira.

—Bien. —Melody dejó escapar un suspiro de satisfacción—. ¿Has pensado en lo que harás cuando termine?

—En realidad, sí. —Los labios de Elizabeth se curvaron en una sonrisa tentativa—. He estado buscando universidades por Internet. Tal vez haga una carrera en música o algo relacionado.

Melody se enderezó.

—¡Esa es una excelente idea! Definitivamente deberías seguir una carrera en el canto y con tu voz podrías ser una cantante solista por derecho propio.

Elizabeth resopló.

—Creo que me falta presencia escénica. ¿Cómo lo llaman? El factor X.

—No todo el mundo quiere replicar a Robbie Williams —respondió Melody—. Pero tienes carisma, niña, y estoy segura de que el público británico te querrá tal como eres.

—Mmm... —Elizabeth reflexionó sobre las palabras de Melody—. Gracias. Pero por ahora, estoy feliz de permanecer *fuera* del foco de atención.

—Objetivos, Lizzie, tienes que tener objetivos. —Melody chilló cuando un repentino chorro de agua cubrió su torso—. Oh, me vengaré por eso.

Estallaron en carcajadas cuando se produjo una pelea de agua. Luego, un bote cercano de adolescentes se unió y los pájaros despegaron en una ola de graznidos y aleteos, arqueándose sobre ellos en un hermoso cielo de azul celeste brillante. Y Elizabeth pensó que en ese mismo momento estaba más feliz de lo que había estado en años y estaba agradecida por un mundo de posibilidades donde el futuro se extendía ante ella, brillante.

∽

El sonido de la multitud fue ensordecedor mientras cantaban la última canción de los Rebels. Jack estaba tambaleándose en el borde del escenario, su pie sobre una luz gigante, su brazo sosteniendo el micrófono extendido para animar a los espectadores a unirse con el último verso. Entonces, de repente, con el estruendo de un címbalo, su tiempo en el centro de atención terminó y Elizabeth estaba llorando lágrimas de alegría cuando Melody la abrazó.

Jack se quitó la camiseta y la arrojó a la multitud. Cientos de chicas en el frente treparon para atraparla. El personal del evento estaba sacando a algunas de ellas porque se habían desmayado por la emoción, o tal vez solo era una artimaña para tratar de acercarse a la banda, o eso supuso Melody. Elizabeth se inclinó para recoger una botella de agua y la bebió de un trago para saciar su garganta reseca.

—¡Nos vemos en Wrexham! —gritó Jack, antes de hacer una reverencia con los otros miembros de los Rebels.

Con una última mirada de asombro a la enorme multitud, Elizabeth permitió que Melody la empujara fuera del escenario.

—Bien hecho, señoras —dijo Jack, sacudiéndose el cabello para que las gotas de sudor volaran en todas direcciones—. ¡Ese fue un concierto increíble!

—¡Estuviste brillante! —gritó Elizabeth, y realmente lo había estado. Jack definitivamente tenía la presencia en el escenario requerida para un líder. Él era el paquete completo: talentoso, efervescente y tremendamente atractivo, y el resto de la banda lo complementaba a la perfección. Iban a ser grandes, enormes, pensó Elizabeth y estaba muy agradecida de haber podido desempeñar un pequeño papel en su éxito.

Melody le pasó una toalla y Elizabeth se estaba secando la cara sudorosa cuando vio a Carolyn caminando hacia ellos.

—¿Qué está haciendo ella aquí? —siseó a Melody—. ¿Pensé que estaba en Los Ángeles?

—¡Estaba! —De repente, Melody pareció astuta y comenzó a alejarse de Elizabeth.

—Elizabeth, Melody, hola. —Asintió hacia ellas—. Gran canto allí arriba.

—Gracias. —Elizabeth forzó una sonrisa—. No pensábamos que estarías de regreso hasta el Año Nuevo

—¿Qué? —Una risa confusa escapó de la boca de Carolyn—. He vuelto para la gira. ¿Nadie te dijo que llegamos ayer al Reino Unido?

—¿Llegamos? —Las manos de Elizabeth estaban firmemente plantadas en sus labios y lanzó una mirada furiosa a Melody—. Y no. Nadie lo mencionó.

—Bueno, le envié un mensaje a Melody.

Melody se rio entre dientes.

—Olvide todo sobre eso.

—No importa. —Carolyn sonrió brillantemente—. Estoy aquí para organizar y ayudar. No los abandonaría a todos al comienzo de una gran gira.

—Eso tiene sentido. —Elizabeth estiró el cuello para mirar alrededor de Carolyn—. ¿Estás sola, supongo?

—Por supuesto que no. —Carolyn chasqueó la lengua—. Jase también ha vuelto y los dos estamos muy emocionados de empezar.

—¿Jason ha vuelto? —Las palabras salieron como un chillido, lo que hizo que Carolyn le diera una mirada divertida.

—Es su representante, Lizzie. ¿Lo habías olvidado? —Ella rio alegremente.

—Sí. Lo había olvidado. —La mentira goteó a través de los dientes apretados de Elizabeth. Añadió en silencio: *porque él es un completo idiota*.

—Bueno, ahora es tu oportunidad de reencontrarte con él. Está allí, Lizzie, justo detrás de ti.

Lentamente, Elizabeth se dio vuelta para mirar fijamente a un par de tormentosos ojos grises. Estaba apoyado en un altavoz enorme, con los brazos cruzados firmemente sobre el pecho. Ella tragó saliva cuando su mirada la recorrió, desde los pies hasta la coronilla, y deseó que él no fuera tan malditamente guapo. Ella no lo había olvidado en absoluto. Su buena apariencia robusta y su cuerpo musculoso estaban grabados en su memoria. El recuerdo de su boca besando su cuerpo desnudo invadió su mente. El calor se extendió por sus mejillas y sus piernas temblaron ligeramente. Retrocedió, chocando con Carolyn, antes de correr en la dirección opuesta.

—¡Lizzie! —Melody llamó—. ¿Adónde vas?

—Fuera de aquí —gritó Elizabeth por encima del hombro—. De vuelta a Cornualles.

∽

Nunca había hecho una maleta tan rápido. Entró todo: sus artículos de tocador, sus ruleros, su maquillaje y sus atuendos brillantes. En el camino de regreso al hotel, buscó en Internet y encontró un tren directo a Cornualles que saldría en una hora. En su mente ya estaba allí; en su camino de regreso a casa. Pero entonces alguien llamó con fuerza a la puerta del dormitorio y Elizabeth gritó: "¡Vete, Melody!". Los golpes se intensificaron. Tomó algunas respiraciones tranquilizadoras antes de marchar y abrir la puerta de par en par.

Esperaba a Melody, tal vez un miembro del personal, pero se sorprendió al ver a Jason Brooke, mirándola con frustración y un poco de ira. *¡Cómo se atreve a enfadarse!*

—Me voy. —Elizabeth se alejó de él, pero él la agarró del brazo.

—No te vayas —Su tono era conciso, suplicante—. ¿Me dejas que te explique?

Elizabeth se encogió de hombros.

—Desapareces sin decir una palabra y no sé nada de ti. Déjame en paz. —Volvió a buscar su maleta y siguió metiendo sus pertenencias.

—¿Es demasiado tarde para disculparse? —Jason cubrió su mano con la suya—. Lo lamento. Actué como un idiota. Me aterroriza el compromiso y pude ver que sentías algo por mí. No quería lastimarte. Yo saboteo las relaciones. Hice lo que siempre hago: me escapé.

—Información que habría sido útil hace meses. —Elizabeth se mordió el labio—. Puedo hacer frente a la idea de que solo querías una aventura de una noche. Quiero decir, no estaba proponiendo matrimonio, pero ¿ni siquiera decir adiós? Eso apesta.

Jason juntó sus manos, girándola para mirarlo.

—Te lastimé. Lo lamento. Y no fue solo una aventura de una noche. Siento algo por ti, Elizabeth. ¿Podemos intentarlo de nuevo?

Ella apartó la mirada de su mirada penetrante, arrastró los pies.

—Ni siquiera empezamos, Jason.

Él emitió un gruñido de frustración.

—Así que no quieres tener nada que ver conmigo, es justo, lo entiendo. Pero, por favor, no tires por la borda tu carrera como cantante. Te necesitamos. The Rebels te necesitan. Te dejare sola. Te pagaré más. ¿Quieres que te suplique?

—No, no hagas eso. —Una pequeña sonrisa levantó la comisura de su boca—. Quiero decir que puedes pagarme más, pero sin mendigar.

—¡Di tu precio! —La amplia sonrisa de Jason hizo que se le revolviera el estómago—. No te vayas, Lizzie. Quédate. —Elizabeth se mordió el labio. A decir verdad, ella no se quería ir, quería ser parte de la gira—. ¿Podríamos ser amigos? —Sus ojos le suplicaron.

—¿Solo amigos? —preguntó ella—. ¿Me prometes que me dejarás en paz? No me engañes, no juegues con mis emociones, y definitivamente no habrá más sexo. Realmente no soy el tipo de mujer de una sola noche.

Jason inhaló profundamente.

—Si es lo que quieres...

—Así es. —Ella asintió con firmeza—. Bueno. Me quedaré para la gira, pero lo haré por Melody y los chicos y por mí misma, por supuesto.

El rostro de Jason se iluminó de alivio y felicidad.

—Gracias. —Hubo un momento de silencio. Elizabeth trató de no mirar su boca. Oh, esa nueva relación platónica entre ellos iba a ser difícil. Especialmente cuando estaban a pocos metros de distancia de una cama suave donde podían suceder cosas deliciosas entre ellos. Jason se aclaró la garganta, sus pensamientos obviamente en el mismo nivel—. Te dejaré desempacar de nuevo. —Elizabeth asintió y lo vio dirigirse a la puerta—. ¿Nos vemos en Wrexham? —dijo él, con una mirada nostálgica hacia ella.

—Nos vemos pronto. ¿Jason? —Él hizo una pausa, con la mano en el pomo de la puerta—. Hay una condición más. —Desdobló su negligé de seda—. Quiero que me llamen por mi nombre. Roxy Ryan no funciona para mí.

—Por supuesto... Elizabeth. Me aseguraré de que Carolyn esté informada.

La puerta se cerró suavemente y Elizabeth sonrió. Se sentía bien tener un poco de poder y superioridad sobre Jason Brooke.

treinta y siete

Su llegada a Wrexham no empezó bien. Según Carolyn, fue un desastre. El hotel que había reservado había hecho reservas simultáneas y no había espacio en la posada, por así decirlo. Mientras la banda se quedaba en el autobús de la gira jugando videojuegos, Carolyn reclutó a Elizabeth para que la ayudara a buscar otro hotel. Carolyn había viajado en su propio auto, con Jason. No habían tenido que soportar horas de bromas y MTV a todo volumen mientras recorrían kilómetros de autopista. Elizabeth había estado agradecida por la presencia de Melody. La atmósfera entre los cinco muchachos era amistosa, pero había demasiada testosterona para su gusto.

Para aumentar el desequilibrio de los sexos, Jason había contratado a dos corpulentos miembros del personal de seguridad. Max y Frank estaban allí para mantener la paz, para proteger a la banda de los invasores del escenario y de los fanáticos demasiado apasionados. Jason les había contado historias de terror de la vida con su banda anterior. Su determinación de mantener a todos a salvo descongeló un poco el corazón helado de Elizabeth. Esperaba que no fueran sometidos a una multitud hostil. Los pequeños lugares en los que tocaban eran famosos por ello. Sin duda sería una revelación, si nada más.

Recorrieron la ciudad. Era finales de septiembre y las aceras estaban cubiertas de hojas caídas. Finalmente, lograron encontrar un hotel de dos estrellas que podría acomodar a su gran grupo. Elizabeth compartía habitación con Melody. Miró consternada las almohadas manchadas y la película de polvo que cubría los muebles.

—Bueno, esto ciertamente no es la gran vida —dijo Melody secamente—. Quien haya dicho que la industria del entretenimiento es glamorosa está mintiendo.

—Es solo por una noche. —Elizabeth arrojó su maletín sobre la cama—. No nos importará más tarde cuando estemos llenos de adrenalina después del espectáculo.

Melody negó con la cabeza.

—Siempre eres tan positiva... sobre todo.

Elizabeth sonrió.

—Intento serlo. La vida es demasiado corta para estar deprimida.

Melody abrió su maletín y arrojó su pijama mullido a la cabecera.

—Bueno, ¿puedes mantener tu exuberancia bajo control por la mañana, por favor? Soy un oso grizzly a primera hora y necesito café antes de que pueda siquiera intentar una sonrisa.

—Lo haré. —Elizabeth puso los ojos en blanco y buscó en su estuche su vestido más nuevo—. Pensé que usaría esto esta noche. ¿Qué te parece?

Melody se bajó las gafas de sol por el puente de la nariz y miró la franja de destellos plateados.

—¡Sí! Lo apruebo.

Elizabeth miró su reloj de pulsera.

—Y el espectáculo comienza en unas pocas horas, así que tal vez deberíamos...

—¡Vamos! —completó Melodía.

Su primer concierto de la gira se llevó a cabo en un club en una calle secundaria. Tocaron ante una sala medio llena y un público inicialmente tibio, pero después de que Jack los deslumbró con su personalidad efervescente, los espectadores no tardaron en bailar y vitorear. En su descanso, Melody susurró que obviamente no habían oído hablar de The Rebels in Gales, ya que sus canciones eran poco reconocidas. La primera fila estaba formada por mujeres jóvenes que sostenían vasos de cerveza de plástico y sacudían las caderas al compás del tempo. Elizabeth saludó mientras retrocedía bajo las luces brillantes y fue recompensada con un sostén amarillo brillante que cayó a sus pies. Lo recogió y se lo arrojó a Eduardo, que estaba calentando con la batería. Se lo colocó en la cabeza y sonrió como un maníaco a la multitud que silbaba antes de estrellar sus baquetas contra el platillo.

Una hora más tarde, el espectáculo había terminado y la multitud feliz comenzó a dispersarse.

—Eso no estuvo tan mal. —Lewis se desabrochó el bajo y se secó la cara sudorosa con la camiseta.

—¡Fue increíble! —Jack dio una patada alta y aterrizó en una posición dividida que parecía dolorosa.

—Si hiciera eso, terminaría en Urgencias. —Elizabeth se rio y se agachó para quitarse los tacones de aguja—. Ya es bastante malo tener que llevar esto. —Se lo dijo a Melody, pero fue Jason quien respondió con un descarado: "Te ves bien con tacones altos". Pasó junto a Elizabeth y ella tragó saliva cuando una ola de deliciosa loción para después del afeitado la envolvió. Cuando fue a hablar con los muchachos, Melody chasqueó la lengua.

—¿Cuál es la obsesión que tienen los hombres con los zapatos de mujer? Clay es igual: muéstrale un tacón de diez centímetros y se vuelve loco. ¿Tu marido también?

—No. Prefería la lencería. ¿Por qué crees que vendí ropa interior sexy durante tanto tiempo? Tenía un descuento del veinticinco por ciento. Martin estaba en el cielo. —Elizabeth se rio entre dientes.

La sonrisa de Melody era suave y amable.

—Estaría muy orgulloso de ti, Lizzie.

—Me gustaría pensar eso. —Elizabeth asintió—. De todos

modos, ¿qué vamos a hacer ahora? Todavía estoy llena de adrenalina, no hay forma de que duerma por un rato.

—Es bueno escuchar eso porque vamos por un curry. Todos nosotros.

—¿Ahora? —Los ojos de Elizabeth se agrandaron—. Nunca he comido tan tarde.

Melody pareció encontrar eso hilarante.

—Eres tan dulce, Lizzie. ¿Cómo una mujer de tu edad puede ser tan inocente?

Elizabeth se rio.

—He llevado una vida piadosa. —Levantó las manos en oración y agitó las pestañas.

—No es de extrañar que Jase esté tan enamorado. —Melody saltó del escenario, dejando a Elizabeth boquiabierta ante sus palabras. Una mirada subrepticia le informó que el apuesto representante de la banda había escuchado cada palabra y lo más intrigante era el hecho de que no lo estaba discutiendo.

A la mañana siguiente, estaban de nuevo en la autopista M6, en dirección a Barrow-In-Furness. La mayoría de los chicos estaban dormidos, excepto Jack, que estaba escribiendo nuevas letras de canciones.

Elizabeth estaba apoyada contra una ventana empañada, soñando despierta con Jason Brooke. La noche anterior, él se había sentado junto a ella en el restaurante de curry y durante toda la comida, su pierna había estado presionada firmemente contra la de ella. Debería haberse alejado, pero el calor que emanaba de él se había sentido tan bien... Elizabeth había estado casi babeando de lujuria. La atracción que sentía por él iba en aumento y ansiaba pasar tiempo con él. Lo extrañaba cuando no estaba allí, como en ese momento, y no tenía idea de lo que eso significaba y todo era un poco abrumador.

—¿Has estado alguna vez en Barrow-In-Furness? —preguntó Melody, mientras se limaba las uñas.

Cuando Elizabeth respondió que no lo había hecho, Melody procedió a buscar en Google información al respecto.

—No es que vayamos a ver mucho de eso —se quejó Melody—. Para cuando nos hayamos instalado y tengamos un ensayo rápido, será hora del espectáculo.

—Mmm. —Elizabeth asintió distraídamente—. Pero vamos a pasar dos noches en Liverpool, así que podremos echar un vistazo por allí.

—Hogar de los Beatles —dijo Melody, con un brillo en los ojos—. Si tenemos tiempo, definitivamente tenemos que ir al Cavern; han pasado años desde que fui allí.

—¿Los Beatles? —intervino Jack con una mirada emocionada en su rostro—. Mi abuela los conocía a todos en su día. Era modelo, en Londres. Algunas de las fiestas que organizaban... bueno, nos hace ver a los Rebels como los Teletubbies en comparación. Ella siempre dice que eran salvajes, definitivamente inusuales, pioneros para la era moderna.

—Entonces, definitivamente tenemos que ir —decidió Melody con entusiasmo—. Voy a reservar boletos para nosotros. Quizá se te contagie algo de su magia musical.

Mientras buscaba en Internet, la atención absorta de Elizabeth estaba en Jack y sus historias de personas famosas que había conocido a través de su abuela.

—¿De verdad conociste a Clint Eastwood? —Eduardo estaba completamente despierto, escuchando la conversación—. Amigo, eso es genial.

—Estaba muy enamorada de él cuando era adolescente. —Elizabeth admitió—. Me encantaron todas sus películas de Spaghetti Western.

—No te olvides de *Harry el Sucio* —intervino Melody.

—¿Sucio quién? —Eduardo echó la cabeza hacia atrás de la risa—. ¡A mí me suena a porno de los setenta!

—Hacía de detective —explicó Elizabeth con una sonrisa paciente—. Qué gran actor.

—Está bien —dijo Melody con una sonrisa—. Prefiero a Denzel Washington, esa voz sexy, mmm...

—¡Oye! —gritó el conductor, por encima del hombro—. Si

estás terminando de babear, ya casi llegamos, ¿alguien puede decirme cómo llegar al hotel?

~

El concierto en Barrow-In-Furness fue otro éxito rotundo. El club estaba repleto de gente de diferentes edades y el ambiente era eléctrico. Dejaron el escenario y se dirigían de regreso a los vestidores cuando Elizabeth notó que había algunas mujeres jóvenes dando vueltas.

—¿Están buscando autógrafos? —le susurró a Melody.

—¡No! —Melody negó con la cabeza—. Son grupis.

—Te refieres a...? —La mandíbula de Elizabeth se sintió como si hubiera caído al suelo—. ¿Se acostarán con los miembros de la banda?

—Ssh. —Melody la alejó hacia el vestuario—. No te involucres, Lizzie. —Elizabeth estuvo a punto de protestar ardientemente contra los peligros del sexo promiscuo, pero se detuvo en seco cuando pensó en la noche de pasión que había compartido con Jason. Desconocido para ella en ese momento, eso había sido algo de una noche y todos eran adultos allí, entonces, ¿quién era ella para juzgar y condenar?—. ¿Quieres ir a tomar algo? —preguntó Melody, mientras se quitaba las pestañas postizas.

Elizabeth se miró los pies palpitantes.

—¿Honestamente? Solo quiero irme a la cama; estoy exhausta.

—Buena idea. —Melody asintió—. Tengo un montón de revistas de crucigramas y realmente necesito hablar por Skype con Clay. Creo que se siente abandonado.

Elizabeth tomó su abrigo.

—Vamos a salir de aquí.

Al llegar a Warrington al día siguiente, Elizabeth recibió una llamada telefónica de Harry.

—Hola, amor. —Luchó por bajarse del autobús con sus

maletas y su teléfono móvil entre la oreja y el cuello—. ¿Está todo bien?

Elizabeth escuchó una inhalación brusca.

—No. No todo está bien, mamá.

—¿Qué ocurre? —El ritmo cardíaco de Elizabeth se aceleró.

—Annabel me llamó anoche llorando. Ella y Adam han tenido otra pelea y suena serio. La ha echado de su propio piso, la ha acusado de tener una aventura.

—¡Eso es ridículo! —La voz de Elizabeth se elevó con indignación—. Está loca por él.

—¡Lo sabemos! —Harry dejó escapar una serie de blasfemias. Elizabeth sostuvo el teléfono lejos de su oreja, haciendo una mueca—. No puedo ir hasta allí, mamá —continuó—. Mi gerente está siendo un completo imbécil, y no me deja tener ningún tiempo libre en el trabajo.

—Iré. —Elizabeth dijo inmediatamente—. Estaremos en Liverpool mañana por dos noches, llegaré a Manchester de alguna manera.

—Gracias —dijo Harry con alivio.

—La llamaré ahora para asegurarme de que está bien. Intenta no preocuparte, amor.

—No dormí anoche. —Harry admitió—. Adam es un personaje desagradable, prométeme que no irás allí sola.

—No lo haré, amor. —Elizabeth sonrió al ver a Jason, que estaba apoyado contra el capó del auto de Carolyn y la miraba con curiosidad—. Déjamelo a mí y te llamaré mañana. —Cortó la llamada, con la frente arrugada por la preocupación.

—¿Qué pasa? —preguntó Jason.

—Adam... ¿recuerdas el idiota de la comida?

—Eh... sí. ¿El que está saliendo con tu hija?

—Ese es. —Brevemente, ella transmitió la conversación que acababa de tener con su hijo—. Necesito desesperadamente verla y asegurarme de que está bien. Parece que no tiene hogar en este momento, estoy realmente preocupada.

Jason colocó una mano reconfortante en su brazo.

—Terminemos con el concierto de esta noche y luego mañana iré contigo a Manchester.

—No puedo pedirte que hagas eso. —Elizabeth se mordió el labio—. No sería justo involucrarte.

—Somos amigos, ¿verdad? —Él le dedicó una suave sonrisa—. Quiero ayudar. Además, tengo una gran idea de cómo puedes deshacerte de ese idiota de una vez por todas.

treinta y ocho

—Creo que nos hemos equivocado de camino. —Elizabeth estaba frunciendo el ceño ante las palabras en el letrero frente a ella—. Ella no vive en un callejón sin salida.

Jason pisó los frenos, luego ejecutó un giro perfecto de tres puntos antes de regresar a la concurrida carretera A.

—Lo siento —dijo una voz profunda desde atrás—. Perdí internet por un tiempo allí... solo dame un minuto para volver a iniciar sesión en Google Maps.

Elizabeth se giró para sonreír a los dos hombres de seguridad que viajaban en la parte trasera del auto de Carolyn. La idea de Jason había consistido en conseguir la ayuda de Max y Frank.

—Gracias de nuevo por venir con nosotros. —No estaba del todo segura de lo que habían planeado los hombres, pero estaba agradecida por su presencia.

—Cualquier cosa para ayudar a una damisela en apuros —bromeó Max—. Ah, aquí vamos. Así que es la siguiente a la izquierda y luego inmediatamente a la derecha... y deberíamos estar en nuestro destino.

Elizabeth se acomodó en el asiento de cuero. El coche estaba impecable y olía como un prado de verano. Había un peluche pegado al salpicadero con un cartel que decía *Soy el jefe*. Carolyn había estado en contra de la idea de que fueran a Manchester en caso de que "las cosas se pusieran feas", pero Elizabeth pensó en privado que estaba más preocupada por tener que renunciar a su vehículo. Sin embargo, después de que Jason la había convencido, ella le había pasado las llaves con una sonrisa arrepentida y le había dado instrucciones a Elizabeth para que cuidara de su bebé mecánico. El "bebé" era un Volvo azul, cariñosamente apodado Betty.

—Aquí estamos. —Jason empujó la palanca de cambios a segunda mientras disminuía la velocidad—. ¿Qué número es?

Elizabeth miró la dirección garabateada apresuradamente.

—Veintitrés.

El coche avanzaba lentamente. Entonces, Elizabeth la vio: Annabel, de pie en la puerta, con el rostro pálido, todavía en pijama a pesar de que era casi la hora del almuerzo. El estómago de Elizabeth se contrajo ante la mirada de desesperación en el rostro de su hija.

—Déjame hablar con ella... a solas.

Jason asintió, apagó el motor y vio a Elizabeth salir disparada del auto para tomar a Annabel en sus brazos.

—¿Quieres un trago? —Annabel resopló y se secó debajo de los ojos rojos con el dorso de la mano.

—No, gracias. —Elizabeth cerró la puerta principal y se volvió para inspeccionar la pequeña sala de estar. La luz brillaba a través de la ventana, llamando la atención sobre el mosquitero amarillento y la suciedad en las superficies.

—¿Cómo estás? —Dio un paso adelante, pisando accidentalmente el juguete de goma de un perro que chirrió bajo su peso.

—He estado mejor —afirmó Annabel. Parecía miserable y cansada, como si no hubiera dormido durante una semana—. Esta vez me ha dejado para siempre. —Sus palabras fueron acompañadas de retorcerse las manos. Un sollozo brotó de sus labios y las lágrimas rodaron por las mejillas de Annabel.

—¿Qué pasó? —Elizabeth la condujo hasta un sofá de aspecto abultado. Se hundieron en los cojines y un olor a ajo y especias golpeó sus fosas nasales.

—Él... él... —Annabel hipó, inquieta, retorciéndose más las manos—. Me dijo que habíamos terminado y que nos acabamos de comprometer y yo iba a conocer a su familia y la boda... la boda, todo está arruinado.

Elizabeth le pasó un pañuelo limpio.

—¿Porque cree que lo has engañado?

—Sí. —Annabel asintió y luego se sonó la nariz—. Pero también había otras razones. Dijo que ya no lo hago feliz. Dijo... —solloz entrecortadamente—, dijo que sería una esposa terrible.

—¡Tonterías! —Las manos de Elizabeth se apretaron en puños—. Es él el que es terrible. *Él* es el problema. Eres encantadora tal como eres, Anna. Es un matón, amor, no es una buena persona y tú eres demasiado buena para él. En el fondo, creo que él también lo sabe.

—¡Pero lo amo! —Annabel se lamentó.

—Eso no es amor. —Elizabeth tomó sus manos—. Es abuso.

Annabel la miró con los ojos muy abiertos.

—¡Él nunca me ha pegado, mamá!

—Hay diferentes tipos de abuso, amor —explicó Elizabeth—. Está abusando emocional y psicológicamente de ti. Te menosprecia, te intimida, te controla. Tu hermano lo vio y yo también. Por favor, no vuelvas con él. Acepta que se acabó y sigue con tu vida.

Annabel asintió cansada.

—Me siento como una mierda. Mi corazón se siente como si estuviera partido en dos.

Elizabeth se secó las lágrimas con ternura.

—Será más fácil, te lo prometo. Pero necesitas ser fuerte. *Puedes* hacerlo.

—Está en mi piso. Él tiene todo. ¿Qué voy a hacer, mamá?

Elizabeth palmeó su mano.

—Vamos a arreglar este lío. He traído ayuda, amor. Ya no tienes que preocuparte.

Annabel se dio una ducha rápida y se vistió con ropa informal. Ya se veía mejor. Elizabeth no pudo evitar rechinar los dientes ante la idea de que Adam tratara a su hija de manera tan terrible.

No iba a salirse con la suya, pensó con determinación. *Es hora de que ese matón obtenga su merecido.*

—¿De quién es esta casa? —preguntó Elizabeth, mientras Annabel cerraba la puerta principal y metía las llaves en el buzón.

—De Matt. —Annabel la miró con pesar—. El hombre con el que se supone que tengo una aventura. El chico encantador que es solo un amigo y es cien por ciento gay.

Elizabeth resopló.

—Qué tonto. ¡Y no puedo creer que haya tenido la temeridad de echarte de tu propio piso!

—Lo sé. —Annabel miró con tristeza al suelo—. Seguro que sé cómo elegirlos, ¿eh?

—Esto no es tu culpa. —Elizabeth protestó—. Vamos, tenemos que arreglar un desalojo.

Annabel se aplastó en la parte trasera del coche con Max y Frank. Elizabeth hizo una rápida ronda de presentaciones.

—¿Recuerdas a Jason?

—Sí, claro. —Annabel le dio un pequeño saludo con la mano—. Hola.

—Qué gusto verte de nuevo. —Jason sonrió y giró la llave en el contacto—. Entonces, ¿A dónde nos dirigimos?

—¿Está en el trabajo? —Elizabeth miró a través del parabrisas hacia el piso de su hija. *Por favor, que esté en el trabajo.*

Annabel se encogió de hombros.

—Creo que estará de noche esta semana.

—Oh, Dios. —Max se frotó las manos—. Entonces, puede que no se dé cuenta cuando lo arrojemos por la ventana.

—¡Espero que no tengamos que recurrir a la violencia! —Elizabeth emitió una risa nerviosa—. Esperemos que simplemente... se vaya.

Frank se desabrochó el cinturón de seguridad.

—Según mi experiencia como alguacil, estas cosas nunca terminan felizmente.

Los cuatro miraban malhumorados el piso cuando se abrió la puerta y apareció Adam, vestido con la bata rosa de Annabel. Se rascó la cabeza antes de colocar dos botellas de leche de vidrio vacías en el paso.

—¿Tienes un lechero? —chilló Elizabeth.

—¿Qué? —Annabel apartó los ojos para mirar a su madre—. ¿Por qué es tan impactante? Apoyo el comercio local.

El estómago de Elizabeth se agitó por los nervios.

—Quizá deberíamos llamar a la policía.

Demasiado tarde. Adam los había visto y caminaba pesadamente por el camino, su rostro contraído en un ceño fruncido.

—Bueno, bueno, bueno —su voz estaba teñida de desprecio—, la espalda de la adúltera.

Sus palabras encendieron la ira en Annabel. Bajó del auto.

—Quiero que te vayas de mi apartamento. —Su voz temblaba de emoción—. Como ahora mismo.

—Déjame pensar en ello. —Adán se burló—. Emmm... ¡No!

El resto se apresuró a pararse detrás de Annabel. Adam los miró y dejó escapar una risa hueca.

—¿Es esto lo mejor que puedes hacer? ¿Una madre neurótica y tres simios imbéciles?

Elizabeth enderezó la columna.

—Tienes que irte, Adam. Este es el piso de mi hija.

—*Tienes que irte* —imitó Adam—. Pero yo soy la parte inocente aquí y ¿adónde voy a ir?

—Ve a dormir al hospital por lo que a mí respecta. —Annabel levantó los brazos—. Encajarás en la sala de geriatría.

—No tengo tiempo para esto. —Adam retrocedió por el camino—. Algunos de nosotros tenemos que trabajar. Tal vez te deje pasar el fin de semana para recoger tus pertenencias. Ahora mismo, necesito dormir.

Antes de que Elizabeth pudiera gritar: "Oye, escoria, sal de la propiedad de mi hija", él estaba dándole la espalda y cerrando la puerta, pero Frank, sorprendentemente ágil para un tipo tan voluminoso, se lanzó por el camino como un relámpago y usó su contextura como un amortiguador.

—Por supuesto —protestó Adam. Su rostro se puso morado

mientras se enfurecía y empujaba contra el peso del exboxeador, pero Frank mantuvo la puerta firme y le hizo señas a Annabel para que entrara.

Elizabeth siguió a su hija a su apartamento.

—¿Qué debo hacer, mamá? —Annabel parecía vulnerable y asustada. El sol iluminaba su cabello alrededor de su rostro, haciéndola lucir angelical.

—Recoge su ropa y arrójala al jardín —dijo Elizabeth con decisión—. Tenemos que actuar con rapidez.

Se pusieron en acción. Metieron ropa en bolsas, escuchando los sonidos apagados de Adam gritando que *él* era la víctima.

—¿Estás bien? —Jason estaba de pie en la entrada, con las manos metidas en los bolsillos.

—Casi termino —dijo Elizabeth, arrojando un par de calzoncillos deshilachados a la papelera con satisfacción.

—Tiene un juego de llaves. —La frente de Annabel estaba arrugada por la preocupación—. Volverá cuando te hayas ido, lo sé.

—Max ha llamado a un cerrajero, no podrá entrar. —Jason sonrió—. Y Frank está teniendo una pequeña charla con él. Dándole una advertencia, nada demasiado aterrador, solo que podría sufrir algunos huesos rotos si te molesta de nuevo.

Elizabeth negó con la cabeza.

—La violencia nunca es la respuesta... pero gracias.

Llevaron las bolsas por la casa, y las tiraron sobre el césped cubierto de maleza. El vecino de al lado, que estaba lavando su auto, se detuvo para mirar boquiabierto la caótica escena.

—¿Eso es todo? —preguntó Elizabeth, dirigiendo una sonrisa tensa a una dama que pasaba.

Annabel sonrió a las cuatro bolsas negras abultadas.

—Bastante patético, ¿no? Al menos recuperaré mi espacio en el guardarropa.

Adam se lanzó hacia Annabel, pero Frank lo detuvo.

—¡Te arrepentirás de esto! —gruñó.

Annabel lo miró fijamente durante un momento y, de

repente, fue como si hubiera encontrado su voz, su guerrera interior.

—Lo único que lamento es haberme involucrado contigo. —Ella se acercó a él—. Ahora lárgate de mi vida.

—Con mucho gusto. —Se liberó con un movimiento de hombros—. Siempre fui demasiado bueno para ti, de todos modos. Eres una perra y una cualquiera... —Sus palabras fueron interrumpidas cuando Annabel le dio una fuerte bofetada en la cara.

—Lo siento, mamá. —Miró a Elizabeth.

Elizabeth sonrió.

—No te disculpes, amor. Él se lo merecía.

Adam recogió las bolsas y se alejó tambaleándose por el camino.

—Ah, y no creas que te quedas con el anillo. Lo quiero de vuelta...

¡*Whoosh!* Un chorro de agua jabonosa fría salió volando del cubo en las manos del vecino, y empapó a Adam de arriba abajo.

Los ojos sorprendidos giraron hacia el anciano, quien simplemente se encogió de hombros y dijo, con total naturalidad:

—Buen viaje. De todos modos, nunca me cayó bien.

treinta y nueve

Liverpool esa noche fue increíble, y para Elizabeth se sintió más especial porque su hija estaba entre la multitud, bailando y cantando y, en general, relajándose. Después de que la conmoción por la partida de Adam había pasado, Annabel había jurado que nunca más permitiría que otro hombre la desgastara como él lo había hecho. Declaró que había vuelto a su antiguo yo burbujeante y confiado y que iba a estar absolutamente bien. Al final del concierto, Elizabeth se fue de pub en pub con ella. Diez bares más tarde y después de copiosas cantidades de alcohol, regresaron tambaleándose al hotel con Elizabeth callando la interpretación callejera de su hija de *I Will Survive*. Melody estaba acurrucada en posición fetal; sus ronquidos levantaban las sábanas. Esto provocó las carcajadas de Annabel, que hicieron que Elizabeth se uniera, pero Melody siguió durmiendo.

Se acurrucaron juntas en la estrecha cama. Los pies de Annabel eran como trozos de hielo que hicieron temblar a Elizabeth cuando los enganchó alrededor de su propio cuerpo.

—He tenido una buena noche —murmuró Annabel—. Te amo, mamá.

—Yo también te amo, niña.

Annabel hipó.

—Estás diferente, mamá.
—¿Lo estoy? —Elizabeth se rascó el cosquilleo en la punta de la nariz.
—En el buen sentido, claro. —Annabel sonrió—. Estás literalmente resplandeciente y allá arriba en el escenario tú... bueno, ¡te veías sexy!
—Eso probablemente fue por estar debajo de las luces. —Elizabeth dejó escapar un resoplido.
—Era más que las luces. —Annabel volvió a reírse—. Tienes confianza. Sexy.
—Gracias por el cumplido, pero realmente deberíamos dormir un poco. Pronto será de día.
—Bueno. —Annabel se retorció sobre su espalda—. ¿Mamá?
—¿Mmm?
—Creo que deberías hacerlo con Jason. —Elizabeth se quedó rígida ante el sonido de su nombre—. Es un tipo encantador —continuó Annabel—. Sé que se gustan, pude sentir la atracción entre ustedes dos.
—Ana...
—Papá querría que conocieras a alguien más y estaré muy feliz por ti, por supuesto.
—¿Qué pasa con Harry? —Elizabeth tragó saliva.
—Oh, él es solo el señor Nervios. No le hagas caso, se dará cuenta. —Los ojos de Annabel se cerraron—. ¿Recuerdas esa resolución de Año Nuevo? Sexo, y mucho.

En la oscuridad, Elizabeth apretó las sábanas cerca de su corazón y sonrió.

~

Para mediados de octubre habían tocado otros nueve conciertos. Cruzaron la frontera con Escocia y actuaron en Edimburgo, Aberdeen y Dundee. No había tiempo para hacer turismo, estaban trabajando con un horario apretado y Elizabeth estaba igualmente eufórica y exhausta. Carolyn se había quedado en Inglaterra, lo que significaba que Jason había viajado en el autobús de la gira con todos los demás. Elizabeth se encontró gravitando hacia él.

Pasando tiempo hablando con él, le contó más sobre su crianza nómada, su infancia y su etapa como guitarrista. Ella le habló de Cornualles, la belleza del mar embravecido y las calas de arena escondidas que permanecían en gran parte sin descubrir por los turistas.

—No puedo creer que nunca hayas visitado Cornualles —dijo—. Es una verdadera joya inglesa.

—Tal vez podrías llevarme algún día. —Él la deslumbró con sus hermosos ojos, y el estómago de Elizabeth dio un vuelco.

—Sí a eso. Te encantaría St-Leonards-By-Sea; es tan bonito...

—Tú también. —La mano de Jason se presionó contra la de ella, y Elizabeth tragó saliva cuando la atracción la recorrió. Observó paralizada cómo sus labios se acercaban a los de ella. Iba a besarla frente a todos y a ella realmente no le importaba.

Elizabeth admitió para sí misma que deseaba a ese hombre. A lo largo de las semanas, él había erosionado sus paredes, ella se estaba enamorando de él de nuevo, pero quedaba una pequeña semilla de duda en su corazón: ¿podría confiar en él? ¿Volvería a romperle el corazón? Sus labios se cernieron sobre los de ella, ella levantó la cabeza más alto para encontrarse con ellos, pero de repente Jack apareció a un lado de ellos, y los distrajo con una charla sobre su próximo concierto en Leicester. Se separaron, y el momento se perdió. Elizabeth tomó su crucigrama y dijo alegremente: "¿Emoción fuerte, seis letras?" La palabra *pasión* circuló por todo el autobús. Parecía muy apropiado para su estado mental actual.

Su segundo día en Leicester fue un día de descanso. Elizabeth y Melody pasaron un día tranquilo comprando y disfrutando la comida en un encantador restaurante italiano. Después de haber regresado al hotel con sus compras, Melody recibió un mensaje de texto de Eduardo preguntándoles si les gustaría acompañar a los miembros de The Rebels a una discoteca de los ochenta.

—Vamos a vestirnos —dijo Melody, saltando en la cama—.

Podemos hacernos el pelo grande y maquillarnos al estilo de los ochenta.

—Pero ¿qué nos pondremos? —dijo Elizabeth.

—Hay una tienda de disfraces no muy lejos de aquí. Lo noté cuando estábamos paseando. Vamos... —Tiró de la mano de Elizabeth fuera de la habitación y se dirigieron de nuevo al centro de la ciudad.

Unas horas más tarde, las dos se pararon frente a un espejo de cuerpo entero admirando sus reflejos.

—¡Mira mi cabello! —Elizabeth tocó el peinado hacia atrás que estaba sólido como una roca con laca para el cabello—. Parece que me han dado una descarga eléctrica.

—Pareces una estrella del pop de los ochenta. Definitivamente las vibraciones de Madonna continúan.

Elizabeth admiró sus guantes de encaje y su falda con volantes.

—Entonces, ¿quién eres?

—Chaka Khan, por supuesto.

—¡Oh, sí! —Elizabeth sonrió a su amiga—. Te ves maravillosa. —Volvió a mirar su reflejo—. No estoy segura sobre el delineador de ojos. Nunca había usado tanto maquillaje antes.

—Deja de preocuparte. —Melody tomó un trago de la botella de vino que habían estado compartiendo—. Te ves totalmente hermosa, y cuando Jason te vea, quedará impresionado.

—Realmente no estoy tan interesada en la opinión de Jason Brooke —protestó Elizabeth.

—¡Por supuesto que no lo estás! —Melody puso los ojos en blanco—. Tenemos que irnos. El taxi estará aquí en... cinco minutos.

—Bien, bien. —Elizabeth agarró su bolso y salió tambaleándose de la habitación, siguiendo a Melody.

Una señora de la limpieza asomó la cabeza por la habitación de enfrente y los observó con una sonrisa.

—¿Noche de los ochenta? —dijo con acento irlandés.

—¿Cómo adivinó? —Elizabeth suspiró—. ¿Cree que es demasiado?

—¡Para nada! Iré yo misma una vez que haya terminado mi turno. Es una gran noche. Creo que la mayor parte de Leicester asiste... bueno, la población estudiantil, de todos modos.

—Excelente. —Melody gritó de emoción.

La señora de la limpieza inclinó la cabeza hacia un lado.

—Oigan, ¿están con The Rebels?'

—Somos sus coristas —respondió Elizabeth asintiendo.

—¡Oh, vaya! ¿Significa eso que Jack, Eduardo y los demás también irán a la noche de los ochenta?

Elizabeth retrocedió.

—Emmm... no estoy segura.

—Tenemos que irnos. —Melody la agarró del brazo y la arrastró por el pasillo hacia el ascensor.

—Las buscaré —gritó la señora de la limpieza.

—Era agradable —dijo Elizabeth—. ¿No era amable?

—Ella no está interesada en nosotras —susurró Melody.

—Claro. —De pronto se dio cuenta—. ¡Maldición! No debería haber dicho nada; ahora serán acosados.

—No te preocupes demasiado —dijo Melody—. Los chicos también se disfrazarán. Ya sabes, de incógnito. Con suerte, nadie los reconocerá y todos podremos ir a comer un kebab después.

—¿Un kebab? —Elizabeth hizo una mueca.

—Saben deliciosos a las dos de la mañana. —Melody se rio entre dientes—. ¿No tienen tiendas de kebab en Cornualles?

—No en St-Leonards-By-Sea. En Newquay, tal vez —reflexionó Elizabeth.

—Bueno, después de esta noche ya no serás una virgen del kebab. —La risa de Melody era contagiosa y Elizabeth se unió. Las puertas del ascensor se abrieron y una pareja de ancianos los miró con fascinación.

—¿Bajando? —preguntó el hombre, con una sonrisa divertida.

La discoteca era enorme. Constaba de tres plantas, cada una con música diferente. Por diez libras, los clientes tenían acceso a todos ellos, lo que Elizabeth pensó que era una ganga. Después de entregar sus abrigos al encargado del guardarropa, se dirigieron al salón de fiestas de la planta baja. La música no se parecía a nada que hubiera oído antes; era ensordecedora y el cantante sonaba como si tuviera dolor; estaba chillando tan fuerte. Había algunas personas sacudiendo sus cabezas en la pista de baile.

La boca de Elizabeth se abrió alarmada.

—¿Qué están haciendo? —gritó en el oído de Melody—. Se harán daño en el cuello.

—Cabeceo —respondió Melody con una sonrisa—. Este es el piso de metal pesado. ¿No te gusta, Lizzie?

Elizabeth negó furtivamente con la cabeza.

Pasó un hombre con una mohicana con pinchos color negro azabache.

—¿Te apetece un baile, cariño? —Para asombro de Elizabeth, él la estaba mirando directamente.

—Eh... no. Pero gracias.

—Creo que estás en el piso equivocado —dijo, lanzando una mirada a lo largo de ella.

—¿Disculpa? —Elizabeth estaba paralizada por el tatuaje en su rostro y los piercings que colgaban de su nariz, cejas y labios.

Se inclinó más cerca y el nauseabundo olor a hierba flotaba debajo de su nariz.

—Dije que tocarán Michael Jackson y Kylie en el último piso. —Señaló con su dedo índice hacia arriba.

—Sí, solo estamos de camino. —Elizabeth tiró del brazo de Melody.

—Diviértete, amor —sonrió el hombre—, y si te apetece un encuentro alternativo, ven a buscarme.

—Bueno, solo llevamos aquí diez minutos y ya has ligado —se rio Melody mientras dejaban el suelo de piedra y subían un tramo de escaleras alfombradas de color carmesí.

—Era lo suficientemente joven para ser mi hijo —articuló sorprendida Elizabeth.

Melody se encogió de hombros.

—A algunos hombres les gusta la mujer mayor. Piensa en todas las cosas que podrías enseñarle.

—¡Creo que sería al revés!

—¿Cómo es que tuviste tres hijos? —Melody negó con la cabeza.

Mientras revoloteaban frente a la entrada de la sala de baile, un par de manos sujetaron la cintura de Elizabeth. Dio media vuelta, lista para golpear a quienquiera que fuera, y se sintió aliviada al ver a Eduardo. Al menos ella pensó que era Eduardo; era difícil estar absolutamente seguro debajo del bigote negro adherido y el cabello negro con gel.

—¿Eduardo?

—Ese soy yo. —Él la levantó y le dio la vuelta.

Los otros chicos de la banda estaban un poco atrás, hablando con un grupo de chicas guapas. Llevaban spandex y extensiones de cabello. Jack se veía hilarante con una peluca larga y rizada, una guitarra eléctrica colgada de su torso.

—¿Quién se supone que son? —Melody los miraba de arriba abajo.

—¡Queen, por supuesto! —Jack separó las piernas e hizo un puchero.

—¡Sí! —exclamó Elizabeth—. Es Brian May.

—¿No fue en los años setenta? —Melody se rascó la cabeza.

—También fueron populares en los años ochenta —respondió Elizabeth—. Te ves increíble.

—Gracias. Entonces, ¿dónde están Jase y Carolyn? —preguntó Jack.

—Ni idea —dijo Elizabeth alegremente—. ¿Alguien quiere una copa?

Los condujo al bar donde pidieron vino y cerveza.

—Este es mi tipo de música. —Melody asintió con la cabeza en señal de aprobación.

Elizabeth golpeteó con los pies al compás del ritmo alegre y se volvió para mirar la pista de baile. Había un gran grupo de mujeres que parecían estar en una rave, mientras agitaban palos fluorescentes en el aire y bailaban alrededor de sus bolsos. Melody bebió su bebida, luego agarró el brazo de Elizabeth, jalándola hacia ellas.

—A este no lo conozco —protestó Elizabeth—. ¿Quién es?
Melody le dirigió una mirada de incredulidad.
—¿No conoces a David Guetta? Es uno de los DJ más famosos del mundo. ¿Mencioné que lo conocí una vez? Estaba de vacaciones en uno de los cruceros en los que yo trabajaba. Muy adecuado. Lo buscaré en Google en un momento, pero primero comencemos esta fiesta.

Cuando finalmente salieron de la pista de baile una hora más tarde, la banda se había desvanecido. Elizabeth y Melody fueron a usar el baño y luego se dirigieron al último piso. Rick Astley canturreaba que "nunca te abandonaría". La señora de la limpieza tenía razón: el salón estaba lleno. Lucharon hasta llegar a un bar de cócteles, aunque ninguna de las dos tenía ni idea de lo que estaban pidiendo. Melody había delegado la decisión en el camarero del bar, que parecía aterradoramente alegre mientras agitaba la batidora de cócteles con un movimiento controlado de la muñeca.

—Para las dos mujeres más hermosas del salón. —Se inclinó sobre la barra y echó una cereza en sus bebidas burbujeantes.

—¡Salud! —Elizabeth tomó un sorbo tentativo—. Mmm, esto es delicioso. —Miró a su alrededor, sus ojos buscando un asiento—. ¿Podemos sentarnos un rato? Mis pies me están matando.

—Vamos entonces, abuela. —Melody cruzó el salón hacia una zona de mesas altas de cristal. Elizabeth se subió a un taburete y se bajó el dobladillo de la falda. Se preguntó fugazmente cómo había dejado que Melody la convenciera de usar algo tan revelador. Además de mostrar sus piernas, su delgada blusa dejaba poco a la imaginación. La cereza que estaba chupando se le cayó de la boca, clavándose en su amplio escote. Melody soltó una risita cuando Elizabeth, avergonzada, la extrajo y la hizo rodar sobre la mesa.

—Entonces, ¿de quién estabas enamorada en los años ochenta? —Melody inclinó una cabeza inquisitiva hacia un lado.

—Bryan Adams —dijo Elizabeth sin dudarlo—. Tenía los carteles, las camisetas, incluso tenía un llavero personalizado hecho con *I love Bryan*. ¿Qué hay de ti?

—Me encantaban Prince y Michael Jackson, también George Michael era bastante sexy. Las estrellas del pop de hoy simplemente no son del mismo calibre. Hablando de George Michael, hay un doble de él mirándote fijamente, Lizzie.

—¿A mí? —Elizabeth miró al otro lado de la habitación, donde un grupo de hombres arrastraba sus cuerpos al ritmo de la música—. ¡Oh, no! Melody, él viene.

—No te va a arrancar la ropa. —Melody saltó animadamente de su taburete—. Aunque en mi opinión eso no sería malo.

—¿Disculpa? —Elizabeth se sorprendió por sus palabras—. ¿Adónde vas?

—Solo al baño. —Melody palmeó su mano—. Habla con él, flirtea. Un poco de atención masculina te hará mucho bien.

—Pero... —La boca de Elizabeth se abrió. Era demasiado tarde para que ella la siguiera: el hombre estaba de pie a su lado, con una amplia sonrisa en su rostro.

—Hola, mi nombre es Barry... pero solo por una noche, puedes llamarme George, cariño.

cuarenta

Barry, también conocido como George Michael, procedió a lanzar las líneas de conversación más ridículas. Incluso la inexperta Elizabeth se encogió por dentro ante sus frases cursis. Él le dijo que era un trabajador de una plataforma petrolera, que había regresado del mar del Norte para Navidad. Elizabeth sonrió cortésmente mientras él se subía al taburete de Melody.

—¿Haces Insta? —preguntó, mientras jugueteaba con su teléfono.

La mirada en blanco de Elizabeth era evidencia de que no tenía idea de qué estaba hablando.

—Instagram —dijo pacientemente—. Es una plataforma de redes sociales donde las personas publican selfies, citas motivacionales, ese tipo de cosas.

—No uso mucho las redes sociales —respondió Elizabeth—. Me tomó años configurar una cuenta de Facebook. Prefiero que mis interacciones se basen en el mundo real y no en el cibernético.

—Oh, te entiendo. —Barry asintió y se inclinó más cerca—. Será mejor que alguien llame a Dios porque esta noche le falta un ángel.

Un chorro de vodka salió disparado de la boca de Elizabeth.

—Lo siento. —Ella limpió la manga de su camisa húmeda—. ¿Te lo acabas de inventar?

—Muy cierto, ángel, y tengo mucho más almacenado aquí. —Se golpeó un lado de la cabeza.

—¿Alguna vez has pensado en realizar *stand up*? —preguntó ella con una sonrisa.

—Hablo muy en serio. —Barry le dio una mirada ardiente y Elizabeth miró hacia el baño de damas con desesperación. ¿A dónde había ido Melody?—. Algo anda mal con mis ojos...

Elizabeth lo miró con preocupación.

—¿Estás bien?

—Porque seguro que no puedo quitártelos de encima.

Elizabeth suspiró.

—Mira, Barry, pareces un chico encantador, pero en realidad estoy en una relación.

—Oh. —Barry se desilusionó—. ¿Así que no te interesa un poco de infidelidad?

—No. —Elizabeth descruzó las piernas—. Voy a encontrar a mi amiga ahora. Fue un placer conocerte.

—Elizabeth, espera. —Su rostro se había caído como el de un cachorrito de aspecto sensiblero—. Creo que hay algo mal con mi teléfono... tu número no está en él.

—Buen intento. Adiós, Barry.

Se alejó, chocando con Melody cuando la puerta del baño se abrió.

—No vuelvas a hacer eso —advirtió Elizabeth—. Pensé que tendría que practicar kárate con él. ¿Por qué los hombres piensan que pueden ser sórdidos con cualquier mujer al azar? ¿Creen que todas estamos desesperadas por llamar la atención?

—¡Lo siento! —Melody fue adecuadamente castigada—. Solo pensé que, si Jason te veía con otro tipo, podría ponerse celoso, ya sabes, hacerle darse cuenta de lo que se está perdiendo.

—Dudo que eso suceda, Melody —espetó Elizabeth—. Le dejé claro a Jason que quería que solo fuéramos amigos. Además, ¡él ni siquiera está aquí!

—Pero todavía te gusta, ¿verdad? —instó Melody.
Elizabeth dejó escapar un suspiro de exasperación.
—Por supuesto que sí, ¿a qué mujer cuerda no le gustaría?
—Bien —Melody se aclaró la garganta—, porque él está parado justo detrás de ti, Lizzie.
—Eso... no es así como sonó... —dijo Elizabeth—, yo... eh, solo le estaba diciendo a Melody lo buen amigo que eres.
Jason levantó las cejas, pero permaneció en silencio.
—¡No estás vestido para la ocasión! —exclamó Melody.
El cabello de Jason cayó sobre sus ojos y Elizabeth sintió la urgencia de pasar sus dedos por él.
—No. No he tenido oportunidad. He estado trabajando.
—Te ves genial —soltó Elizabeth—. Quiero decir... podrías pasar como Peter Gabriel de todos modos.
—¿O Bryan Adams? —bromeó Melody.
—¿Dónde está Carolyn? —preguntó Elizabeth, subiéndose los guantes de encaje.
—Cyndi Lauper está allí. —Jason señaló a Carolyn, que caminaba hacia ellos con una bandeja de bebidas.
—¡Hola, damas! Nos he comprado vino. Espero que Chardonnay esté bien para ambas.
—Hola —respondió Elizabeth cortésmente—, sí, está bien.
—Entonces, ambas se ven geniales —Carolyn sirvió las bebidas—. Madonna y Whitney, ¿verdad?
—¡No! —Melody chasqueó la lengua—. Soy Chaka Khan.
Mientras Melody y Carolyn debatían sobre quién era la mejor cantante femenina de los ochenta, Jason se acercó a Elizabeth y le sonrió.
—¿Estás bien?
—Sí. —Miró a sus hermosos ojos grises y su estómago se sintió como si hubiera cientos de mariposas revoloteando allí.
—¿Cómo está Annabel?
—Oh, ella está bien. Decidida a permanecer soltera para siempre ahora, ¡y Nueva York está de regreso! Estoy tan emocionada por ella... —Elizabeth le tocó el brazo—. Gracias por tu

ayuda. Esa situación con Adam podría haberse vuelto realmente desagradable. Me alegró que estuvieras allí... y Max y Frank, por supuesto.

—Sí —sonrió Jason—, pueden dar bastante miedo. —Se aclaró la garganta—. ¿Quieres bailar?

—¿Al ritmo de *Girls Just Wanna Have Fun*? —Elizabeth miró la pista de baile, que estaba llena de mujeres y algunos hombres.

—¿Por qué no? —Él tomó su mano y ella se encontró casi corriendo para seguirlo.

Cuando Elizabeth pisó las baldosas de colores, notó que todos los chicos de la banda también estaban bailando. Levantó la mano en un gesto y se rio cuando Jack caminó hacia ellos.

—Sí, sí —dijo, con un guiño lascivo—. ¿Ustedes dos finalmente están juntos?

Elizabeth dio un grito ahogado. ¿Todos habían notado lo que sentía por Jason Brooke?

—Compórtate —dijo Jason a la ligera—, sé respetuoso con tus mayores.

—¡Está bien, papá! —Jack sonrió y volvió con sus compañeros de banda.

—Son buenos chicos —gritó Elizabeth al oído de Jason.

Jason asintió.

—Son más maduros que yo a esa edad.

Elizabeth ladeó la cabeza hacia un lado.

—¿Cómo eras cuando eras más joven?

—Malhumorado. Engreído. Un sabelotodo.

—Apuesto a que tenías a todas las chicas detrás de ti. —Las manos de Elizabeth eran cálidas en las suyas.

Suavemente, él la hizo girar.

—No soy virgen —estuvo de acuerdo.

Elizabeth tragó saliva.

—¿Qué pasó con tus matrimonios?

—Mi primer matrimonio fracasó. Éramos demasiado jóvenes, queríamos cosas diferentes, y mi segunda esposa me fue infiel.

Elizabeth dio un grito ahogado.

—Pero tú eres... perfecto.

—Estoy lejos de ser perfecto, créeme. Emocionalmente, soy como un adolescente, me cuesta dejar que la gente se acerque. Ya te dije antes que me aterroriza el compromiso.

—Pero te casaste dos veces —argumentó Elizabeth—. Al menos intentaste que funcionara.

Jason dejó de moverse.

—No había conocido a la mujer adecuada.

—Oh. —Elizabeth miró hacia otro lado; su corazón latía con fuerza.

—Hasta ahora. —Jason le levantó la barbilla con los dedos—. Eres especial para mí, Elizabeth.

—¿De verdad? —Elizabeth le rodeó el cuello con los brazos y él inclinó lentamente la cabeza. Su boca presionó la de ella, tan suave como una pluma.

—¿Aún quieres que seamos amigos? —murmuró, contra sus labios.

—Mmm —suspiró Elizabeth. Olía tan delicioso... loción para después del afeitado y pasta de dientes y jabón almizclado—. Quiero más.

Lentamente se besaron, sus labios derritiéndose uno contra el otro. Las rodillas de Elizabeth temblaron cuando su lengua se lanzó entre sus dientes. El calor se extendió a través de sus miembros y en su estómago.

—Eres tan sexy... —dijo con voz áspera, separándose ligeramente—. ¿Vuelve al hotel conmigo?

—¿Qué pasa con los demás? —murmuró, sintiéndose aturdida—. Todos estarán cotilleando sobre nosotros.

—Déjalos. —Jason se encogió de hombros—. Quiero estar contigo como es debido, sin secretos. Quiero que todos sepan que estamos juntos. ¿Sientes lo mismo? Sé sincera y sácame de mi miseria.

Elizabeth inclinó la cabeza hacia atrás para mirarlo fijamente.

—Sí, siento lo mismo. Yo también te quiero. Muchísimo.

Los ojos de Jason brillaron con felicidad, pasión y necesidad.
—Vamos.

Corrieron de regreso al hotel, tomados de la mano, como un par de adolescentes enamorados.

—Tendrás que disculpar el desorden —dijo Jason mientras insertaba su llave de tarjeta—. El desorden es uno de mis peores rasgos.

Elizabeth entró en la habitación y miró a su alrededor. Había ropa en el suelo, una toalla mojada y la cama estaba arrugada, pero aparte de eso pensó que se veía bien.

—¡Esto es inmaculado comparado con vivir con mis dos hijos! Jason enderezó el edredón.

—¿Quieres una bebida? Hay whisky en el mini bar.

—Sí, por favor. —Elizabeth se humedeció los labios, los nervios arremolinándose en su estómago. Se sentó en la cama, cruzó las piernas y agarró su bolso.

—¿Hielo? —Jason se dio vuelta.

Ella asintió, luego se aclaró la garganta, mirando su espalda; brazos musculosos, piernas y glúteos bien definidos, espalda ancha, el cabello rizado en la nuca. El calor se extendió a través de ella mientras contemplaba pasar otra noche en su cama. Había extrañado su toque, la sensación de su boca. Era el material de los sueños, un hombre totalmente magnífico; sintió ganas de pellizcarse, no parecía real. Elizabeth se sentía como si estuviera atrapada en una fantasía: un romance salvaje, uno de los libros de Gloria donde se garantizaba un final feliz. Se preguntó qué les depararía el futuro, pero luego se reprendió a sí misma; *Vive el presente, disfruta el aquí y el ahora.*

Jason se sentó a su lado y le pasó la bebida.

—¿Brindamos?

Elizabeth miró fijamente su boca bellamente tallada, la insinuación de barba incipiente que recubría la parte inferior de su rostro.

—¿Por qué? —susurró ella.

—Por la música y por vivir tus sueños, por la alegría y la

pasión. —Hizo hincapié en la última palabra, y su sonrisa iluminó su rostro. Sus ojos eran intensos; habían cambiado de gris claro a gris oscuro. Anunciando una advertencia tal vez, una tormenta por venir. Ella repitió sus palabras con voz ronca. Elizabeth era vagamente consciente de puertas que se cerraban fuera de la habitación, risas, pisadas fuertes en el pasillo, el golpeteo de la lluvia en el alféizar de la ventana. Entonces, todo quedó en silencio cuando él se acercó más, le quitó la bebida de las manos y la atrajo hacia sus brazos.

—Espera. —Ella exhaló la palabra—. ¿Esto significa que estamos en una relación?

—Absolutamente —respondió Jason—. No más amistad.

Inclinó la cabeza, acercando su boca a la de ella. La pasión creció dentro de ella mientras alcanzaba los botones de su camisa. Se abrieron cuando ella lo separó, y revelaron un abdomen bronceado, un puñado de cabello que caía hasta sus pantalones. Ella retrocedió, permitiéndole quitarle la blusa y la falda de encaje. Luego se puso de pie, de pie entre sus muslos abiertos, usando un sostén, bragas y guantes a juego. ¡Maldita sea, todavía estaba usando sus guantes de Madonna!

—No lo hagas —dijo con voz ronca mientras ella iba a quitárselos.

—¿Te gustan? —ella bromeó, mirándolo.

—Sí. —Extendió la mano para tocar sus pechos, pero ella bailó fuera de su alcance, su respiración se aceleró cuando se desabrochó el sostén y lo dejó caer al suelo. Ella lo escuchó gemir y le permitió tirar de ella hacia atrás. Sus piernas temblaron cuando él tomó su pezón en su boca, besándolo y chupándolo amorosamente, antes de pasar al otro.

Elizabeth echó la cabeza hacia atrás, jadeando de placer. Sus dedos estaban dentro de sus bragas, deslizándose en su humedad. Sintió una presión en el estómago y gritó cuando él la llevó hábilmente a un clímax demoledor.

—Oh, eso fue tan bueno... —Ella se aferró a sus hombros, sus piernas temblaban.

—Aún no hemos terminado —dijo él con voz áspera. Con un rápido movimiento, le bajó las bragas y la sentó en su regazo. Podía sentir la dura longitud de él, presionando contra su estómago y luego él estaba dentro de ella, y ella se movía hacia arriba y hacia abajo, haciéndolo gemir con los movimientos de sus caderas. Él besó su cuello—. Me encanta follarte —murmuró.

—Me encanta también. —Ella se mordió el labio, sacando sangre mientras él se movía más rápido. Una opresión en su estómago comenzó a desmoronarse, como un resorte suelto.

—Por favor, ven —la instó, agarrándola por las caderas con fuerza. Su lengua se movió sobre sus pezones húmedos, ella deslizó sus dedos en su cabello y gimió cuando un orgasmo onduló a través de ella, como una ola rompiendo. Mientras flotaba de regreso a la realidad, lo escuchó gritar su nombre. Se aferraron el uno al otro, perdidos en todo lo demás menos el uno en el otro.

cuarenta y uno

El resto de octubre lo pasó actuando en clubes y pubs de todo el país: Cheltenham, Southampton, Bournemouth, Chester y Wolverhampton. Mientras viajaban por Inglaterra, Elizabeth descubrió que había perdido los nervios debilitantes que la habían atormentado en sus primeras actuaciones. Su seguridad y confianza en sí misma habían crecido. Ahora, literalmente saltaba al escenario y Melody tenía que sacarla al final.

A principios de noviembre, se dirigieron de nuevo al sur, hacia Croydon. Elizabeth estaba emocionada de que sus amigos y familiares estuvieran entre la audiencia; quería que vieran cuánto había progresado y estaba ansiosa por presentarles a su nuevo novio. Su relación con Jason iba viento en popa. Él la hacía reír, la hacía sentir querida y Elizabeth había vuelto a encontrar la felicidad y la satisfacción después de tantos años de dolor y vacío. La única ansiedad que tenía era la perspectiva de decírselo a Harry. Harry, su primogénito, su sensible hijo, que había adoptado el papel de protector desde la muerte de Martin. El relajado Josh no la preocupaba, sabía que él la apoyaría y Annabel ya lo había adivinado y estaba feliz por ella.

Su ansiedad debió mostrarse, ya que Melody le preguntó si estaba bien mientras se sentaban frente a los espejos del vestidor, aplicándose maquillaje. Elizabeth transmitió sus temores sobre Harry.

—Estoy segura de que estás pensando demasiado en las cosas, chica —dijo Melody, mientras se colocaba las pestañas postizas—. Tu hijo querría verte feliz, ¿no?

Elizabeth tragó saliva.

—Era muy cercano a su padre. ¿Qué pasa si...? Él podría pensar que estoy tratando de reemplazar a Martin y que estoy traicionando su memoria.

Melody parpadeó y miró a Elizabeth con simpatía.

—Entonces, habla con él, explícale cuánto significa Jason para ti. Tienes que vivir tu propia vida, Lizzie, mereces ser feliz.

—Supongo que sí. —Elizabeth se inclinó para deslizarse sobre sus talones—. Hay una gran multitud esta noche.

Podían escuchar el sonido del cántico, amortiguado a través de las paredes.

—No puedo creer que la gira casi haya terminado. —Melody se secó el lápiz labial en un pañuelo—. Tengo muchas ganas de ir a Belfast la semana que viene. Ese es un lugar en el Reino Unido donde nunca he cantado.

—Yo también. —Elizabeth asintió con entusiasmo—. Nunca he estado en Irlanda del Norte.

La puerta se abrió con un chirrido, y un miembro del personal asomó la cabeza.

—Tres minutos —dijo, levantando los dedos.

—Vamos a destrozar este concierto. —Melody y Elizabeth chocaron los cinco y se dirigieron ruidosamente hacia el escenario, siguiendo a The Rebels hacia los vítores y hacia el centro de atención.

Más tarde por la noche, después de que terminó el concierto y se vació el club, Elizabeth se sentó con Harry y abrió su corazón. Él permaneció con los labios apretados, mirándola con sus ojos azul cielo, tan similares a los de Martin.

—¿Dirías algo, amor? —imploró Elizabeth. Luego, cuando él permaneció en silencio, ella continuó—: ¿No te gusta Jason?

Harry se pasó una mano por el pelo.

—¿Estás segura de que es lo que quieres, mamá? ¿Qué tan bien conoces a este tipo?

—¡Lo suficientemente bien! —exclamó—. He pasado meses conociéndolo. Es un hombre encantador. ¿Le darás una oportunidad?

—Parece estar bien —dijo Harry a regañadientes—. Pero ¿qué pasará cuando termine esta gira? Volverás a estar sola, mamá, solo que esta vez estarás aún más desconsolada.

—Tenemos una relación seria —dijo Elizabeth con firmeza—. Podemos hacer que funcione, estoy segura...

—No sé... parece un poco frívolo.

—¡Cómo puedes saber eso! Apenas has hablado con él. —Elizabeth suspiró—. Él nunca va a reemplazar a tu padre. Amaré a Martin para siempre. —Su voz tembló—. No quiero estar sola, Harry. Estos últimos años, he estado tan sola...

Podía ver lágrimas brillando en los ojos de su hijo. Se estrecharon las manos.

—Lo siento, mamá, por supuesto que quiero que seas feliz, me preocupo por ti, eso es todo.

—No hay necesidad. —Ella resopló—. Realmente soy feliz, amor. Jason me hace feliz.

—Muy bien —Harry la abrazó con fuerza—. Pero siempre estoy aquí para ti, en cualquier momento, de día o de noche.

—Lo sé. —Sus palabras fueron amortiguadas contra su jersey—. Gracias.

Al otro lado de la habitación, notó una figura que se demoraba en las sombras. Jason se acercó a la luz, con las manos metidas en los bolsillos. Él le dedicó una sonrisa de tranquilidad y el corazón de Elizabeth se derritió un poco más. Él era su futuro y, fuera lo que fuera, lo recibiría con los brazos abiertos y el corazón feliz.

El viaje a Irlanda del Norte fue completamente frenético. La multitud ante la que tocaron en Belfast era exuberante, salvaje y acogedora. La noticia del ascenso a la fama de The Rebels se había extendido rápidamente; estaban ganando tiempo al aire en todas las principales estaciones de radio, y su nuevo sencillo estaba escalando las listas de descargas. La gente realmente sabía la letra de sus canciones ahora y cantaba con fervor. Al final del espectáculo, una gran multitud se había congregado frente a las puertas de entrada del club, y toda la banda fue perseguida por la carretera. La policía tuvo que intervenir y formar un bloqueo para permitir que los chicos, Elizabeth y Melody llegaran a su hotel ilesos y de una sola pieza. Jack estaba gritando con emoción que le habían arrancado la camisa de la espalda y los otros chicos pensaron que su primer acoso fue increíblemente genial. Belfast había sido declarado un éxito, y a Elizabeth le había encantado.

La frescura del otoño fue reemplazada por el frío del invierno. Llegaron las noches oscuras y la temperatura bajó. Pasaban de un concierto a otro: Brighton, Northampton, Lincoln y Stoke-On-Trent. Elizabeth funcionaba a adrenalina y cafeína. Mental y emocionalmente estaba bien, pero la extenuante gira comenzaba a afectar su salud física. Cuando llegaron a Coventry a mediados de noviembre, estaba exhausta, le dolía la cabeza y sentía como si le ardiera la garganta. Tragó miel y limón, un par de paracetamol y esperó lo mejor.

Duró una hora en el espectáculo antes de caer en un montón arrugado en el suelo del escenario. Los rostros borrosos la miraron con preocupación (Melody y los hombres de seguridad), pero fue Jason quien se abrió paso hacia ella y, tomándola en sus brazos, la llevó fuera del escenario. Podía oírlo decir que tenía fiebre. En su delirio, fue vagamente consciente de que él la llevaba a un coche, cubriéndola con su abrigo. La oscura carretera se extendía por delante en su visión. Elizabeth preguntó a dónde iban y escuchó vagamente sus murmullos. Se hundió de nuevo en el cuero fresco, apoyó la cabeza contra la ventana y cayó en un sueño profundo.

Durante los primeros días, Elizabeth durmió. Cuando

despertó, todo su cuerpo estaba caliente y dolorido, y sus extremidades se sentían pesadas e inamovibles. Jason estaba sentado junto a ella en la cama, presionando un paño húmedo sobre su frente.

—¿Dónde estoy? —Se lamió los labios secos.

—Estás en casa, en St-Leonards-By-Sea. No te preocupes ahora, vas a estar bien.

—Pero la banda... —Trató de enderezarse, pero no tenía la energía.

—Estás bien —susurró Jason—. Tienes gripe, Elizabeth, necesitas descansar. Estoy aquí, te cuidaré.

Elizabeth lo miró; había un halo alrededor de su cabeza, la luz brillaba en sus ojos. Sintió que le apretaba la mano y la envolvió una cálida sensación de seguridad.

—Te amo —susurró ella—. Realmente lo hago.

—Ssh —la tranquilizó—, duerme ahora...

Elizabeth sucumbió a la oscuridad.

Al tercer día, logró apoyarse en la cabecera y beber sopa. La fiebre había desaparecido, pero aún le dolía, incluso los párpados estaban doloridos. Jason leyó para ella. Cuando ella le preguntó qué libro era, él respondió que lo había encontrado en su biblioteca. Su clásico favorito: *Rebecca*. Lo había leído seis veces, pero las palabras de su boca lo hacían sentir nuevo y desconocido. Ella apoyó la cabeza en su regazo mientras él le acariciaba suavemente el cabello, y ella se quedó dormida mientras la luz del sol se convertía en luz de luna. Para el fin de semana, su energía había regresado. Se duchó y se vistió, se sentó en el sofá a ver la televisión durante el día y bebió grandes cantidades de té.

El domingo, fueron a caminar. Era un día templado, pero el viento era fresco y agitó el cabello de Elizabeth alrededor de su rostro y le devolvió el color a sus mejillas. Caminaron tomados de la mano hacia la playa y se sentaron en un banco con vista al mar, mientras las gaviotas saltaban a sus pies y el rugir de las olas ensordecía todo.

—Gracias por cuidar de mí. —Elizabeth se giró para mirarlo—. No sé qué habría hecho sin ti.

—Está bien —respondió Jason, sonriéndole—. Has sido una paciente de oro.

—Tal vez deberías ser enfermero —reflexionó Elizabeth—. ¿Quién sabía que eras tan cariñoso?

—Me *importas*. —Jason le rodeó la cintura con el brazo, y ella apoyó la cabeza en su hombro. Se sentaron en un silencio amistoso durante un rato, observando a un hombre que luchaba por controlar a su perro junto a los charcos entre las rocas.

—Es precioso aquí —murmuró Jason—. Puedo entender por qué te encanta vivir aquí.

—Lo es —asintió Elizabeth—. Aunque el turismo le ha quitado parte de su encanto. Cuando era niña, nadie había oído hablar de este lugar. Ahora estamos invadidos en los meses de verano y están levantando más hoteles por la zona.

—Eso es progreso, supongo. —La voz de Jason flotaba en la brisa—. ¿Qué harás cuando termine la gira?

—No estoy del todo segura —respondió Elizabeth—. Estaba pensando en inscribirme en una carrera en línea, algo relacionado con la música y hay un trabajo para mí en el hogar de ancianos dónde está mi papá.

—Oh.

Elizabeth se movió para mirarlo. Su rostro era la imagen de la tristeza.

¿Es todo? ¿El final de nuestro breve romance?

—¿Qué vas a hacer tú? —Ella hizo una mueca ante la inflexión tensa en su tono.

Jason desvió la mirada.

—Me estoy yendo.

El ánimo de Elizabeth se desplomó.

—¿A dónde? —susurró.

—A Estados Unidos.

—¿Para vivir permanentemente? —La pregunta salió de sus labios, su tono firme y sin emociones, pero por dentro estaba sollozando.

—Para trabajar... por un tiempo. —Inhaló bruscamente—.

No debería contarte esto hasta el final de la gira, pero The Rebels... ellos también vendrán. He organizado una gira por Estados Unidos, entre otras cosas.

Elizabeth dio un grito ahogado.

—¡Deben estar tan emocionados! ¿Cuánto tiempo estarás fuera?

Jason volvió a mirarla.

—Al menos un año, pero... Puede que no regrese a Inglaterra.

—Ya veo. —Elizabeth tragó saliva—. Bueno, felicidades, has trabajado muy duro para esto. Estoy segura de que van a ser un gran éxito y contigo detrás de ellos, no hay posibilidad de que fracasen. —Lágrimas estúpidas, estúpidas brillaban en sus ojos, con enojo se las secó—. Lo siento... me alegro por ti.

—Lizzie. —Jason levantó su barbilla—. No quiero dejarte. Quiero que vengas a Estados Unidos conmigo. Como corista de The Rebels y mi pareja. Nos vamos dentro de dos semanas. ¿Dejarás todo esto atrás? —Levantó el brazo en un gesto amplio—. ¿Por mí?

cuarenta y dos

Quedaba un concierto y Elizabeth estaba decidida a actuar en él. Así que la semana siguiente cerró con llave su apartamento y esperó a que Clay y Melody la recogieran. Se dirigían a Bexhill-On-Sea, la ciudad natal de Jack. En el viaje, Melody le contó a Elizabeth lo que había estado sucediendo en la gira. Oxford había sido un éxito rotundo, Derby no tanto y en Worthing, una pequeña parte de la multitud se había mostrado francamente hostil; tirando cerveza y tratando de invadir el escenario.

—Fue aterrador, Lizzie —dijo Melody—. Los gorilas no pudieron controlar a la multitud. Pensé que la policía iba a aparecer en algún momento.

—Parece que me perdí toda la emoción. —Elizabeth le dio un mordisco a su manzana y movió los dedos de los pies.

—¿Cómo te sientes, por cierto? —preguntó Melody—. Nos diste un susto a todos, al desplomarte en el escenario.

—Todo mejor y con muchas ganas de tocar el último concierto.

—Lo sé —suspiró Melody—. Es tan triste...

—Piensa en el dinero —intervino Clay desde su posición en el asiento del conductor—. No tendrás que trabajar durante seis meses.

—Espero que te mantengas en contacto —parloteó Melody—. Te voy a extrañar.

—Absolutamente. —Elizabeth le dedicó una amplia sonrisa—. Tendrás que venir a St-Leonards-By-Sea para pasar unas vacaciones. Los niños lo amarán.

—¡Acepto!

—Sí, hombre. —Clay chasqueó los dedos, y Elizabeth pasó el resto del viaje diciéndoles lo que podían hacer en el área y sus alrededores.

El gran espectáculo final de esa noche fue muy especial. Los chicos y las coristas pusieron todo su corazón en las canciones y, al final de la noche, todos lloraban a lágrima viva. Cuando el público se hubo dispersado, Jack obsequió a Melody y Elizabeth con enormes ramos de flores.

—Solo un agradecimiento a ambas por su increíble apoyo. Todos las queremos. —Jack y los otros muchachos corrieron hacia ellos y se quedaron allí en un abrazo grupal, con lágrimas rodando por todos sus rostros. Elizabeth se aclaró la garganta y pronunció un rápido discurso en nombre de ella y Melody, agradeciendo a los muchachos por la oportunidad y deseándoles lo mejor en su viaje hacia el éxito.

—¿Quieren ir por las discotecas? —preguntó Eduardo, con un guiño descarado—. ¿Una última vez?

Melody y Elizabeth se miraron, ambas sintiendo el mismo cansancio.

—No, gracias, chico. —Melody entrelazó su brazo con el de Elizabeth—. Las viejitas vamos a tomarnos una copa tranquilamente en el camerino y luego nos vamos a la cama.

—Me parece bien. —Los Rebels gritaron un adiós fuera de sincronización antes de abandonar el edificio.

—Esos tipos van a ser enormes —dijo Melody a sabiendas.

—Estoy de acuerdo. Son ridículamente talentosos. —Elizabeth la siguió hasta el vestidor.

Melody se dejó caer en un taburete giratorio.

—Una parte de mí desearía ir a Estados Unidos... —Se interrumpió, tapándose la boca con la mano.

—¿Lo sabes? —Los ojos de Elizabeth se agrandaron.

—Sí, y tú también, por lo que parece.

—¿Vas a ir? —chilló Elizabeth.

Lentamente, Melody negó con la cabeza.

—Jason me lo pidió, pero no puedo dejar a Clay y los niños por tanto tiempo. Además, he conseguido un concierto para el próximo verano como corista de un grupo de chicas.

—Melody, eso es maravilloso. —Elizabeth estaba emocionada por su amiga.

—¿Qué hay de ti, Lizzie? ¿Dime que estás aprovechando la oportunidad de tu vida y te vas con Jase?

Elizabeth se mordió el labio.

—Aún no me he decidido.

—¿*Qué*? —chilló Melody—. Niña, no hay decisión. ¡Tienes que ir a los Estados Unidos!

—Necesito hablar con alguien primero. Conseguir su bendición.

—¿No tu hijo otra vez? —Melody puso los ojos en blanco.

—No —dijo Elizabeth, con una sonrisa triste—. Mi papá.

∽

Bob estaba dormido en la sala de estar, con las manos cruzadas sobre el pecho y suaves ronquidos que emanaban de su boca entreabierta. Elizabeth atravesó la habitación de puntillas, con cuidado de no despertar a los demás residentes que dormitaban. Estaba tan tranquilo aquí, tan encantador... Desde las ventanas podía ver el mar, una línea azul brumosa en la distancia. La idea de no ir por allí por un año la entristecía tanto que las lágrimas volvían a acumularse en sus ojos. Estaba tan emocionada últimamente, su vida había cambiado tanto... Pero ¿tenía el coraje de dar un paso más, un gran salto a través del océano? No sabía si podría irse de St-Leonards-By-Sea. Era donde se había criado, donde había conocido al hombre más encantador y se había casado con él. ¿Cómo podía darles la espalda a todos los recuerdos y a su hogar, el lugar al que pertenecía su verdadero corazón?

Se arrodilló frente a su padre, tratando de armarse de valor, tratando de formar las palabras que detestaba pronunciar.

—Te vas, ¿verdad? Estaba despierto, sonriéndole.

Elizabeth tomó sus manos frías y con venas azules entre las suyas.

—Me han ofrecido un trabajo en Estados Unidos. Pero, papá, me iré por un año. No creo que pueda dejarte tanto tiempo.

—Pásame un pañuelo, amor —pidió.

Elizabeth lo miró con ojos preocupados.

—No, no voy a llorar —dijo con una sonrisa—. Tengo los senos bloqueados, eso es todo. —Le pasó la caja de pañuelos y esperó—. Tu madre tenía el mismo dilema. ¿Sabes que vino de Lancashire? —Elizabeth asintió—. Ella lo dejó todo atrás; familia, amigos, su casa. Todo por mí. Nos amábamos tanto que nada más parecía importar... solo ella... y yo.

—Amaba a Martín. —Elizabeth se secó los ojos.

—No estoy hablando de Martin —dijo Bob en voz baja—. Se ha ido, amor, pero tú sigues aquí y tienes otra oportunidad de amar, así que mi consejo es agarrarla y nunca dejarla ir. Todavía estaré aquí, no estoy planeando estirar la pata todavía. —Le acarició la cabeza mientras las lágrimas caían en cascada por su rostro—. Ve y abre tus alas, mi pequeña mariposa. Solo tienes una vida. Ve y vive.

cuarenta y tres

El rugido de los motores del avión a medida que ganaba altura era todo lo que Elizabeth podía oír. Empujó dos billetes nuevos hacia el taxista, que le susurró algo, pero bien podría haber estado hablando en otro idioma; fue inútil tratar de descifrar sus palabras sobre el caos del principal aeropuerto de Londres.

—Lo siento. —Elizabeth gritó la disculpa antes de darse vuelta para emprender un trote torpe hacia las puertas de entrada.

Había gente por todas partes, corriendo como hormigas, entrando y saliendo de las tiendas, subiendo las escaleras mecánicas, pululando hacia el mostrador de facturación. Elizabeth buscó en su bolso y sacó su boleto. *Aeropuerto Internacional de Los Ángeles* estaba grabado en letras negras y en negrita. Un viaje que la llevaría en una dirección, por tiempo indefinido, lejos de su familia y su hogar por cuarenta y nueve años. A una tierra llena de extraños y de paisajes extraños.

Una sensación de miedo se apoderó de ella, y de repente la empujaron por detrás. El billete se le escapó de los dedos y cayó al suelo sin hacer ruido, como una pluma. Una voz retumbante dentro de su cabeza la instó a alejarse, correr de regreso a casa a la familiaridad y la seguridad, pero luego llegó otro sonido: una dulce canción de emoción y esperanza, de posibilidad y sueños: *Recógelo, recógelo*... pero ¿ella se atrevería?

—¿Boletos y pasaporte, por favor? —El empleado detrás del escritorio le sonrió brillantemente.

Los pies de Elizabeth se sentían clavados en el lugar. Se agachó, recogió el billete, lo apretó con sus manos temblorosas. El hombre detrás de ella estaba cada vez más impaciente, podía oírlo refunfuñando que había estado esperando una hora.

—¿Está usted en el mostrador correcto, señora? —gruñó.

—Sí... Los Ángeles. —Elizabeth empujó el boleto a través de la partición y luego subió su maleta a la cinta transportadora. La vio desaparecer en las entrañas de un avión que la llevaría a otro continente.

—¿Está bien? —preguntó amablemente el empleado.

—Sí. Creo que sí.

—Que tenga unas vacaciones maravillosas.

Elizabeth se alejó, siguiendo el oleaje de personas hacia las escaleras mecánicas.

La emoción en el aire era palpable. Las caras felices de extraños ansiosos por viajar por el mundo. Solo sus emociones se sentían mezcladas. Elizabeth miró por encima del hombro hacia las puertas de entrada. No era demasiado tarde, podía regresar, correr por las escaleras móviles, olvidar sus pertenencias empacadas. *Vete a casa. A St-Leonards-By-Sea.* Entonces, oyó una voz tan familiar que se le aceleró el pulso.

Él estaba allí en la parte superior de la escalera mecánica. Mirándola con la expresión más feliz. Jason le tendió la mano cuando ella tropezó con el piso nivelado.

—Pensé que no vendrías —dijo. Su voz sonaba ronca, llena de emoción—. Estoy tan contento de que estés aquí...

Elizabeth se tragó un nudo de miedo.

—Estoy aterrorizada.

Él se aferró a su mano.

—Entonces, podemos estar aterrorizados juntos.

—Si lo odio, me voy a casa —advirtió Elizabeth.

Jason besó su boca, sus labios tan suaves y cálidos, sus ojos brillantes y llenos de amor. Entonces, supo que había tomado la decisión correcta. Ella lo seguiría hasta los confines de la tierra si él se lo pidiera.

—Vas a tener el mejor momento de tu vida. —La apretó contra él—. Vamos a hacer algunos nuevos recuerdos.

Caminaron hacia adelante, sin mirar más atrás. El ánimo de Elizabeth se elevó y se elevó como uno de los aviones plateados sobre su cabeza. Tenía una vida nueva y emocionante. Todo gracias a su tiempo en el foco de atención.

FIN

nota de la autora

Si disfrutaste leyendo *Amor en el foco*, estaría muy agradecida si pudieras dejar una reseña. Gracias.

Querido lector,

Esperamos que hayas disfrutado leyendo Amor en el foco. Tómese un momento para dejar una reseña, incluso si es breve. Tu opinión es importante para nosotros.

Atentamente,

Julia Sutton y el equipo de Next Chapter

sobre la autora

Julia Sutton nació en Wolverhampton, Inglaterra y aún vive allí con su familia. Anteriormente, trabajó en educación primaria, pero ahora está felizmente jubilada. *Amor En El Foco* es la novena novela de Julia. Sus intereses incluyen la escritura, la lectura, el arte y las caminatas. Le gusta conectarse con otros en las redes sociales y se la puede encontrar en las siguientes:

Amor en el foco
ISBN: 978-4-82419-256-1
Edición estándar de tapa dura

Publicado por
Next Chapter
2-5-6 SANNO
SANNO BRIDGE
143-0023 Ota-Ku, Tokyo
+818035793528

24 marzo 2024